德福巷

王文明 —— 著

陕西新华出版
太白文艺出版社

图书在版编目（CIP）数据

德福巷 / 王文明著． -- 西安 ：太白文艺出版社，
2023.6
ISBN 978-7-5513-2390-1

Ⅰ．①德… Ⅱ．①王… Ⅲ．①话剧剧本－作品集－中国－当代 Ⅳ．① I234

中国国家版本馆 CIP 数据核字（2023）第 094786 号

德福巷
DEFUXIANG

作　　者	王文明	
责任编辑	张　鑫	
装帧设计	谢蔓玉	
出版发行	陕西新华出版传媒集团	
	太 白 文 艺 出 版 社	
经　　销	新华书店	
印　　刷	三河市元兴印务有限公司	
开　　本	710mm×1000mm　1/16	
字　　数	310 千字	
印　　张	17.75	
版　　次	2023 年 6 月第 1 版	
印　　次	2023 年 6 月第 1 次印刷	
书　　号	ISBN 978-7-5513-2390-1	
定　　价	59.80 元	

联系电话：029-81206800
出版社地址：西安市曲江新区登高路 1388 号（邮编：710061）
营销中心电话：029-87277748　029-87217872

序：朝着梦的方向攀爬

与王文明相识，是在省文化厅组织的一次陕版话剧《白鹿原》的剧本研讨会上。他个高、肚大、眼小。用他夫人的话说，他的"两只眼睛小得像是用指甲在枣儿上掐了两道缝儿"。

巧的是我们两家都住在桃园南路，平时遛弯儿、逛街、去菜场经常碰面，加上我孙子与他外孙又在同一班级读书，送娃接娃老是在一起，两人就熟识起来。

王文明生于戏剧之乡大荔。"演戏的是疯子，看戏的是傻子，写戏的是骗子"，这样的话在当地是妇孺皆知。王文明从小就是个铁杆戏迷，除了如醉如痴地当"傻子"，看"疯子"，还不知深浅地想要写戏当"骗子"。

王文明入伍后，曾带过文艺宣传队，有过几年演戏做"疯子"、写戏当"骗子"的经历。可自打从事文化、新闻、记者、编辑工作之后，除了做"傻子"、看"疯子"，他几乎把写戏当"骗子"的逸想给抛到九霄云外了。

直到快退休的时候，他才把主攻方向由采编校对和文学创作，转向了戏剧文学。作为练笔，他很快创作了《西湖恋》《疙瘩铺》《高成低就》《孪生血缘》等20多部方言剧剧本，在陕西电视台《都市碎戏》和《狼人虎剧》栏目播出。

他有着浓厚的家乡情结。经查阅县志，他以秦腔正祖魏长生带同州梆子剧团进京献艺名震京华，并以"花雅之争"为题材创作电影剧本《一代名旦魏长生》，在第二届"北京影协杯"力压群芳，夺得优秀电影剧本奖。接着，《班超定远》《情迷打箭炉》《酷哥神犬》等电影剧本也先后在国内获奖。

当王文明决定出版剧作集，征求我的意见并想让我为这本书作序的时候，我不但赞成，还欣然应允。高尔基说：戏剧创作是所有文学创作中最难的一种形式。而且戏剧文学因其最终以在舞台上呈现作为明确的追求，编剧要以为导演再度创作提供文学基础为己任，戴着"镣铐"起舞，上演才算成功。在现今充满浮躁的社会背景下，像他这样依然无怨无悔执着写戏苦苦登攀的剧作者，实在是精神可嘉，值得激励。

《德福巷》共收录五个剧本。我阅读之后，觉得王文明写戏有两个特点，一是善于关注热点新闻、寻找拧巴扣子；二是能把立场担当、悲悯情怀融入剧中。

话剧剧本《德福巷》，取材于沪蓉高速一则车祸新闻。他知道一部戏没内心、没争斗、没焦虑、没痛苦，就没有戏。所以，他把事故发生地搬到了西汉高速，把车祸受害者改成了西京德福巷一马姓人家，将一则车祸处理新闻改成了一部考验亲情的本土话剧。

开头是"德福餐饮"老板马恩全开车带着四个亲属家庭九口人出外旅游，回程突发恶性事故，造成五死四伤。接着就将马恩全的女儿马思源在处理事故善后、应对亲情官司、关照死亡货车司机家属、帮助三叔住院治病问题上的痛苦、煎熬、挣扎和以善致善的心路历程全方位地展示给了观众。矛盾冲突集中，人物性格鲜明，台词接地气，烟火气息浓，在树立社会主义核心价值观上具有一定价值。他拿这个剧本参加"戏剧中国"2019年度作品征集评选活动，居然获得了话剧类潜力剧本奖。

《兰草花儿开》是这部剧本集中唯一的一部电影剧本，讲述的是城市富裕家庭彰显大爱，收养失落山区的"洋娃娃"朱莉娅的故事。剧本完成后参加相关大赛，杳无音讯。王文明就反复琢磨问题出在哪里。有一天，他问小外孙：一个老太太，把一个捡来的洋娃娃养了九年，结果洋娃娃跟一个富豪去城里上学过日子了，你觉得她这么做合适吗？结果小外孙马上就说：不合适。人家老太太辛辛苦苦养了她九年，她一拍屁股去城里享福了，也太没良心了吧。就这一句话，把剧本存在的问题一下子给指出来了。

现在的剧本讲述的是：陕西旬阳兰花谷人见人爱的"洋娃娃"朱莉娅，在得知自己是爸爸打工时捡的弃婴、数百城市家庭争相收养她的情况下，依然心怀感恩，坚持自我，义无反顾地放弃城市生活，坚持与奶奶和爸爸回秦巴山区生活的故事。

改革开放以来，国家建设突飞猛进，中国制造如日中天，但也有烂尾工程、山寨名牌在恶心民众。所以呼唤工匠精神、呼唤国之重器、呼唤科技领先、呼唤知名品牌、呼唤扛鼎之作便成了人们的共识。王文明的话剧剧本《匠心谱》，讲述的就是一个匠者仁心的故事。

1904 年，在上海做监工的宁波工匠沈云帆，被推荐去汉口主持建造平和洋行打包厂。想上位的赖中基试图阻挠，却因英国设计师威斯特的惜才与雅量而事与愿违。因庇护逃婚女生方润琪，沈云帆与奸商靳斗金结仇。靳斗金暗中捣鬼，想上位的赖中基推波助澜，沈云帆惨遭解职，妻子闻讯也暴病身亡。方润琪知恩图报，说服父母转让济众药铺，助沈云帆组建汉协盛营造厂打拼天下。1931 年，在沈云帆双目失明、洪水肆虐、物价飞涨，靳斗金与赖中基使坏、财务总管程思远携款出逃等困境下，两人信守承诺、凝心聚力、攻坚克难，终亏本建成江城大学主建筑。本剧人物个性鲜明，文学性强，艺术特色浓厚，有专家看过说"这是一部比较成熟的商演剧目"。王文明拿这个剧本参加陕西省戏剧家协会、当代戏剧杂志社联合举办的剧本征稿评奖活动，也获得（大戏类）二等奖。

王文明先生的家乡情结很重，隋文帝是他的家乡人，隋相杨素也是他的家乡人，他就将成语破镜重圆的故事，转化成了新编京剧《破镜重圆》。本剧讲述的是南朝陈国将亡时乐昌公主陈琛与驸马徐德言破镜为信，历经磨难分镜重合，夫妻俩也在隋相杨素成全下得以团聚的故事。

《朝堂遗恨》是王文明先生创作的一部戏曲剧本。阎敬铭是王文明的同乡，他见当今描写清朝廉吏的作品很多，描写"富家翁""理财家""救时宰相阎敬铭"的影视戏曲却少得可怜，就想填补这个空白。他发现被称作"裱糊匠"的直隶总督李鸿章在甲午海战前后与阎敬铭的遭际相似，于是便从"富家翁"与"裱糊匠"的角度入手，将晚清两个名臣的爱国情操与壮志难酬用京剧的形式展现在了受众面前。

剧本讲述的是清光绪年间户部尚书阎敬铭与直隶总督李鸿章，一个当家理财反腐倡廉，一个创办海军助推洋务；一个在慈禧太后动用海军经费修园子时冒死谏奏被革职留用，一个在黄海海战战败后忤慈禧被革职留任、甲午海战我北洋水师全军覆没后又被赏还翎顶授以全权去马关议和的曲折故事。

王文明的剧作，选题独特，情节生动，节奏明快，语言简练，文学性强。在人物塑造上，追求真善美、小正大，讲究接地气、真性情，读着很有味道。但是作为一名编剧，虽然才华出众，得有识之士嘉许，却因命运弄人，使距离呈现一步之遥的多部剧作功亏一篑。

好在王文明心态好，对此并无抱怨。他说他写戏纯粹是拿着退休金在写着玩儿，成不成就图个乐子，毕竟"做傻子、看疯子、学着写戏当骗子"是他儿时的梦想。他认为来到人世间，能朝着梦的方向攀爬，能为自己留下一些美好而温馨的回忆，也是极好的。

想起大儒张载关于立功、立德、立言的"三不朽"名言，年已古稀的王文明先生可谓不负社会、人生、时代（三不负）的成功奋斗者。

李星

著名作家、评论家、茅盾文学奖评委

目录

1

德福巷 /001

2

兰草花儿开 /065

3

匠心谱 /127

4

破镜重圆 /195

5

朝堂遗恨 /234

德福巷

□ 剧情梗概

西京德福巷。为帮黄昏恋失败轻生被救的姐夫散心，马恩全将"德福餐饮"生意交给女儿马思源照管，开车带着四个家庭九口人外出旅游。不想回程突发事故，造成五死四伤。马思源强忍父母双亡的悲痛，承担了前期死者的善后费用。

事故认定是面包车爆胎所致，各方均无责任。马思源依规拒付后续费用，可受伤亲属不干，以致闹上了法庭。法官上门办案，三叔马保全、姑父牛大义拒绝调解，舅妈田凤贤、表弟董晓宇话语中肯，马思源不愿被道德绑架裹挟。最终法庭维持事故认定，判马思源不必再做赔偿。马保全不服，坚称上诉。

事故剐擦货车司机头部受伤送货回家后不幸身亡，货车司机妻子带女儿来德福巷寻找肇事主。闲事主任叫来了管段民警、街办主任和马思源。听完诉说，马思源出于怜悯，给了货车司机妻子抚恤金，收留货车司机的女儿，让她安心高考复读或进父亲的餐饮店打工，赢得四邻好评。

马保全得了结肠癌，一方面缺少治疗费用，一方面怕下不来手术台。马思源找好医院备足费用动员他去治疗。马保全没想到这个被他骂作"对亲戚狠对别人亲"的人会雪中送炭。马思源表明：拒赔亲属后续费用是照章办事；关照死亡货车司机家属是出于怜悯；帮助三叔住院治病是亲情使然。亲属们心服口服。闲事主任赞曰："做亲戚，是缘分，打断骨头连着筋；人间亲情最重要，互帮互敬才是真！"

▣ 剧中人物

马思源 女，27岁，"德福餐饮"总经理，马恩全的女儿，吕志强的未婚妻，是个漂亮贤淑、张弛有度、敢于担当的年轻人。

吕志强 男，28岁，"德福餐饮"副经理，马思源的未婚夫，是个阳刚帅气、爱憎分明的年轻人。

马恩全 男，61岁，"德福餐饮"董事长，马思源的父亲，回城知青。是个致富有方、拥有爱心的人。

马思姝 女，23岁，"德福餐饮"副经理，马保全的女儿，是个颜值偏低、善为自己着想的人。

秦永信 男，28岁，法官，马思源的同学，是个热心肠肯助人的人。

马保全 男，54岁，下岗工人，马恩全的弟弟，是个好占便宜的人。

田凤贤 女，67岁，退休职工，马家姐妹的舅妈，是个善良的老人。

牛大义 男，68岁，退休干部，马思源的姑父，是个思想固执的人。

闲事主任 男，63岁，退休职工，是社会上那种爱管闲事的热心人。

董晓宇 男，14岁，牛大义的外孙，是一个看不惯姥爷"变坏"的少年。

何胜爷 男，75岁，"德福餐饮"大厨，是个富有爱心的老人。

小 米 女，24岁，"德福餐饮"前台服务生，马思源的跟班。

医 生 男，47岁，佛坪县医院外科医生。

程董事长、程董事长的男女秘书、护士、石头、男女法官、管段民警小宁、街办主任老霍、货车司机的遗孀和女儿、两名穿汉服的靓妹、小学生、背包客、保姆小琴、卖镜糕的、蹬三轮送货的、医院病号、黑人青年、男女街坊、中外游人等。

第一场　生死关头

时间　春日午后。

地点　牛大义家客厅。

布景　左后方是屋门，中间有衣服架子、沙发、茶几，右前方是可以看清里外的双开门窗户。

大幕未开启，传来西京古城街巷特有的嘈杂声。透过皮影戏（碗碗腔）缠绵委婉的音乐声，"牛羊肉泡馍——""酸汤羊肉水饺——""肉丸胡辣汤——""油泼辣子囦囦面——""包子——热的！""玫瑰镜糕——""卤汁凉粉——"的叫卖声依然清晰。

一个男人瘆人的喊声传来　快来看呀，有人要跳楼啦——

一个女人回嘴　你乱喊什么呀，人家是在擦窗户呐！

男　人　（强辩）你把眼窝睁大，看看那是在擦窗户吗？身子都探出来咧！

女　人　（信了）呀！这狗日的就是要跳楼！他为什么要跳楼呀？

男　人　（解释）为什么？怀疑人生咧，活得颇烦咧，想寻死呢嘛！

有人大喊　呀！是牛大义！

女　人　（大喊）牛大义，你这是干什么呀？快回去！

牛大义　（大喊）你们闪开！闪开——

许多人在喊　不要——

［幕启。玻璃窗已经打开，牛大义手抓窗框，探出身子要跳楼。

牛大义　（冲下边喊道）你们让开，我要跳了！小心我跳下来把你们给砸了！

楼下有邻居在喊　牛大义，好死不如赖活着。你不要这样！

牛大义　老刘，你不要管我！我没脸活着了，你就让我死吧！

［楼下嘈杂声越来越大。

老　刘　生命只有一次，你死什么呀！

有人在打电话　110吗？德福巷锦绣小区面街的3号楼5楼有人要跳楼，你们快来呀！

牛大义　叫什么110，你们快闪开！

有人在喊　牛大义，你不要辱没和谐社会，快回屋里去！

有人在喊　楼下的住户，快拿被子出来，他要跳下来，大家好接住！

有人在喊　叫120！叫消防队！

　　〔屋门外，有人在急促地砸门。

马恩全的声音　姐夫，我们来啦，你把门打开！

马保全的声音　姐夫！开门！你快开门呀！

牛大义　（回头看着屋门处，愤愤地）凑什么热闹！滚！

楼下有想看热闹的人在喊　跳呀！你快跳呀！你怎么还不跳呀？

马恩全　（命令的声音）不说了！快撞门！

　　〔传来大家"一二——嗨！一二——嗨"的撞门声。

　　〔外面传来消防车、救护车鸣着笛赶来的声音。

　　〔随着大家"一二——嗨——"的声音，屋门终被撞开。

　　〔牛大义的妻弟马恩全和马保全带马思源、马思姝等人破门而入，出于惯性，大家全扑倒在了地上。

马恩全　（爬起上前）姐夫，你不要这样！

牛大义　（回头大喊）别过来！你们要过来，我马上就跳下去！

　　〔马恩全与大家站住了。

马恩全　姐夫，你都这把年纪了，还有什么想不开的，非要走这条路呀？

牛大义　我做人很失败，没脸再活着了。我要跳楼去阴间找我老伴去！

马保全　姐夫，你的黄昏恋不是很成功吗，结婚后给我们的印象，也是幸福得跟花儿一样，现在怎么走起这条路了？

牛大义　算了，你们看到的都是假象，我们都被她给骗啦！

　　〔马恩全的女儿马思源上下左右警惕地看着窗口。

马恩全　姐夫，你下来。有什么话咱慢慢说，有什么事咱一起解决！

马思姝　对呀，姑夫，你还是先下来吧！

牛大义　我不下来！

马思源　姑父，您怎么这么固执呢！生命只有一次，您为什么要糟蹋它呢？您连死都不怕，还怕活着吗？

牛大义　你们都别劝我了。我他妈真是瞎了眼了，谈了一段黄昏恋，过了几天好日子，就以为自己又遇到真爱了。谁知接下来，她通过打亲情牌，先是把我刚买的一套房过户给了她女儿；接着又煽呼着我给她女儿买了新车，办了婚礼……

马思源　（故意拖延时间，以转移视线）姑父，这我们都知道，婚礼上您的发言、您亲家的发言，还有大家的反映，不都挺好的吗？

　　〔马思源说着话，眼睛依然警惕地看着窗口。

牛大义　可我现在才知道，那一切都是她精心策划的！婚礼结束后，没过多久，我的日子就跌入低谷了。她天天找我的事儿，天天和我吵，后来就以性格不合为由逼着我离婚。并且要求我将现有的住房和家里的存款，再分给她一半，不给就要拉我打官司。整得我现在是势穷力竭，痛不欲生！我什么都没有了！……我还活什么劲儿呀！你们都别管我了！就让我到阴间，找我的老伴儿去吧！

大家齐喊　不要——

　　〔马思源焦急地看着窗口。

　　〔牛大义说罢就要跳楼。

　　〔就在这时，窗户上突然悬空吊下一个"蜘蛛人"，咚的一声就将牛大义撞进了屋里。

　　〔马思源悬在口里的心，终于吞到了肚子里。

　　〔"蜘蛛人"用手扒住了窗口，以免自己被绳子甩出窗口去。

　　〔屋里的人立马上前，将牛大义扶了起来。

马恩全　（喊道）赶快送医院！

　　〔牛大义被连背带扶地出了屋门。

　　〔马思源上前为"蜘蛛人"吕志强解绳子。

　　〔马思妹跟着大家出了屋门，又返回了屋内。

马思源　刚才，没见你有动静，差点把人急死；你有动静了，又差点把人吓死！

吕志强　（搓着酸痛的手掌笑了）有那么夸张吗？又是急死又是吓死的。

我在电视里看过，这是最有效的解救方法。

马思姝 太棒了！姑父得救，志强哥立了头功！

吕志强 不不不，这是大家的功劳！

〔马思源钦佩地看着吕志强。

马思姝 志强哥，你就别老鹞飞到胡子上——鹟须（谦虚）了！

吕志强 （笑着将身子探出窗户，朝下边喊）险情已经解除了，谢谢大家的关心！大家都散去吧！

〔传来围观的人散去的声音。

有人说 好险呀！

有人说 真是的，怎么为这么个破事，就跳楼呢？

又有人说 这小伙子身手真好！

还有人说 嗨！说跳楼又不跳，让我们白等了半天！

〔吕志强关好了窗户，与马思源、马思姝转回客厅。

马思源 刚才，我真怕你这么做，不但救不了我姑父，还把你的小命给搭上了。

马思姝 志强哥虽是学理科的，可也是学校体工队的，身手好，干这种事那还不是小菜一碟。

吕志强 对，这对我来说，的确不算什么难事。好在事情已经有惊无险了。

马思姝 我们这个家族，真是人多事多。为了处理这事，把饭店生意都给耽误了。

马思源 话不能这么说。亲情比什么都重要。咱们还是下去看看120、110和街坊邻居们吧，毕竟给人家添麻烦了。

吕志强 对。该付钱的付钱，该回话的回话，然后再去医院，看姑父那边有什么可帮忙的。

马思源 这是必须的。走！

〔三人下。

〔暗转。

第二场　安排出游

时间　黄昏。

地点　医院走廊。

[灯未亮。我们听到的是马恩全给牛大义的女儿冰倩打电话的声音。

马恩全　冰倩呀，你是怎么搞的吗？打电话不接，发微信不回，把人都能急死！

牛冰倩的声音　大舅，我刚才正开会呐，忙着记录，不方便接电话看微信。什么事呀，这么急的？

马恩全　你爸因为家里的一些破事生了些气，一时想不通，想跳楼去阴间找你妈去！

牛冰倩吃惊的声音　啊？我爸怎么这样！

马恩全　幸亏我们到得及时，吕志强又悬空从外边一撞，才把你爸救了下来。

牛冰倩如释重负的声音　我的天哪！

[灯亮。马恩全在一旁用手机通话，马保全和孩子们的舅妈田凤贤苦着脸坐在椅子上。

马恩全　（耐心地说）冰倩呀，在这个世界上，没有比一个人想要跳楼自杀更令人悲哀的事情了！不管你有多忙，你都得回来一趟。你妈不在了，你又远在深圳，把你爸一个人留在家里，他能不孤独吗？他能不出事吗？

牛冰倩的声音　大舅，您说得对。我也能体谅我爸的难处。我跟别人不一样，有人反对老人黄昏恋，可我是支持的。

马恩全　可你知道吗？正是因为你在这个问题上是这么个态度，你爸才高兴得像得了尚方宝剑一样，一时间征婚网、婚介所、恋爱角、朋友圈，甚至坊间的月老、巷里的媒婆，到处都有他征婚的信息。

牛冰倩的声音　唉，我爸也真是的！

马恩全　其实你爸这么做也没错，错的是他缺少经验，你又不在他身边，我们想关心吧他又爱打马虎眼。得知他要和那个女人结婚，我们也曾劝他来个冷处理，不妨像年轻人那样先相处一段时间，等觉得合适了再结婚。可恋爱中的人，智商都等于零，加上人家会忽悠，我们的意见他哪里听得进去呀！

牛冰倩的声音 唉，他这不是寻着往沟里跳嘛！

马恩全 嘿！你还别说，婚后有段时间，人家两人的日子过得还是挺不错的，也蛮令人羡慕的。直到最近，人家女方该得到的都得到了，想再搜刮一下甩掉他了，他才意识到问题的严重性了。可他满肚子的苦水没处倒，这时候了，又不能怪罪任何人，所以头脑一热，一冲动，就把自己逼上这条路了！

[电话里，牛冰倩长长地吁了口气。

马恩全 不要紧，冰倩，总算老天有眼，让我们及时得到消息，把你爸给救下来了。现在他人在医院。你赶快回来一趟，陪他几天，安慰安慰，等他情绪稳定了，你再回去上班，好不好？

牛冰倩的声音 好。大舅，谢谢你们。我现在就去请假。

马恩全 那就这样吧。

[马恩全挂掉了电话，舒了口气。

田凤贤 冰倩这娃还算明事理。

马保全 明事理还能丢下他爸不管，让他爸当空巢老人？

田凤贤 他们这一代几乎都是独生子女，现在又都忙着干事业，哪有时间照顾爸妈呀！照我说，能不给大人添麻烦，就已经很不错了！

马恩全 就是就是。一些孩子整天宅在家里啃老，既不工作又不结婚，当爸当妈的再怎么说都没有用，那不更愁死人吗？

田凤贤 是是是。

[马思源、马思姝和吕志强来了。

马思源 舅妈也来了？

田凤贤 啊，你们辛苦。

马思源 我们不辛苦。我姑父现在怎么样了？

马恩全 经过医院处理和大家做工作，他的情绪总算稳定下来了。

马思姝 刚才真吓人，要不是志强哥果断处理，还不定是个什么情况呢！

马恩全 对，小吕处理这事，还是比我们有经验。

马保全 是是是，这小子能行得很！

马思源 他也只是耍了个胆大而已。

马思姝 这种胆量，可不是人人都有的。

马保全　你姑父虽然这次没出事,但还得给他做思想工作,要不还会出事!

田凤贤　这个大义也是的,老了老了还不消停,非要骚情去搞什么黄昏恋。现在可好,福没享几天,倒被人家给整得活不下去了!

马保全　过得再怎么惨,也不至于寻短见嘛。

田凤贤　唉,还是恩全说得好。冰倩不在跟前,大义孤单,女方一强势,他就没招了。

马恩全　我这个姐夫是个好面子的人。加上女方家里势力大,结婚时他人都没去民政局,人家女方把他俩的结婚证都领回来了。一想到现在离婚,人家还不是想怎么折腾就怎么折腾,所以……一灰心,就不想活着了。

马思源　(突然睁大了眼睛)哎哎哎,爸,你先别急。你说姑父没去民政局,人家就把结婚证给领出来了?

马恩全　是,人家女方家里衙门楼到处都有人!

马思源　这不是有人没人的问题,而是手续办得合不合法的问题!

吕志强　对。如果女方是背着男方办的假结婚证,那就是在骗婚,就得负法律责任!

马思源　如果骗婚成立,那姑父过户给他们的房子、买给他们的车子、花给他们的钱,他们都是以欺诈的方式得到的!

马思姝　对。如果是这样,我们就可以通过司法程序来解决这个问题了!

马恩全　(高兴地)看来年轻人的脑瓜还是灵!

田凤贤　是。经他们这么一分析,好像还真是这么一回事。

马保全　对。怪不得人家说,过去是年轻人向老年人学习,现在轮到老年人向年轻人学习了。

田凤贤　对对对,是这么个情况。

马思源　我们去病房,问问姑父,把事情再靠实一下。

马恩全　不用不用,你妈和你舅舅在里边呢,咱们暂时就别再刺激你姑父了。

马思源　那也行,我们先了解一下相关政策什么的。

马恩全　对。这么做事情才靠谱。

马保全　(看着哥哥)姐夫怎么办?他不能老住院,我们也不能老守着他呀!

田凤贤　也是。

马恩全　那，你有什么好主意？

马保全　（神灵活现地）我想的是，现在是春天，大哥过去经常带我们出去旅游，不妨趁这个机会，再带大家出去一趟。一是给姐夫换一下环境，放飞一下心情；二是我们大家也能再沾一次光，多逛几个地方。姐，您说呢？

田凤贤　好好好，保全这个主意好，一举两得。

　［马思源不悦地抿嘴。

马恩全　哎呀，可我最近事情比较多，脱不开身。

马保全　（添油加醋地）哥，你也到退休年龄了，也该简政放权了。思源比谁都聪明，志强比谁都能干，又有思姝做跟班，完全蹓打得开了。你就放手让他们干吧，天塌不下来。人家好的CEO，都是除了工作，还会见缝插针地安排钓鱼和度假。你说是不是？

马思姝　爸，（不高兴地上前）大伯很忙，思源姐和志强哥这几天也要去三亚考察办分店的事情，加上还要忙他们布置婚房办婚礼的事情，你就别给他们添乱了。

马保全　你看你这孩子说的，这怎么能是添乱呢！

马恩全　要不这样，你们选条路线，我出钱给你们报团，你们陪姐夫出去玩一趟吧！

马思源　云南、湖南、海南、香港、澳门和台湾，你们都去过了，还能去哪呢？

马保全　这都是国内的旅游景点，越南、老挝、柬埔寨、马来西亚、新加坡，这些国外景点也可以考虑嘛。

马恩全　就怕跑得时间长了，你们身体受不了。

田凤贤　（笑了）出去旅游，个个都跟打了鸡血一样，累不到哪去。

马恩全　那我就给你们报"新马泰"的团吧——我实在忙得脱不开身，保全你带着他们去吧。

马保全　我不行。离了大哥我什么事都干不成。我没那协调能力。还是像以前那样，大哥带大家一起去吧。

马思源　那不行了就开车在近处转一转，譬如汉中、四川的三国游。

田凤贤　（高兴地）对。武侯祠、古栈道、剑门关、阆中古城、昭化古城，听说都挺好玩的。

马保全　那就听思源的吧，时间短、离家近、花钱少。大哥开车，咱们四家就一起去吧。

［马恩全还想推辞。

马保全　（挡住了）大哥事业有成，幸福就要与亲戚分享。你就开车把大嫂带上，和大家一起去吧，热热闹闹的，你也顺便换换脑子。

马恩全　（只得答应）好。那就这样吧。冰倩后天也就回来了，让她也跟大家一起去吧，正好全程陪她爸。

马思源　那你们去好好玩，爸爸该干的事我干，那三亚我就不去了。

吕志强　你不去，难道让我一个人去吗？

马思源　你和思姝去。有事你们商量着办。再说，有事电话或视频沟通，不也很方便吗？

马保全　（当即附和）看看看，大哥，人家思源处理问题多干练的！

田凤贤　对，像个领导的样儿。

马恩全　那就这样，让志强和思姝去三亚吧。河北要来人，你得接待；厨师、采购和服务人员的培训，你得关照；还有你们婚房的装修、家具的购买什么的，你也得操心。

马思姝　是是是，思源姐够忙的了。干脆三亚的事就推后几天吧。再说，我觉得我和志强哥去，也不大合适。

马保全　你有啥觉得不合适的？

马思姝　我怕我和志强哥孤男寡女的，我思源姐不放心。

马思源　我有什么不放心的！

马思姝　（盯着马思源调侃）你就不怕我把志强哥从你手里夺走了？

马思源　（一笑）放心。我什么都怕，就是不怕你把吕志强给夺走了！

马保全　就是嘛。你也不照照镜子，看你有没有那颜值，有没有那实力！

马思姝　（不高兴）爸，有你这么说自己女儿的吗？

［大家都笑了。

［暗转。

第三场　晴天霹雳

时间　五日后的一天下午。

地点　德福巷"德福餐饮"门前。

〔灯未亮。传来西京街巷特有的嘈杂声。在皮影戏（碗碗腔）缠绵委婉的音乐声中，可以听得清的还是"牛羊肉泡馍——""酸汤羊肉水饺——""肉丸胡辣汤——""油泼面子■■面——""包子——热的！""玫瑰镜糕——""卤汁凉粉——"的叫卖声。

〔德福巷是西京城一条很时尚的街巷，街两边全是酒吧、茶楼、咖啡屋和餐馆酒店。小巷虽处闹市，却无车马的喧闹，显得极为宁静，且有一种悠闲的浓浓的文化氛围。往东南而行，就到了古色古香的湘子庙街。

在改革开放的大潮中，德福巷的部分市民把街墙打开，经营起了茶楼、酒吧、咖啡屋。政府因势利导，这里便成了著名的时尚文化一条街。

"德福餐饮"就设在这里。这家主人叫马恩全，下乡回城后几经沉浮，在亲属帮助下租了一间门面房，卖起了"知青羊肉面"，靠着勤勉、诚信和打造下乡地的同羊菜，使"德福餐饮"一步步成了网红品牌，并开起了分店。

〔灯亮。大家看到的是古朴的两层楼建筑的"德福餐饮"店面，门脸儿正中门楣上挂着"德福餐饮"黑底金字牌匾。大门的左侧，一靓女在"古城老酸奶"的招牌下卖酸奶；大门的右侧，是一帅哥在"同羊肉夹馍"的招牌下卖肉夹馍；再往右，是"德福巷"路牌；一咖啡屋的后边，是湘子庙飞檐斗拱的建筑。

〔有男女顾客进出"德福餐饮"的大门，也有人在买酸奶和肉夹馍。

〔巷子里行走的，则是红男绿女，中外游客都有。

〔两名身穿汉服的靓妹周吴郑王般走过。

〔闲事主任叨着牙签从"德福餐饮"里出来，碰上了要进去取餐的外卖小哥。

外卖小哥　呀！闲事主任，又来吃羊肉泡馍了？

闲事主任　就是的，谁让咱好这一口呢。

外卖小哥　我有四个订单，全要这里的羊肉泡馍。

闲事主任　那你快去，别误了人家吃饭。

［外卖小哥答应着进去了。

闲事主任　（突然看见了什么，指着）哎哎哎，别乱扔垃圾！小朋友，讲卫生，果皮纸屑不乱扔。（下）

［马思源与何胜爷陪同大腹便便的程董事长和他年轻的男女助理谈笑风生地从大门里出来。

马思源　程董事长，我爸在外地，没赶回来，我们若有招待不周之处，还请程董多多见谅。

何胜爷　就是，您也只是随便点了几样菜品，老朽的手艺又登不得大雅之堂，不知合不合程董和美女帅哥的胃口？

程董事长　马总和何大厨客气了。陕西的羊肉泡馍是我的最爱,但你们"德福餐饮"的羊肉泡馍和酱羊肉,我敢说是我吃过的最好的羊肉了。那真是肉质鲜嫩,肥而不腻,不膻不腥!

马思源　（笑）马董真是个美食家，我们经营的是沙苑同羊，所有肉食菜品无论凉热，都是同羊肉!

何胜爷　同羊又名同州羊，距今已经有 1300 多年的历史了！用同羊肉做的各种吃食，都是久负盛名的。陕西关中和渭北地区久负盛誉的羊肉泡馍、水盆羊肉和腊羊肉等肉食，也素以同羊肉为上选。

程董事长　怪不得呢。

何胜爷　随着人民生活水平的提高，现在吃羊肉的需求是越来越高了。

程董事长　是。从全国来看,最爱吃羊肉的是新疆人,其次是内蒙古、青海、西藏和宁夏,这些地方都有我国重要的牧区;北京和天津分别排在第六名和第七名,这肯定和涮羊肉的盛行密不可分;第八、第九、第十名,就是甘肃、河北和辽宁了。但地域大都分布在北方。

马思源　海南人也爱吃羊肉。

程董事长　对，叫东山羊。

马思源　我们的同羊属于绵羊品种，东山羊则属于山羊品种，虽然都享有盛名，但肉质品味起来，还是各有各的味道。

程董事长　是是是。我是在河北工作的西京人，跟你爸一起学过管理，是老同学了。听说他在经营"德福餐饮"，就顺道流着哈喇子，找他解馋来了。

女秘书 马董，既然您这么喜欢同羊肉，我们又在到处找合作项目，干脆就把"德福餐饮"引进到我们雄安新区来吧？

程董事长 （高兴地）嗯！这个主意不错。这样不但我可以随时吃到我喜欢的同羊肉，同时也给当地民众添加了一个可供选择的餐饮场所。

男秘书 是是是，我们那儿虽然也有羊肉泡馍馆，但都是单一小吃。还是引进"德福餐饮"比较好。上档次、选择多，散客品尝、亲友聚会都可以。

马思源 对对对，你们算是说到点子上了。我们已经在北京、天津、辽宁、山东设了分店，三亚也派人去考察店面和环境了。如果能在雄安新区开设分店的话，那是再好不过了！

何胜爷 是是是，雄安新区，那可是目前全国炒得最火的一个地方了！

女秘书 程董，不管城市还是乡镇，我们都有搞餐饮适合的地方，现在就看您肯不肯下这个决心了。

程董事长 （一笑）这有何难？马总，你马上就可以去我们那里做考察，如果看中了什么地方，我们立马就可以签约、操作、打广告，选择开张的日子。

何胜爷 （佩服地）呀！程董可真是个痛快人！

马思源 （高兴地）是。我爸不在，我们也只是简单接待了一下，程董就给了我们这么大一惊喜！

程董事长 马总、何大厨，你们别客气了，这事就这么定了，告诉你爸我们欢迎他，欢迎马总和何大厨，尽快带人去我们那里旅游考察谈合作，我们一定热情接待！

马思源 好。我就喜欢程董这样的合伙人，希望我们合作愉快！

程董事长 好。马总、何大厨，我们还有事，就不打搅了。

马思源 上去喝杯茶嘛！

程董事长 不用了。谢谢你们的招待，我们雄安新区见。

马思源 哎呀，程董的生活节奏就是快。好，那我们雄安新区见。

〔秦永信走了过来，看见马思源正在谈事，就停下了脚步。

程董事长 有客人来了，马总、何大厨请留步，我们就此告别了。

秦永信 对不起，打扰到你们了。我是小事，希望没影响到你们。

程董事长 怎么会呢。再见！

马思源 我送一下程董事长。

男秘书　（阻拦）不用不用，你们忙吧。

女秘书　请留步。

马思源、何胜爷　好，再见！

　　〔程董事长一行下。

　　〔小米从店里跑了出来。

小　米　马总、何胜爷，又来个私厨上门套餐订单。

马思源　私人还是单位？

小　米　私人，西市北路公园天下的。说是招待贵客，如果何大厨能去，多花钱都行。

何胜爷　多花钱就免了，就看与我的时间冲突不？

小　米　不冲突。

何胜爷　那好吧。点的什么套餐？

小　米　A套餐，七碟八碗羊肉泡，煨汤面点全都要。

何胜爷　没问题。我得提前做准备了。

马思源　何胜爷，辛苦您了。

何胜爷　诚信最重要，牌子不能倒。走！

　　〔何胜爷与小米进了"德福餐饮"大门。

　　〔有年轻服务生手托盛着菜品碗碟的托盘从"德福餐饮"大门出来，从右侧下。

秦永信　老同学，我没误你们的事吧？

马思源　没有。对了，我向你打听的我姑父的事怎么样了？

秦永信　我就是来告诉你这件事的。这里边大有文章。

马思源　怎么讲？

秦永信　他们的婚事，很可能涉嫌欺诈。

马思源　如果女方办的结婚证是假的，能查出来吗？

秦永信　办假结婚证是一定会被查出来的。如果被民政部门查出来的话，那她就得负法律责任！

马思源　好。谢谢你。我要的就是这个答案。

秦永信　有些事还得落实一下。你姑父现在人在哪里，我能不能见一下他？

马思源　啊，为了帮他减压，我爸妈和几家亲戚，陪他去汉中、四川那边旅游去了。这几天吃喝玩乐，玩得可尽兴了。

秦永信　这就好。思想钻牛角尖的人，就需要这样安抚和调理。

[这时，马思源的手机响了。

马思源　一看来电显示，呀，佛坪的电话。我接还是不接？

秦永信　怕误事你就接。如果是骚扰、推销、诈骗电话，你再拉黑也不迟。

马思源　好。（急忙打开）喂……

电话里，传来一个女人焦急的声音　你是马思源吗？

马思源　我是。

电话里的声音　我是高速公路佛坪段的工作人员，我们有件急事要告诉你。

马思源　（一惊）啊！什么急事，您说吧。

电话里的声音　你父亲开的面包车，在回西京行至高速公路佛坪段时，突然出了意外。

马思源　什么？您是说我爸开的面包车出车祸了？

[周遭的人都围了过来。

电话里的声音　是。面包车先是撞上了同方向行驶的货车，接着又撞上了路边的护栏，最后冲出护栏翻下了高速公路。人员有伤有亡，请你们家属赶快来佛坪医院协助！

[这个晴天霹雳，一下子把马思源给打蒙了。

秦永信　（急忙提醒）马思源，马思源，你快拿主意吧。

电话里还在提醒　喂，喂……情况你知道了吗？……请你们家属赶快来佛坪县医院！

马思源　（这才知道自己当下该做什么）好……我知道了……请你们想尽一切办法，救治伤员，安排死者。我马上来！

马思源　（挂了电话，哭出了声）怎么会这样！怎么会这样！……老天爷呀，好几家人呐，还有伤有亡……具体伤亡情况……我连问……都没来得及问……我该怎么办？……我该怎么办！

秦永信　（上前安慰）思源，思源，你一定要挺住。现在不是你悲伤的时候。谁都不愿意遭遇这样的事，可一旦碰上了，我们就得积极面对。你要坚强起来，你得赶快出面，那边在等着你呐！

[马思源不哭了，情绪也慢慢稳定下来，擦干了眼泪。

[何胜爷和小米闻讯跑了出来。

小　米　姐，出什么事了？

马思源　（竭力保持镇静）出了点紧急状况，我得出去一趟。何胜爷，这几天店里的事，由您全权负责。

何胜爷　知道了！

马思源　小米，你去财务那里，带上 50 万元，跟我去一下佛坪。快！

小　米　好！

[小米跑去了店里。

秦永信　交管部门、救援人员看来已经到位了。事故现场得确定责任，不管怎么说，都要向保险公司报案，得给他们打个电话。

马思源　好。看来法官办事，还是有条理。

秦永信　嗯，怎么不见志强和思姝？

马思源　他们到三亚谈业务去了，我得马上叫他们回来。

秦永信　好。这就没什么问题了。（突然想起）啊，思源，你这里的事情紧急，干脆我也请假，跟你去一趟佛坪吧？

马思源　（摆手阻止）不不不，你法院工作那么忙，我怎么好拖累你呢！

秦永信　都什么时候了，你还跟我说这话。快走！

马思源　（感激地）你真不愧是我的好朋友、铁哥们！

秦永信　事情紧急，咱们快走！

马思源　走！

[暗转。

第四场　五死四伤

时间　当日夜晚。

地点　急救室门口。

[灯未亮。急救室里传出马保全的惨叫声。

马保全的声音　嗷——！我的妈呀，你轻一点，你轻一点好不好？

医生的声音　都快处理完了你还喊？你就不能忍一忍吗？

马保全的声音　我只是让你们轻一点，你发什么火呀？

医生的声音　好好好，对不起。

马保全的声音　真是的，我今儿怎么这么倒霉呀！

医生的声音　这就叫"天有不测风云，人有旦夕祸福"。

马保全的声音　什么不测风云，什么旦夕祸福！事情没遇到你身上，你当然跟没事人一样了。

医生的声音　对于你的不幸遭遇，我深表同情。好了，走吧，回病房。

　　[灯亮。有医护人员推着病号床匆匆走过。有陪护人员扶着老年女患者缓慢地走过。有年轻男患者自个儿举着点滴瓶轻快地走过。

　　[急救室的门开了。头上、胳膊上、腿上扎着绷带的马保全被医护人员用平车推了出来。

　　[马保全还在呻吟。

医　生　局部打过麻药的，你别哼呀嗨吆地喊了，好像很疼似的！

马保全　伤在我身上，你当然不疼了。

　　[马思源、秦永信和小米气喘吁吁地跑了上来。

马思源　（问医生）医生，请问……

　　[马保全抬头看见了马思源他们，立马孩子似的哭了。

马保全　我的天哪！你们怎么现在才来呀？我都快没命啦！哎嗨嗨嗨嗨嗨……

　　[走来的医护人员、老年女患者与陪护、举着点滴瓶的年轻男患者，都驻足看着这里。

　　[马思源、秦永信、小米吃惊地看过来。

医　生　人家在问话，你哭什么呀？

马保全　思源呀！……我们这次出游……损失真是太惨重了！死的死、伤的伤……几家人没一个家庭是完好的……思源，咱马家这次……可是屋里开煤铺——倒煤（霉）到家啦……我们可怎么办呀？哎嗨嗨嗨……

马思源　（哭着上前）三叔，让你们受苦了……现在是个什么情况呀？

医　生　（明白了）哦，你们是事故受害者家属呀？这事他说不清楚。（对护士说）你把他推到病房去。

护　士　好。

　　[护士推起马保全就走。

马保全　停下，停下，（回头）我话还没说完呢！思源，我们这次损失可大了，你一定要负起责任，把这事处理好！

马思源　我知道。三叔，你先回病房去。

马保全　（喊着）思源，记住，你一定要把这事处理好！

　　[喊个不停的马保全被护士强推了下去。

医　生　（厌恶地）这个人自从醒来，就一直在闹腾！

秦永信　受了伤的人就这样，情绪不稳定。

马思源　（怯怯地）医生，现在……是个什么情况……我……有点怕……

医　生　别怕。现在的情况是这样：事故发生后，我们接到电话就立马赶到了现场。当时，面包车里的九个人，有七个人被甩出了车外，场面惨不忍睹。我们马上展开了救援，可由于他们的伤势实在是太严重了。有两个人当场死亡，有三个人经抢救后不治身亡……

　　[马思源听着，打了个寒噤，身子差点瘫倒。

　　[秦永信、小米急忙过去扶住了马思源。

医　生　（关切地）你没事吧？

马思源　（坚强地）我不要紧。医生……您继续说吧。

医　生　啊，有四个人不同程度地受了伤……情况大体就是这样。你也看得出来，我们是小医院，条件有限，五死四伤这么严重的交通事故，我还是第一次碰到。不过据交管部门的人说，这种事故一般死亡率都是百分之百，能活下来几个人，已经是万幸了！

马思源　（强忍悲痛）谢谢你们了医生。死者是什么情况？

医　生　一个女士，四位老人……两男三女。

马思源　（咬牙镇定情绪）我要先看看伤者……再去看死者。

医　生　这样好。伤者的情况是这样　我们只是给他们做了止血、包扎和输液工作，可他们现在的情况几乎都得去骨科做牵引、固定等手术治疗，养伤复健也不是一天两天的事情。我建议你们还是带他们去省城的大医院，那里条件好，离你们的工作单位近，比较好照顾。

马思源　医生，我还是先看看情况……再说吧。

医　生　当然，我们医院也有骨科，县里也有骨科专家。

马思源　知道了。谢谢您医生。（忽然想起了什么）嗯，医生，不是说面包车撞上了一辆货车吗，货车是个什么情况呀？

医　生　啊，货车块儿大，剐擦了一下，撞上了栏杆，司机的头被前挡风玻璃碰破了，简单包扎后就开车送货去了。

马思源　啊，这就好。咱们去病房吧！

〔秦永信、小米也释然了。

医　生　好。请随我来。

〔秦永信的手机响了。

秦永信　小米，你陪思源先去，我随后就来。

小　米　好。

〔马思源整理了一下头发和衣服，与小米随医生下。

秦永信　（打开手机）喂……（去了一旁）我是……

〔暗转。

第五场　忍痛安抚

时间　深夜。

地点　太平间。

〔五具尸体盖着白布单，分别躺在冰冷的床板（平车）上。

〔小米与秦永信搀扶着哭成泪人的马思源走了进来。

〔马思源上前，揭开白床单，看着。

马思源　冰倩——舅舅——三婶——爸爸——妈妈——妈妈——！马思源火山喷发似的大哭起来。

〔秦永信、小米看着马思源，也流下了眼泪。

马思源　（喃喃地）爸、妈……你们出来旅游……不是玩得挺开心的嘛，怎么一下子就成永别了呢？……姑父、舅妈、三叔他们四个，也是骨折的骨折缝针的缝针……浑身是伤……这让我怎么办呀？……这让我怎么办呀？

〔马思源突然就失控了，捂住嘴哭着跑到舞台前，大哭不止。

[小米哭着过来安抚马思源。

[尸体背景隐去。

秦永信 （抹了把泪，上前开导）思源，别哭了。你要振作起来，你得坚强起来，你不能倒下，你要节哀顺变……因为还有好多事，需要你来面对，需要你来处理呢。

[马思源恢复了理智，抹去眼泪抽泣着。

小 米 是，马姐。马董和阿姨的后事，我知道该怎么处理；可还有其他几个家庭的人，我不知道……

马思源 （叹了口气）他们……都是这次车祸出的事，就一起处理吧。

小 米 好。

[吕志强和马思姝哭红着眼睛赶来了。

马思姝 姐，（哭着扑向马思源，姐妹俩拥在一起）我们怎么办呀？……我没有妈妈了，没有大伯大妈了……没有舅舅也没有冰倩姐姐了……其他几个亲属……也是多处骨折浑身是伤……我们怎么办？呜呜呜呜……

秦永信 哎呀，思姝，你别哭了。思源好不容易才平静下来，你们怎么又开始了呀？

马思姝 （执拗地）家里出了这么大的事，死伤那么多人，我哭一下又怎么了？

小 米 （过去安慰）思姝姐，现在不是哭的时候，是解决问题的时候！

秦永信 是。你们怎么现在才来呀？

吕志强 对不起，我们一接到电话就急忙买机票，与那边的人告别，还好连夜赶了回来。要不，人现在还在三亚呢！

秦永信 现在的情况是这样，交管部门正在做调查、搞分析，等他们调查有结果了，会及时告诉我们的。

小 米 保险公司的人也和我这边取得联系了，该怎么理赔，他们会酌情办理的。

吕志强 （不好意思地）秦永信、小米，我们不在，让你们俩受累了。

秦永信 没什么，老同学之间互相帮忙，是应该的，也是必须的。

马思姝 （不高兴地）唉，都怪我爸，姑父恋爱受挫折要寻短见，我们好心救了，大家在家做做工作安抚一下就行了嘛，非要建议大家出来陪他散心。

你看现在这事情搞的，我都不知道该怎么收场了！

吕志强　（厌恶地）那是你爸闲得没事，蹭吃蹭喝蹭玩习惯了，遇到这种占便宜的机会，像瞌睡碰到了枕头一样，能不提这种建议吗？

马思姝　（不满意了）哎，志强哥，你怎么能这么说我爸呢？

吕志强　我也是顺着你的思路随便说两句而已。你爸是什么样的人，你还不清楚吗？

马思姝　我爸是什么样的人？他只是工厂效益不好，下岗后开了个小卖部，日子混得差了点而已。你用得着这么看不起他吗？

吕志强　我没有看不起他，我只是看不惯他动不动就来餐馆蹭饭，有时候还带人来连吃带喝，走的时候也是只签单不付钱的那种德行！

马思姝　（气愤地）在这事上边我大伯大妈和我姐都没说什么，没承想你意见还这么大的！

吕志强　那是他们人品好，不便说；和这次外出一样，你爸提议，人家马董再忙也没驳你爸的面子。要我说你爸这坏毛病，都是惯下的！

马思姝　（急眼了）没想到你对我爸还有这么大的成见！说实话我也看不惯他的行为，可我看不惯有什么办法？他是我爸，我又是他收养的，作为晚辈，我总不能怼他、骂他、打他吧？

马思源　（一直在想事，回身烦躁地）你们别吵了好不好？事情已经这样了，怪这个怨那个，有用吗？

吕志强　对不起。我只是遇到这种事头有点大，想得有点多而已。

马思姝　姐，我害怕，我已经六神无主了。

马思源　有什么头大有什么可怕的，该怎么处理怎么处理不就行了！

秦永信　就是嘛。赶快商量正事。

马思源　对。先解决死者的事情。

马思姝　我主张薄葬。"无论穷、无论富，都是三丈六尺布"，这样省钱。

秦永信　听老人们说，遇到这种情况，有的就选择就地而葬了，为的是不折腾死者。

吕志强　就地火化，把骨灰带回去的也有。

马思源　这里距离西京只有200公里，联系殡仪馆来得及。因为我们牵扯到几个家庭的死者，丧葬有殡仪服务、殡葬礼仪服务、遗体处置服务、丧葬用品服务、遗体墓穴安葬服务的话，稳妥。

小　米　对，还是马总考虑得周全。

秦永信　死者的事情还比较好办，最难办的……是车祸幸存者。

马思源　（不解地）大难不死，是多么好的事情呀，他们的事情怎么就难办了？

秦永信　他们虽然幸存了下来，可心灵上……都有创伤。

马思源　我脑子很乱，你能不能说详细点？

秦永信　很简单。看到自己的亲人去世了，他们会悲痛欲绝；看到自己伤胳膊断腿了，他们会万分沮丧；想起自己毁容了，他们会怀疑人生。

马思源　对，这些都需要我们活着的人勤观察，多体贴，好早一点让他们卸掉包袱，步入正常生活。

秦永信　还有，伤者的治疗和补偿工作，也是很难做好的。

小　米　我想，都是亲戚，怎么着话都好说，事都好办。

马思源　对，在对待这次交通事故问题上，我们家有责任，我也不想逃避，我把事情尽量处理得圆满些，他们还会有什么说的？

秦永信　你能这样想，当然很好。但处理这种事情，复杂程度比我们想象的要严重得多！我们接手过许多这类民事案子，哪一个都不简单，而且是关系越近，越难调解！

小　米　是，在利益面前，往往就亲人不是亲人、亲情不是亲情了。

马思源　（单纯地）我想，我们这几家人，关系向来友好。情况还不至于发展成那样吧？

马思姝　对，我们几家的关系，都铁着哪！

秦永信　但愿如此。不过，你三叔已经有我预想的那种苗头了。你得有个思想准备。

　　［马思姝不满地撇嘴。

小　米　（笑道）不过钱能解决的问题，那都不是问题。

马思源　好，谢谢你们的提醒。我尽量把事情做圆满就行了。

吕志强　思源，时间紧，事情多，你就直接吩咐我们该做些什么吧。

　　［马思姝紧张地看着马思源。

马思源　（想了想）志强，有一件很重要的事，需要你这种身份的人去做。

吕志强　什么事，你说吧。

马思源　不管怎么说，都是自家亲戚。我要你去另外三家，把我们对五位亲人的丧葬礼仪想法告诉他们，征求一下他们的意见。

吕志强　知道了。

马思源　还有，对伤者的治疗和补偿，也征求一下他们的意见。

吕志强　没问题。

马思源　小米，你去找院方，把这两天我们家人住院治疗的费用给结了。

小　米　好！

马思姝　（暗自庆幸不用自己掏钱，回头问道）姐，我干什么呀？

马思源　你去办一下几位亲人的死亡证明，然后打电话给西京殡仪馆，联系一下遗体接运、冷藏、告别、火化和骨灰寄存等事务。

马思姝　好。方便的是，我们这几家给老人选的墓地都在一起呢。

马思源　我得联系一下西京医院和红会医院，这两家医院骨科好，看他们有没有床位接收咱们这四个车祸伤者。

秦永信　那我就去联系车辆吧，看怎么能改装一下，安全快捷地把伤者送回西京。

马思源　老同学办事，真是细致入微，我没想到的你都想到了。

秦永信　别说我了，你不愧是当老总的料，说话处事真是头头是道。

马思源　唉，这次事故，毕竟是我爸开车造成的，所以在相关部门还没有做出责任认定之前，我理应为其他三家亲戚的伤亡人员承担一些责任。

秦永信　思源，你能这么做，我真是既感动又佩服。

吕志强　是。思源这么做，够可以了。

马思姝　是呀，姐，你真是太伟大了！

马思源　行了行了，时间紧迫，各司其职吧。

　　〔大家答应着，分头行动了。

马思源　（突然又哭了）一次出行……怎么就出了这么大个事故呀？……爸，妈……我真是有些……承受不了了！

秦永信　（返回来安慰）思源，你得节哀顺变，保重身体，千万别伤心和劳累过度了。

　　〔马思源抽泣着擦着眼泪，秦永信扶马思源下。

［灯光暗下。

第六场　责任难定

时间　一个月后。

地点　"德福餐饮"办公室。

［灯未亮。电话铃声响起。

牛大义接电话的声音　喂……

马保全电话里声音　姐夫，我是保全。思源给我打电话了，说"事故责任认定书"下来了。

牛大义的声音　下来了好呀。

马保全不满的声音　你什么都没见，就说"下来了好呀"，你知道里边的话是怎么说的吗？要是事故责任认定对我们不利，你想过怎么办吗？

牛大义吃惊的声音　呀！这我还真没想过！

马保全的声音　就是嘛。思源说考虑到我们行动不便，要把复印件给咱们送上门儿来。

牛大义的声音　送上门儿来也好。

马保全的声音　什么送上门儿来也好！要是事故责任认定对我们不利，她带人上门给咱们来个各个击破，咱们该怎么办？就靠姐夫您这爱上当受骗的智商，玩得过思源那比猴还精的脑袋瓜吗？

牛大义会意的声音　噢！是是是，这还真是个事。那你说该怎么办吧？

马保全的声音　我给她说，不管我们的行动有多难，我们还是坚持明天上午一起来"德福餐饮"办公室吧，一是大家可以面对面地看见"事故责任认定书"；二是能把大家不清楚的事情弄清楚。

牛大义的声音　对对对，还是你考虑问题周到。

马保全的声音　这样到时候，只要情况对咱们不利，咱们就好商量对策，怎么都比东一榔头西一棒槌地打乱仗好。您说呢，姐夫？

牛大义满意的声音　对对对，人多力量大，什么都不怕。哎呀，还是你能成，把什么都想到了！

马保全的声音 我想的是我们都一把年纪了，怎么都不能任由思源那丫头说什么就是什么！

牛大义的声音 对，思源舅妈那儿，也得麻烦你给她通通风、打打气，别让她傻乎乎地去了，任人宰割！

马保全的声音 我知道。姐夫，这您就放一百二十条心吧！

〔灯亮。

〔脖子、腰部有热塑性矫形器、固定板，坐在轮椅上的牛大义被他包扎着左眼的外孙董晓宇推了进来。

〔右腿有热塑性固定板的田凤贤被女保姆用推车推了进来。

〔头上有热塑性固定板，左胳膊有外固定支架的马保全拄着拐走了进来。

小　米（轻快地走了进来，热情地给大家倒水）爷爷奶奶们来了，请坐。

马保全 这多亏还有电梯，要没电梯，我们几个恐怕谁都没法上来。

牛大义 唉，出个车祸，死的死伤的伤。我们几个虽然活了下来，可精气神已经大不如前了。

田凤贤 是。元气大伤了，更加不中用了，接下来，也只能混吃等死了。

马保全 要我说，还不如死了好呢，这样活下去，一点尊严都没有！

〔马思姝走了进来，一听这话，就不高兴了。

马思姝 爸，你别在这儿散布悲观情绪了好不好？

马保全 难道我说错了吗？

〔吕志强从右侧走来，显然是听到了这里的对话。

吕志强 叔，坏情绪会传染。话有三说，巧说为妙。

马保全 话说得再巧妙，罪不还得自己受吗？（坐）

〔马思源拿着文件夹上。

马思源 对不起了姑父、舅妈、三叔、董晓宇，我刚才去了趟法院，咨询了些问题，慢待大家了。

牛大义 我知道，找你同学秦永信去了。

马保全 没关系。听说交管部门的人把事故报告送来了，那是个什么情况呀？

田凤贤 是呀，你快给大家传达一下嘛。

马思源　好。具体情况是这样，车祸是由于我爸驾驶的面包车爆胎，与同向货车相撞，冲出高速公路护栏造成的，属于意外，各方均无责任。

马保全　（不解地）爆胎我知道，意外我也懂，可这"各方均无责任"，是个什么概念呀？

马思源　就是说，这次事故，是面包车爆胎造成的，与我爸这个开车的人没关系，与你们几个坐车的人也没关系。谁都不用为这次车祸担负责任！

马保全　这就完了？

马思源　完了。他们说一般碰上这样的事故，车内乘客死亡的概率是百分之百，能活下来几个，已经是不幸中的万幸了。

牛大义　我们都成这样子了，还万幸呢。

马保全　给你说还不如死了好呢。

田凤贤　事故报告，就说了这些？

马思源　就说了这些。这已经说得很清楚了。我还彩色复印了几份，各家都拿一份。

　　[马思源说罢，与吕志强、小米把复印件一一递给了三位老人。

马保全　（看着复印件）这就没事了？

田凤贤　你还想有什么事？

马思源　属于车辆的赔偿，保险公司会给说法的；至于你们大家，出行时问你们要不要办保险，你们都说花那钱干什么，所以现在只能是谁自己给自己办意外保险了，谁才能在保险公司那儿得到一些补偿。

田凤贤　我办了。

牛大义　我也办了。

马保全　我没办。

马思姝　给你说了几次，你不办；我要给你给我妈办，你也不让。看看现在，出了事只能是干瞪眼没办法！

马保全　我们那是不好意思，是推辞。你要是孝顺我们，真心想给我们办早就办了，还能等到今天，遇事干遭罪！

马思姝　看看看，是你自己把事情误了，现在倒怪起我来了！

马保全　那我现在就去办意外保险。

吕志强　叔，你现在去办，黄花菜都凉了。

[马保全黑着脸叹了口气。

马思源　还有件事，我要郑重其事地告诉大家，"事故责任认定书"大家都拿到了——这是一起意外事故，我爸我妈也在这次事故中遇难了，所以我就不应该再承担大家的赔偿责任了。

[马保全、牛大义、田凤贤听了这话，立马瞪大了眼睛。

马保全、牛大义、田凤贤　思源，你这话是什么意思？

马思源　你们先别急，听我把话说完。出事后，因为咱们都是亲戚关系，我第一时间就拿出了50多万元，用于几位死者的善后和你们几位伤者的急救、疗伤与营养补贴了。

马保全、牛大义、田凤贤　这你做得很好呀。

马思源　可那是"事故责任认定书"下来之前，钱花了也就花了，你们就不用承担了；可现在"事故责任认定书"已经下来了，责任也已经明确了，我就不能再负担各位受伤亲人的医疗费用什么的了。

马保全　（立马反对）这不行！我们遭这么大的罪，已经够悲伤的了，你还这样对待我们！（面向牛大义、田凤贤）你们说是不是？

牛大义　就是！我们都生活不能自理了，你还想丢下我们不管呀？

田凤贤　是呀，思源，你这么好，就应该帮人帮到底的，怎么能中途变卦，耽闪（方言，耽搁）我们呢？

马思源　你们都有社保医保，剩下的医疗费用你们完全可以自己承担，为什么非得依赖我呢？要是你们跟团出去旅游，碰到这种事不也一样要自己承担责任吗？

马保全、牛大义、田凤贤　思源，你这么说就不对了！

马思源　我哪不对了？你们要是不信，可以出去找律师、找法院、找任何人咨询，看我说的有没有道理，看我马思源是不是在推卸责任！

[马保全气得站了起来。

马保全　思源，如果我们不出去旅游，那压根就不会发生这次事故。现在事情已经出了，咱说话办事就得按常规路子走！

马思姝　三叔，那您说说，我们接下来的常规路子，应该怎么走？

马保全　虽说事故属于意外，但车是你爸开的，死了的人就死了，什么话也不说了。但我们活着的这几个人，你再怎么说也得帮我们把伤治好、把身体养好！你不能仅凭这么个事故报告，就把责任撇得一干二净。是不是？

马思源 三叔，要不是您那天提议，我爸工作那么忙，能答应开车带你们出去旅游吗？

马保全 前些年都是你爸你妈提出和大家一起出去旅游的，我这次只不过是想要大家陪你姑父出去散散心而已。其实我那天也就那么一说，你爸完全可以不同意呀！你爸要是不同意，不就没这回事了吗？

马思源 三叔，你这不是在胡搅蛮缠吗？

马保全 我哪胡搅蛮缠了？保险赔不成，你再不给赔，我不是两头都落空了吗？

马思源 事实就这样，我也没办法。

田凤贤 （不满地）思源，你这孩子，怎么能这样对长辈说话呢？说实话，我们家当时也有一河滩的事情要做呢，都是你们叫我们一起去，我们不好意思推辞，才勉强一起去的；谁知道这一上路，我们家老头子把小命都给丢掉了！

马思源 舅妈，照你这么说，我爸我妈每次带你们出去旅游，都是在给你们添麻烦是吗？都是自家人，您何必当时玩得尽兴、吃得满意、睡得舒坦、买得顺心，这时候又说出这么伤人的话来？我们也是看在我们之间的亲情面子上才这么做的，要都像你这样难伺候，谁还敢把亲情当回事呀？

马保全 （气愤地）马思源，你怎么越说越来劲了，唵？你怎么都不想想，我、你舅妈，都没有老伴了，我们回去连个说话的人、连个吵架的对象都没有啦！

马思源 （气哭了）三叔，是您老说我爸事业有成，幸福要和亲戚们分享，又一次次地鼓动我爸多组织这样的活动；我爸也是为了照顾您的面子，才一次次地花钱出力赔工夫那么做的。你现在说这样的话，还有什么意思？是，你、我舅妈，都没老伴了；那我呢？不也没爸没妈了吗？难道你们的人都应该活着，就我爸我妈该把命丢在外边吗？

牛大义 （烦躁地）好了好了！你们都别说了！事情是因我而起的，是我连累了你们。……可是，我跳楼你们就叫我跳楼嘛，你们为什么要救我呀？你们要不救我，死的也就我一个；现在可倒好，不但回来看我的冰倩没了，你爸你妈你三婶，还有你舅舅，都跟着没命了；我们几个包括董晓宇，也伤头伤颈伤腰、断胳膊断腿地受尽了苦痛！……要我说像我现在这样活着，还不如死了呢！

马保全、田凤贤　就是嘛！

马思源　你们这样抱怨，到底是在怪谁？难道亲戚之间，就不应该有来往吗？难道这几年我爸我妈带你们外出旅游、逢年过节请你们聚餐，都是闲得生烦，都是嘚瑟显摆，都是在祸害你们吗？

马保全　我可没这么说！我……

〔马思姝实在看不下去了，截住了爸爸的话头。

马思姝　爸，您别说了好不好？不管怎么说，大伯大妈带大家出去旅游，都是好事嘛。事故虽然造成了很大的伤害，但我们还有亲情在。所以事到如今，大家都要保持冷静，不能这么怨天尤人，好像活不下去了似的！

马保全　（气愤地）马思姝！你给我闭嘴！现在是她不冷静，而不是我们不冷静！说亲情，就应该把亲情放在第一位，她这么翻脸不认人，还有半点亲情可言吗？

牛大义、田凤贤　对！

吕志强　（看了下几位老人）叔叔、婶婶、伯伯，有句话我不知当讲不当讲。

马保全　要说你就说，谁也没拦你！

吕志强　天有不测风云，人有旦夕祸福。这些道理你们肯定比我懂。世界上就没有绝对的事情，所以大家在出行的时候，什么思想准备都得有。

小米　对，就像这次汽车爆胎，防不胜防，谁也想不到呀。

董晓宇　是是是，姥爷、爷爷、奶奶，这就跟坐飞机一样，谁也不能保证每个航班都能安全抵达……

牛大义　（恶狠狠地）董晓宇，你给我住嘴！屁大点儿孩子，你懂什么呀！你中学没读完，眼睛就瞎了，将来上大学谁要你？找工作谁用你？找媳妇谁嫁你？

董晓宇　这不要你管。上不了大学我自学，找不到工作我单干，娶不下媳妇我就买仿真机器人！

牛大义　（推车要过去）你再胡说，看我不抽你！

马思姝　姑父，我觉得董晓宇说得有道理。

吕志强、小米　对！

马保全　（穷凶极恶地）你们这些互不相干的外人，统统都给我闭嘴！

吕志强　（不服地）那你们也不能这么欺负我们马思源！

马保全　（躓着拐棍）我们怎么欺负马思源了？你要再胡说，我可就不客气了！

　　〔吕志强和小米、董晓宇、马思姝无奈地相互看了一眼，不说话了。

马保全　（耐下性子）思源，这次的事情已经是这样了，大家再呛呛下去也没什么用。我现在要说的是，你不应该仅凭人家送来的这个事故报告，就把你的责任一推六二五，该承担的责任你还得承担！

牛大义、田凤贤　就是嘛！

马思源　三叔、姑父、舅妈，事故的责任，我想你们已经很清楚了，这不是人为造成的，完全属于意外。所以前边的钱我该出的就出了，什么话都不说了；可后边该花的钱，你们真得自理了，你们都有医保社保，该花的钱也得花。反正从现在开始，我不能再出钱出力，为你们承担其他任何责任了！

马保全　（气得咬牙切齿）马思源！你说这话，不跟没说一样吗？

牛大义　（也气不过）就是嘛，你年纪轻轻的，怎么就这么难说话的！

田凤贤　（和缓地）思源，你人这么好，你们家"德福餐饮"生意那么火，火得都成网红餐厅了，你难道还在乎这点钱吗？

马思源　舅妈，我好，就一定什么事都得满足你们吗？更何况我好，我们家餐馆生意火，也不是我帮你们的理由呀！

田凤贤　你看你这话说的！

马思源　我说得一点都没错。我们家的生意也是小本经营，打拼到这两年才有了点起色，扩大经营也才提上议事日程。现在到处都需要钱，有的项目因为这件事，都已经受影响了！

马保全　思源，你不能光想着钱，你得想想你肩上的责任。你们家的老底儿，我们知道！

马思源　我们家里里外外，也要养不少人呢。如果待遇不好，我们能留住人才吗？

田凤贤　这我们也知道，但亲戚们的事，你也得照顾，不是吗？

牛大义　对。亲情比什么都重要。

马思源　说得对。亲情比什么都重要。我爸我妈一直都是这么教育我的。我们家的人，也一直把这句话落实在了行动上。可我现在才知道，亲情最重要，亲情也最不讲道理！

马保全　马思源！你怎么说话呢你！"心狠折本，事绝短寿"，你知道吗？

马思源　我知道。我还知道一句话，叫"斗米养恩，担米养仇"！

马保全　（气愤至极）马思源！既然你这样绝情绝义，我……我们就要去法院告你！

牛大义和田凤贤　（齐声响应）对！既然你要把事情做绝，我们就要去法院告你！

　[吕志强、小米、董晓宇看着马保全他们，一脸的惊愕。

马思源　（坚定地）既然你们要告，那就去告吧。我一定奉陪到底！

马保全、牛大义、田凤贤　好！我们法庭上见！

　[黑灯。

第七场　德福巷口

时间　几日后的清晨。

地点　德福巷牌楼前。

　[有人跑步路过，有男女青年或坐或站在阅读。

　[一妇女边制作镜糕边喊"玫瑰镜糕——"有上学的孩子前来买了，高兴地啃着下。

　[有蹬着三轮车送货的商户出了巷子去往目的地。

　[四个街坊邻居聊着天上。

女街坊　听说了吗，马家的事越闹越大咧。

男街坊　可不是吗，马保全牛大义他们嫌马思源不再给他们赔偿了，要告马思源。

老年街坊　马保全也是的，马思源为这事已经贴赔了五十多万元咧，现在车祸认定马思源她爸没责任，咋还没脸没皮地让人家马思源给你赔偿呢？

抱娃街坊　这就叫"人心不足蛇吞象，世事到头螳捕蝉"！要我说，人家马思源事做得好得很着哩！

男街坊　马家的事发展到现在，都是马恩全过去对他们这些亲戚太好咧，把坏毛病给惯深咧！

男街坊　就是的，"吃谁喝谁不念谁，老了还要缠住谁"。这风气可不好！

[四邻居聊着天下。

[一小伙背着挎包上来，趁人不注意，在电线杆上贴了张小广告。转身刚要走，就被闲事主任给拦住了。

闲事主任　你站住！

[小伙站住了。

闲事主任　（把小伙刚贴的小广告撕了下来）你知道吗，你贴的是非法广告。

小　伙　我只是想挣点辛苦钱。

闲事主任　挣辛苦钱也得选对路子。你也成年咧，这分明是治阳痿的野广告嘛！先甭说你给他把人拉去，病人的病能不能治好，光这野广告上的内容，看着都让人脸红。你把它扔到市民车筐里，如果被随手扔了，会污染环境；如果被带回家，会把娃们引入歧途。你知道吗？

小　伙　知道。

闲事主任　知道你还到处贴！

小　伙　人家说贴完会给我钱。

闲事主任　给多少？

小　伙　三十块。

闲事主任　（掏出钱包）我给你五十块，这些小广告你就甭贴咧。你去前边的德福餐饮，给他们洗碗打杂去。管吃管住，钱也不少拿。

小　伙　那人家不要我咋办？

闲事主任　你就说是闲事主任介绍的。

[闲事主任就给了小伙五十元钱，接过了他手里装广告单的袋子。

小　伙　（感动得立马下跪磕头）伯，你是我进城后遇到的第一个好人。我叫石头，我一定记住你的大恩大德，好好做事，好好做人！

闲事主任　（扶小伙起来）石头，快起来快起来。看你就是个好娃。但出门在外，一定要记住，提高警惕，德行为先；学无止境，艺不压身。

石　头　（热泪盈眶地）伯，我记住咧！

[旁边一老者上前。

老　者　（拍着石头的肩膀）石头，算你运气好，遇到了我们德福巷的闲事主任咧，给你钱，还给你介绍工作，你算是得了福咧。

石　头　是是是。（感动得直鞠躬）谢谢伯伯！谢谢你们！

　　〔石头抹了把泪，坚定地走了。

闲事主任　咱也是农村出来的，能帮娃们家一把，就帮一把嘛。

老　者　对，还是你人好。

　　〔闲事主任与老者聊着天下。

　　〔一背包客走来，见马思源跑步过来，迎上前。

背包客　请问，去湘子庙怎么走？

马思源　（停下脚步）从这个德福巷口往里走，看见飞檐斗拱的古建筑，往东一拐就到大门口了。

背包客　（看了下巷子）这么窄的巷子，还那么时尚的，怎么都不像是古城西京的巷道呀？

马思源　（笑了）这就是"宽街无市"效应。德福巷虽然不宽，也不那么横平竖直，但它却是我们西京最时尚和最古老的一条街道。沿着这茶楼、酒吧、咖啡屋往东南走，斜路里还穿插着个湘子庙，绕道而行成街，捧庙而居成巷。"德福巷"的名称就是"仰德而获福"，即仰韩湘子之德而成"德福巷"的。

背包客　乖乖，还真讲究。

马思源　外地人走到这里，谁都不知道这德福巷里边还藏着个湘子庙，那可是八仙之一的韩湘子出家的地方。你走进去，就明白什么叫"曲径通幽"了。

背包客　（惊喜地）是吗？

马思源　你要是中午来呀，这德福巷进出的人就比肩继踵、项背相望了。特别是那些拍婚纱照的俊男靓女，辣得你想走都走不了了！

背包客　是吗？我也是个摄影爱好者。

马思源　那德福巷、湘子庙，就太适合你了。德福巷时尚浪漫，够你消磨时间。湘子庙也是独一无二的。牌楼斗角精美绝伦，树木花草连枝交映，奇槐香泉匾额湘子洞个个罕见，连全部牌楼上的"湘子门"三个字，都是颜真卿的手书，够你拍半天的了。还有一点我得提醒一下你，从古到今，人们都说在这湘子庙里祈福许愿、求婚求子，那是最灵验的！

背包客　（高兴地）是吗？我喜欢我喜欢，我正在为我这个单身狗怎么脱单而发愁呢。谢谢您的介绍和提醒！

[背包客转身要走，与刚过来的一个黑人青年撞上了。

背包客　（看着黑人，脱口道）呀！这么黑的！

黑人青年　就你白！

背包客　（笑了，拱手道）对不起，对不起。

黑人青年　（用西京话道）知道吗，黑是黑，是本色；结实健康才是真！

马思源　（高兴地用西京话道）呀！这西京话说的，真是忒色得很！

背包客　乖乖！没想到一外国人在西京待几年，方言都说得这么好了。再见！

[背包客摆手与黑人青年和马思源再见，去了德福巷。

[黑人青年乐滋滋地下。

[秦永信跑步到了这里，看见了马思源。

秦永信　（停下来）老同学，又碰上了！

马思源　（笑道）是呀，好巧。

秦永信　思源，你知道吗，你三叔马保全、你姑夫牛大义和你舅妈田凤贤等几个事故幸存者及其亲属，把你和你们的"德福餐饮"告上法庭了。

马思源　我知道。

秦永信　人家要你从你父母的遗产里拿出二百万元作为赔偿金。我所在的法院接受了这个案子。

马思源　（无奈地）唉，我这人头脑简单，想着"事故责任认定书"下来了，我就不应该再承担亲属伤者们以后的医疗费用什么的了；可他们坚决不干，脸一撕破，就走到这一步了。

秦永信　法院的人，得知这几年你们家都要出人出车出钱带这些亲戚出去旅游，逢年过节也都会邀请他们一起聚餐，都很感动，也都愿意做好那几家人的工作，妥善处理这个案子。

马思源　谢谢。我会把这次，还有能找到的前些年我爸妈带大家出游、聚餐的一些账单提供给法庭，希望法庭能够秉公执法。

[牛大义的外孙推着牛大义也遛弯儿到了这里，牛大义看见马思源与秦永信在一起，立马注意了起来。

秦永信　这个案子在学术界属于一种被叫作"好意同乘"的案件，即无偿搭乘他人驾驶的车辆发生的交通事故，事故责任认定为各方均无责任。你的父母均无过错，而作为对事故不承担法律责任的你而言，在父母亡故的情况下，再要求你承担其他伤亡亲属的赔偿责任，于情于法都说不过去。

马思源　我也是这么想的。按说此前我已经做得很不错了，可他们还是不满意。这些天我才明白，你为什么在佛坪会那样提醒我了。

秦永信　对，说不定这次，他们会以最残酷的方式伤你，你也得有所准备。

马思源　是，怪不得有人说，有时最亲的人，也是伤你最狠的人！

　〔牛大义听不下去了，用手转动轮椅车轮赶了过来。

牛大义　好嘛，你们俩，一个是法官，一个是被告，一大早就在这里鬼鬼祟祟地说我们原告的坏话，这官司，我们还能打赢吗？

马思源　姑父，你伤还没好，怎么不在家待着，跑这儿来了？

牛大义　我要在家待着，能听到你们这么私密这么恶毒的对话吗？

马思源　姑父，我们只是偶然碰到，随便聊聊。

牛大义　随便聊聊，就聊到"最亲的人，也是伤你最狠的人"了？

马思源　姑父，你不要误会，我们这么说，也只是想怎么样能减少矛盾。

牛大义　你们这哪是想减免矛盾冲突呀，你们这纯粹是想激化矛盾！

秦永信　大伯，事情不是这样的，思源知道你们在起诉她以后，给我谈的还是要我们秉公执法，您可千万别断章取义。

牛大义　我哪断章取义啦？我这是亲眼所见，亲耳所听，你们休想抵赖！

　〔见牛大义这样，马思源、秦永信无语了。

　〔董晓宇看着姥爷，则是一脸的难堪与无奈。

牛大义　我们也是的，一不留神竟把状子递到了你秦永信所在的法院里了。你们俩是好得不能再好的老同学，这样无形中就给你们私下搞串通、塞东西、使手段，创造了良好条件。这样，我们的官司，还能打赢吗？

秦永信　大伯，这你放心，在这个案子上，我可以回避。

牛大义　回避有什么用，不还是表面文章吗？告诉你们，条条大路通罗马，处处都有衙门楼。我们会更换法庭，重新起诉的！

秦永信　没问题没问题，大伯，你们完全有这个权利。不过……

牛大义　不过什么？

秦永信 不过，我本来是想跟思源交流怎么运用法律武器，帮助处理你黄昏恋被骗之事，看怎么挽回你那些经济损失的。现在看来，无论是我还是思源，都不好管，也没有必要再管你老人家这闲事情了！

牛大义 （一惊）你说什么？想帮助处理我黄昏恋被骗之事，挽回我的经济损失？

马思源 是，不过现在，我已经成了您的被告，他也被你拉黑了，我们俩都不能再插手您这事情了！

秦永信 对对对，涉情的事就不能管。管多了，弄不好就把自己都陷进去了。

牛大义 （急了）不不不，这事你们可得继续管！你们不管，可叫我这老头子……怎么办呀？

马思源 姑父，您学富五车，经验丰富，能谋善算，处理这事，我相信您有的是办法。

秦永信 就是，再说经您上次当众那么一闹腾，女方一时半会儿也不敢再做过分的事情了。条条大路通罗马，处处都有衙门楼，您还是自己想办法去解决你的问题吧。

马思源 就这样了。您继续溜达，接着思考，我们也该去上班了。

　　[马思源和秦永信转身就走。

牛大义 思源，思源，你们别走，你们走了，让我……

董晓宇 （忍无可忍地）姥爷，别喊了，你还想不想在这德福巷活人啦！

　　[马思源与秦永信头也不回地走了。

牛大义 （转动轮椅车轮要追）思源，思源？

　　[董晓宇一脸无奈地上前拽住了轮椅。

董晓宇 姥爷，别追了，别喊了。

牛大义 你不让我追、不让我喊，我的事你管呀？

董晓宇 姥爷，（不满地）我对您这么处理问题……有意见。

牛大义 你有什么意见？

董晓宇 （鼓起勇气）姥爷，我觉得您太自私了。一事当前，只为自己着想。还动不动就乱喊乱叫的，没有涵养，不嫌丢人……我都替您脸红。

牛大义 （不高兴了）董晓宇，你怎么跟姥爷说话呢？

董晓宇　姥爷，我觉得您跟网上说的一些老人一样，变坏了。

牛大义　什么？我变坏了？我既没在公交车上硬要年轻人让座，又没有打拳跳舞占据广场不让年轻人打球，也没有故意跌倒讹扶我起来的学生，我哪变坏了？

董晓宇　姥爷，生命只有一次，或长或短；感情只有一回，或喜或悲。对自己的未来，谁都无法预知，每一步路都需要自己去体会！谁也都不能强求，我们只能学着去接受和面对！

牛大义　嘀！到底是初中生了，出口成章，还一套一套的啊！

董晓宇　姥爷，我想让您做一个知足常乐的人，这辈子开开心心地活着。

牛大义　废话！经过这次车祸，我残了，你瞎了，还怎么开开心心地活着呀？

董晓宇　那也不能愁眉苦脸没事找事到处添乱呀？

牛大义　什么愁眉苦脸什么没事找事什么到处添乱？我这是在为自己争取合法利益，你知道吗？

董晓宇　姥爷，我觉得您这不是在争取合法利益，倒像是在胡搅蛮缠。用时髦的话讲，您这叫非理性亢奋！

牛大义　什么意思？

董晓宇　用通俗的话讲，就是发疯。

牛大义　（吼道）你给我滚！

董晓宇　我滚了，谁推你呀？

牛大义　我不要你推，你给我滚！

董晓宇　（离开推车，边走边嘟囔）我这才知道，什么叫"英雄不问出处，流氓不问岁数"！

牛大义　（气愤地转动轮椅车轮追过去）你胡说什么？你给我站住！你给我站住！你让我逮住了，看我怎么收拾你！

〔暗转。

第八场　上门办案之一

时间　几日后。

地点　马保全家小卖部。

　[马思姝提着外卖上，进屋，将餐盒放到了桌上。

马思姝　爸，早餐买回来了，您快来吃吧。

马保全　（拄拐上，慵懒地）什么饭呀？

马思姝　（对着镜子收拾头发）肉丸胡辣汤。

马保全　没买肉夹馍呀？

马思姝　一块饼，一大碗肉丸胡辣汤，足够您吃的了。再吃肉夹馍，不但会撑着您，还会让您的"三高"得不到控制！

马保全　不想买就说不想买，什么三高四高的。

马思姝　行，只要您能吃，我明儿就给您买。（背起包）爸我去上班了啊！

马保全　你去吧。一会儿法院还要来人呢。（可马思姝没走几步，他又喊上了）你回来！

马思姝　（又返了回来）怎么了，爸？

马保全　你妈不在了，爸也不知道该怎么关心你，你的个人问题现在怎么样了嘛？

马思姝　我的遗传基因就这样，没我思源姐漂亮，也没法找我志强哥那样的男朋友。

马保全　那店里不是还有好多小伙子吗？

马思姝　店里剩下的，不是炖肉的，就是跑堂的，要么就是买菜的、洗碗的，我一个都看不上。

马保全　谁让你找那些打杂的了？颠勺的收入高，你不会在他们之间找吗？

马思姝　颠勺的没结婚的没几个，剩下的不是已经有对象了，就是我对他们没感觉。

马保全　嗨！你颜值低，咱家底薄，在这个问题上，你就别太弹嫌（方言，挑剔）了。幸福是属于糊涂人的。高富帅你就别考虑了，只要小伙子对你好，日子能过前去，要我说就行了！

马思姝　爸，话是这么说，可我不甘心。我还在寻找。

马保全　你这娃也真是的。不听老人言，吃亏在眼前。现在高智商的剩女，多的都跟牛毛一样，你就不怕把你耽搁了？

马思姝　爸，我的事你就别管了，你把你身体保养好就行了。（想起了什么）啊，还有，爸，在事故赔偿问题上，您真的不能再固执己见了，弄得我周围的人都看不下去了。

马保全　看不下去他别看。我们该怎么维权，还得怎么维权！

马思姝　维权也得有个度，不能任性，不能想怎么就怎么。都是一家人，平时都处得不错，您别把事情闹得太僵了。

马保全　（生气了）滚滚滚！都这时候了，还胳膊肘朝外拐，替思源那个死丫头说话！

马思姝　什么死丫头，人家做得对着呢。你们就不要再在一起鼓捣猫腻了，弄得……

马保全　（气得把筷子一甩）滚！滚！你给我滚！吃里扒外的东西！

　　〔马思姝无奈地看了看父亲，嘟囔着下。

　　〔马保全愤愤地起身，拄着拐踱来踱去。

　　〔一男一女两个法官上。

女法官　大叔，您是马保全先生吗？

马保全　是，快进来，屋子小，你们随便坐。

　　〔马保全将餐盒推向了一边。男法官给马保全挪过去一把凳子。

男法官　大叔，您坐。为了照顾您，我们特意上门办案。

马保全　（坐了）你们的服务态度真好！坐吧。

　　〔男女法官坐了，女法官拿出了笔记本，开始记录。

男法官　大叔，那次的事故很不幸，我们都很同情你。可是经过我们调查，发现事故发生后，马思源的善后工作做得还是挺不错，很到位的，你们……

马保全　对，你说得没错，事故报告出来前，她各项工作做得都很到位，我们也无话可说。可事故报告出来后，她就像变了个人似的，一下子就不认账了，什么赔偿都不想承担了。你们说气人不气人？

男法官　站在你们的立场上考虑问题，确实是挺气人的。可按照事故报告、按照律法常规，马思源做得一点都不过分。

马保全　（瞪大眼睛了）看看，看看，难怪我姐父说，在有思源老同学供职的法院，就办不成这个案子。你们一开口就向着她，这让我们这个案子还怎么办下去呀？

女法官 放心吧，大叔，我们一定会依法办事的。

男法官 对，您有什么想法，有什么诉求，尽管说。

马保全 （理直气壮地站了起来）很简单。死了的人就算了，我们这几个死不了又活不旺的人，今后的看病治疗、吃喝拉撒，她马思源必须管！她不管，我们绝不罢休！

男法官 大叔，您说话别这么霸道好不好？其中涉及的一些法规问题，我们还没问你呢。

马保全 （收敛了，坐下来）什么法规问题，你问吧。

男法官 你们乘坐面包车在高速公路上行驶，系安全带了没有？

马保全 （犹疑了）这个，可能……大概……差不多系了吧。

男法官 可事故现场证实，你们都没系！

马保全 啊，对，不是我一个，大家都没系。

男法官 这你们就违反交通安全法了，知道吗？

马保全 路那么好，本来走山路的，后来走隧道了，谁还系安全带呀？

男法官 可就是因为你们的安全措施不到位，直接造成了五死四伤！

马保全 如果那辆货车不碰上我们的车，我们的车能冲出高速公路护栏，翻下公路吗？

男法官 大叔，您弄清楚，是你们的面包车爆胎，导致车辆突然向右行使，和那辆货车碰撞后冲出高速公路护栏翻下公路的！

马保全 碰撞时，那辆大货车没有避让比它小的面包车，也得承担责任吧？

女法官 你怎么不说碰撞时，你们的面包车车速过快，违反了交通安全法车辆行驶限速的法规呢？

马保全 （脖子一扭）那这是司机的事，与我们乘车的人无关！（理直气壮地）这也正好说明：马思源应该替她爸爸，继续对我们负赔偿责任！

男法官 可这起事故对他们来说，已经没有责任了！

马保全 这我不管！反正我们几个都成这样了，也干不成工作了，她马思源不赔偿，说得过去吗？她们家的"德福餐饮"生意那么火，一年赚那么多的钱，给灾区捐款都那么大方，怎么给我们几家亲戚做点补偿，就这么抠门儿、就这么小气、就这么拿不出手？她这么六亲不认，还像个明理懂事的晚辈吗？她这么冷血绝情，还有一点点人性可言吗？

　　[男女法官看着马保全，惊得目瞪口呆。

　　[暗转。

第九场　　上门办案之二

时间　同日下午。

地点　牛大义家。

　　[客厅，牛大义转动车轮，闷着头在屋里转悠。

　　[董晓宇在一旁唠叨。

董晓宇　姥爷，等会儿法官来了，我希望您态度能稍微好一点，别苦大仇深的，好不好？

牛大义　你看你说的，人家法官来了，姥爷能不和颜悦色吗？我要给人家动肝火，那不是自讨没趣吗？

董晓宇　好。还有，人家要是问到您的诉求，我也希望您能略微少说一点，别好像人家不赔偿您就活不下去了似的，好不好？

牛大义　这一点我不能苟同。毕竟是我们在打官司，没有诉求打这个官司，我们是吃饱了撑的？

董晓宇　当然，我只是说略微少一点。

牛大义　可以。还有吗？

　　[男女法官来了，听见屋里在对话，便站住了。

董晓宇　还有，也是最重要的。人家法官说什么，即使再不合您的意，您也要耐心地听着，千万不要动不动就反驳，就跳脚，就脸红脖子粗，就……

牛大义　（失去耐心了）行了行了！大人打官司，你跟着走就行了，哪那么多条条框框！

董晓宇　我还不是怕您把事情搞砸了吗？

牛大义　放你一百二十条心，姥爷过的桥比你走的路都多，还能摆不平这事？

董晓宇　可此前您对我姨的态度，就让人觉得您为老不尊，缺涵养，少风度，没有法律观念！

牛大义　（气愤地）你再说一遍！

董晓宇　（鼓起勇气）姥爷，您要是还像对我姨那样说话办事的话，我就不跟你们去打这个官司了！

牛大义　你这小子，是脑子进水了，还是头被门夹啦？你到底是站在哪一边说话呢？你这不是要我们缴械投降吗？

董晓宇　缴械投降才好呢，那样的话，矛盾就化解了，关系就和谐了，世界就太平了！

牛大义　（转换态度）董晓宇呀，不是姥爷我说你呢，你年龄小，不懂事，只知道息事宁人，不知道据理力争。照你这样发展下去，将来怎么好在社会上立足呀！

董晓宇　姥爷，我的事，不要您操心！

牛大义　（哭了）娃呀，你怎么都不想想，你刚初中毕业，就遭遇车祸、就没了妈妈，就没了一只眼睛……我手里没点钱，将来怎么供你考大学、给你娶媳妇啊？

董晓宇　（不耐烦地）哎呀，姥爷！苦难会使人成长。再说了，天生我材必有用，王八绿豆好对眼，我的未来不是梦。您就不要为我操心啦，好不好？

　　[董晓宇倔强地将头扭向了一边，牛大义不认识似的看着董晓宇。

　　[门外的男女法官对视了一眼，叹了口气，敲门。

牛大义　装作什么事都没有，开门去。

董晓宇　（瞥了姥爷一眼，过去开了门）啊，法官来了，请进。

　　[男女法官进来。

男法官　在楼道，我们就听到牛叔叔的声音了。

牛大义　不用说，我们刚才的对话，你们都听到了。听到了也好，听到了你们就知道我们在为什么事生气了。坐。

男女法官　可以理解。（坐）

　　[董晓宇去倒水了。

牛大义　这些天把人气的，血压都上去了。

男女法官　您还得保重身体。

牛大义 怎么保重呀？马思源心那么狠，我们能苟延残喘地活着，就很不错了！

男法官 牛叔叔，我们听说，这些年马思源的爸妈，会经常带你们出去旅游？

牛大义 是。他们有钱，拉我们出去到处转转，也是应该的。

男法官 是不是逢年过节，他们都会请你们去"德福餐饮"聚餐？

牛大义 是。他们那儿条件好，想吃什么何大厨就做什么，比外边的餐馆好多了。

男法官 他们带你们旅游、请你们聚餐，你们掏过钱吗？

牛大义 你看你这话说的，要我们掏钱，不显得外气了吗？他好意思开那个口吗？

男法官 你们每次出去旅行，你知道他们要花多少钱吗？

牛大义 不知道，没算过。

男法官 你认为那个账，能算吗？敢算吗？

牛大义 （警惕起来）哎，法官，我怎么觉得，你这是在把我往沟里领呀？

男法官 我怎么把你往沟里领了？

牛大义 我们打官司，是想通过你们要回马思源应该给我们的赔偿，你怎么老把我往他们家带我们出行请我们聚餐花多少钱上领呀？

男法官 因为你们的官司，牵扯到出行、聚餐和赔偿，我们就得把一些事情搞清楚。你不能只算人家应该给你们再补多少钱，而不算人家已经为你们付了多少钱！

牛大义 他们付钱，是因为他们有钱。能力有多大，责任就有多大！

［董晓宇把茶水放到男女法官面前的茶几上。

女法官 谢谢。

董晓宇 不用谢。

男法官 看来叔叔您什么都懂。可要是将心比心，换位思考，您如果是马恩全、马思源的话，您会怎么做？

牛大义 （被问得目瞪口呆，只得强辩）啊，这个嘛……如果我是他们父女俩，也办了个网红餐馆，那么我一定会做得比他们还要好！

女法官 啊，还有件事，我们得跟您落实一下，就是……

牛大义 （烦了）哎！我们找你们打官司，是为了维权，是为了要我们的补偿，你们落实那些乱七八糟的事干什么呀？我们几个都惨成这样了，你们做法官的，怎么一点同情心都没有，怎么净顾着替马思源那丫头说话呀？马思源那么有钱的，头她都已经磕了，还在乎作个揖吗？

男法官 不是的，牛叔叔，我们……

牛大义 行了行了！反正说死说活，说出大天，她马思源都必须给我们补偿！她不补偿，我们就没完！

男法官 大叔！

牛大义 哎哟！哎哟！哎哟哎哟哎哟！我头疼，我腰疼，我腿疼，我浑身疼，我哪都疼。要问什么说什么，你们明天再来吧！

董晓宇 （忍不住地）姥爷——！

牛大义 （指着董晓宇）你给我闭嘴！

　　[男女法官对视了一眼，无奈地叹了口气。

　　[暗转。

第十场　上门办案之三

时间　翌日上午。

地点　田凤贤家。

　　[田凤贤躺在沙发上看手机。旁边的桌子上，置有她老伴的遗像、香炉和祭品。

　　[保姆小琴提着一条处理好的鲈鱼上。

小　琴　奶奶，鲈鱼收拾好了，我是清蒸好呢，还是红烧好呢？

田凤贤　清蒸吧。

小　琴　好。

田凤贤　小琴真能干，做的饭也好吃。

小　琴　我才慢慢学呢，奶奶有什么不满意的，随时说。

田凤贤　你做的已经很好了。

小　琴　谢谢奶奶夸奖。

〔小琴高兴地下。

〔男女法官上。敲门。

田凤贤　（坐起身来）小琴，来人了，开门。

〔小琴答应着上来开了门。

女法官　请问，这是田凤贤阿姨家吗？

小　琴　是。

女法官　我们是法院来上门办案的。

小　琴　奶奶在等你们呢，请进。

〔男女法官进，小琴关了门。

男法官　（见田凤贤艰难地要起身，忙过去搀扶）阿姨，如果不方便的话，您坐着躺着都行。

田凤贤　看你说的，你们来了，我躺着像什么话，坐。小琴，给客人倒茶。

〔小琴答应着，去倒茶了。

〔男女法官在沙发上坐了，田凤贤坐在了桌旁的椅子上。

男法官　考虑到您行动不便，我们就上门办案来了。

田凤贤　给你们添麻烦了。

女法官　事情我们都已经清楚了，这次出去的四个家庭，有伤有亡，都很不幸。这事搁谁身上，认都受不了。

田凤贤　（叹了口气）世事难料，这就跟幸运抽奖一样，一不小心，给砸到我们头上了。

〔小琴端茶上来，放到了茶几上。

男女法官　谢谢。

小　琴　不用谢。

〔小琴过去，站在了田凤贤身旁。

〔女法官打开笔记本，准备记录。

男法官　阿姨，我们上门，主要还是想听听您对这个案子的看法，看看您还有什么要说的，还有什么需要我们做的，还有什么具体的诉求？

田凤贤　其实也没什么说的。出事后，马思源每件事都处理得很好。只是事故报告下来后，她心里有点失衡，觉得此前已经付出那么多了，就不想再对我们这些人做任何的补偿了。我们乍一听，怎么都不服气。她怎么能这样呢？这也太不尽情理了吧？就这样，叮叮咣咣，你来我往，针尖对麦芒，谁也不让谁，最后就闹到法庭上来了。

男法官　您觉得马思源做得过分吗？

田凤贤　按理说不过分。我事后问过许多人，都说马思源此前已经做到了仁至义尽，现在这么做也不算离谱，换给谁都会按惯例做事的。

男法官　那你们怎么还要坚持起诉马思源呢？都是亲戚，坐一块儿好好商量一下，看问题怎么个解决法，不好吗？

田凤贤　我当时在气头上，也说过过头的话。可其他两家都坚持起诉，我也就和他们一起商量一下，在那种情况下我只能随大流。想想也是的，我都不能工作了，老伴又没了，孩子们也不在身边，现在吃喝拉撒都离不开保姆，也挺无奈挺可怜的，就把良心装进口袋，跟他们一起这么做了。

男法官　阿姨，您真理智，真开明，真好。

女法官　就是的，阿姨。人们要都能像您这样看问题想事情的话，我们的调解工作，就好做多了。

田凤贤　我也是这两天，才清醒过来，才想到放下自我，抛弃成见的。你们看着办，官司怎么判，我都没意见。

女法官　阿姨，您这话说的，太让人感动了。

男法官　就是，我也从阿姨这里，学到了许多东西。

田凤贤　（一笑）没那么夸张。

〔马保全拄着拐来了，上前敲门。

马保全　小琴，开门，我来了。

田凤贤　马保全来了，他可是个刺儿头，说话没有把门儿的，你们可得多包涵。

男法官　没关系。他来了，我们正好接着办案。小琴，开门。

〔小琴答应着，去开门了。

〔男女法官做了迎战准备。

〔暗转。

第十一场　上门办案之四

时间　两日后。

地点　"德福餐饮"办公室。

[男法官在看材料，女法官在用计算机对着几沓发票算账。

女法官　（伸了伸手臂，扭了扭腰身）终于让我给算完了。他们的几次出行，吃住行、买门票、购纪念品，还有加油过路费，成本都不低呢。

男法官　就是。还有这些聚餐钱，都是花起来容易；可账，根本就不敢算。

[马思源上，吕志强、马思姝、闲事主任、小米、石头也跟了过来。

吕志强　（看着那一沓沓发票，吃惊地）我的天，这么多的发票！

小　米　就是，几个家庭出外、聚餐，花销能少吗？

马思源　这只是我找到的近两年的一些发票。其他的发票我爸我妈早销毁了。

小　米　通过这件事，我真是开了眼了。世上竟还有这种人呢，享受时心情大好食亲财黑吃肥丢瘦，担责时怨天尤人计算盈亏一味索求。

石　头　这就叫人心不足蛇吞象，贪心不足吃月亮。

马思姝　（不满地）你们这是在说说我爸呢。

吕志强　除了你爸，还有你姑父、你舅妈。怎么平时都看着好好的，一遇到利益问题，就变得我们都不认识了。

小　米　就是，有些事我也是见证者。我看出来了：马董、马总就是做得再多，他们都习以为常了，不会感动了；特别是现在，马总一旦做得不顺他们的心不合他们的意，他们就会怨恨不满，甚至反目成仇！

闲事主任　思姝，说不好听的，你爸做人做事，是有点训眼！

马思姝　我也不喜欢我爸他们这一点，便宜占惯了，一旦占不上了，或者遭拒绝了，就觉得大伯大妈和我姐吝啬小气，不近人情了。看看，现在居然发展到起诉打官司的地步了。真是的，整得我的脸都没地方搁！

马思源　行了行了。人家是来上门办案的，你们来做什么？

小　米　我们想来看看上门办案是个什么样子，也想说说我们对这个案子的想法。

马思源　这样不好，会干扰法官正常工作的。

男法官 不不不，一点都不妨碍我们工作。我们也正想听听各方民众对这个案子的意见呢。

小　米 马总你看，人家法官并不嫌弃我们多事。

马思源 我是怕你们说话会向着我这个被告，对那几家亲戚也就是原告不公平。

女法官 公平不公平，我们会分辨。你们大家对这个案子，想说什么就说什么吧。

　　〔何胜爷走来，站在一旁静静地看着这边。

吕志强 我的话很简单，马家人在我们德福巷有口皆碑，这家人不但对亲戚朋友关爱有加，对街坊邻居、客商员工、进店食客，也是亲如兄弟，童叟无欺。我就希望你们在办这个案子的时候，能够多做调查，综合考虑，不要被那些能哭会喊爱叫的人所迷惑，冤枉了这世上真正的好人！

小　米 我希望法律能伸张正义，不要让有些好占便宜的人得寸进尺！

闲事主任 就是的。现在亲情变味儿、道德绑架、忘恩负义、过河拆桥、恩将仇报的事，在社会上已经屡见不鲜了，得想办法把这股歪风邪气刹住！

马思姝 对，我爸就是那种"得了便宜还卖乖，不撞南墙不回头"的人。我也希望你们能够用判词，教我爸长点记性、得些教训！

马思源 （嗔怪地）你看你们，一个个都说些什么呀？

吕志强 （坚持）我们说些什么？我们说的可都是大实话！

小　米 就是。有些事，我们都实在看不下去了！

马思源 看不下去也得看。我也反感自私、贪婪，可自私、贪婪是人的本性，是社会进步的基础。人心难满，欲壑难填，我们再反感，它也是正常现象！

闲事主任 贪婪毒害了人的灵魂，仇恨隔离了世间的真情，也是不可否认的事实！

小　米 对。如果法庭需要证人什么的，我愿意出庭。

马思姝 我也愿意。绝不能再任由我爸这种人"和尚吃八方，雁过也拔毛"了！

马思源 （生气地）思姝，你今儿是怎么了？你是不是故意在说这种话？

马思姝 （哭了）姐，想出游的是他，爱花钱的是他，出车祸闹事的是他，煽呼着把你告上法庭的还是他，我都为有这么个爸爸脸红，你怎么反倒替他说起话来了呀？

马思源 他做事再怎么过分，我们做晚辈的也不能说这种出格的话！

马思姝 他不想好好做人，我还想在德福餐饮干下去呢！

马思源 那你也得好好说话！再说，谁也没想着辞退你呀？

何胜爷 （乐呵呵地上）好热闹呀！

马思源 呀，何胜爷，您来得正好。就案子的一些事，我正想请教您哪。

马思姝 就是。一头是我思源姐想照章办事，一头是我爸他们在纠缠不放。大家都觉得是我爸他们不讲理，可刚好把我夹在了中间。我好尴尬！

吕志强 何胜爷，您说说您对这个案子的看法吧？

何胜爷 我有年岁了，思想落伍了，观念跟不上趟儿了，说什么都说不到点儿上了。

马思源 不不不，何胜爷，您千万别这么说。您是我们家的恩人、贵人，是我马思源最敬重的人。我现在脑子一片空白，就想听听您对这件事的看法。

何胜爷 也许是我老了的缘故吧，我看问题的角度，就跟你们年轻人不大一样。

大　家 譬如呢？

何胜爷 譬如说吧，有些老人倒地被人扶起之所以讹人，有些落水者被救时之所以拖拽救他的人，我认为多半不是因为他们变坏了，想害来救他的人了，而是他们的脑子一时迷糊了，被急于脱困解危的想法给控制了。

大家不约而同地"哦"了一下。

马思源 （感兴趣地）有道理有道理。何胜爷，您继续说。

何胜爷 其实静下心来想一想，他们那样也都是人的本能，都属于正常现象。所以老朽认为：人生在世，不可失却平和之心、宽容之心、感恩之心。

大　家 对！

何胜爷 一颗感恩的心，就是一粒平和的种子，是一种责任、自立、自尊，也是人生的一种境界。一念嗔心起，百万障门开。为一些不该嗔怒的事情嗔怒，是会生病的！

大　家 是！

马思源 （感动地）何胜爷，您说得太好了。怪不得我爸说，无论是烹饪技艺还是人生之道，您都是他的导师！

男法官　是。这真是"听爷一句话，胜读十年书"！

何胜爷　（摸着下巴笑了）我知道，你们这都是在恭维老朽我呢。

大　家　没有没有没有。

马思源　何胜爷，您继续说呀？

何胜爷　我不能再说了，再说，就妨碍法官办案了。

男女法官　怎么会呢。

何胜爷　你们忙吧，老朽的强项不在这里，在厨房里哪。（笑着下）

男法官　好了。你们说得都很对，都很有道理。现在，我把我们的一些情况跟你们交流一下吧。

马思源　好。

男法官　（拿出一张图纸，展开）因为你们这起案件涉及人员复杂，除车内幸存者以外，还有伤亡者的亲属。所以，为了理清关系，我就围绕你们这起事故，画了一张简易的家谱图。

　　[大家好奇地围了过去。

马思源　您真细心。

女法官　老刘一向以画家谱办案出名。这是他的绝技，已经成功地办了不少案子了。

男法官　但落实到你们这起案件，效果却不是很明显。

马思姝　因为我爸是搅屎棍子，整得你们不好办案。

男法官　不能这么说。不过我们几次上门调解，遇到的情况，还真是很特别。

女法官　对。有的态度很坚决，根本就不接受调解，说什么都要诉讼，都要赔偿；有的态度则比较和缓，但出于情面，只能选择随大流。

马思源　这也很正常。

男法官　马思源，你是这个案子的被告，我们现在最想知道的，就是你对这个案子的想法。

马思源　（平静地）我的想法很简单，就是……

吕志强　（阻止）停一下，停一下。根据你平日的行为操守、做人原则，特别是听了何胜爷那番话，我就知道你想说、会说、要说什么了。因为你善良。可我现在要对你说的是：善良也要有底线、有原则、有棱角、有锋芒，善良也得分什么场合、对什么人。在这个世界上，你若是好到毫无保留，对方就敢坏到肆无忌惮！

小　米　对。善良是很珍贵的，但善良要是没有长出牙齿来，那就是软弱！

女法官　是是是。没有棱角的善良，不仅不能向世界传达你的善意，反而输送了你的怯意；没有原则的善良，会让真正的朋友寒心。

马思源　（感动地）谢谢大家。我明白大家的意思，也知道该怎么照何胜爷说的做。（坚定地）我有我的做人原则，也不想让道德绑架在我身上畅行无阻。人在做，天在看。我愿意配合法院调查审理，也希望法庭能依照法规办案！

　　[闲事主任叫着好，带头鼓起掌来。

　　[吕志强、马思姝、小米、石头也鼓起掌来。

　　[男女法官则用赞许的眼光，看着马思源。

　　[暗转。

第十二场　　法庭宣判

时间　几日后。

地点　法庭。

　　[被告马思源与原告马保全、牛大义、董晓宇、田凤贤分别坐在前面。街道办主任老霍、管段民警小宁、闲事主任和吕志强、马思姝、小米、何胜爷及几个男女街坊邻居坐在后边旁听。

　　[看不见审判长和法官，只听得见审判长的声音。

审判长的声音　本法庭认为，此案在学术界被称作"好意同乘"案件，即无偿搭乘他人驾驶的车辆发生的交通事故。经相关部门认定，事故是由面包车爆胎所致，各方均无责任。

　　而作为对事故不承担任何责任的马思源而言，在承受父母双亡沉重打击的情况下，仅仅因为是自己父亲开的车，在事故责任没有认定前，就对所有事故伤亡亲属的善后工作做了极为妥当的处理和赔偿，花费高达53万元人民币。而在事故责任已经明晰的情况下，其他受伤亲属再要求马思源承担赔偿责任，本法庭认为于情于法都说不过去。

　　［现场一片哗然。有人赞成，有人反对，有人在偷笑。

　　［马保全、牛大义心情明显不悦，嘴在不停地叨叨。

　　［田凤贤、董晓宇脸上露出了笑容。

　　［街道办主任老霍、管段民警小宁、闲事主任和吕志强、马思姝、小米、何胜爷在满意地交头接耳。

　　［马思源的表情很平静。

　　审判长的声音　　所以，本法庭宣判　依照事故各方均无责任的认定，被告马思源，不用对其他车祸伤者再做补偿。

　　［现场又是一片哗然。

　　［马保全、牛大义的脸立时变绿了。

　　［社区主任老霍、管段民警小宁、闲事主任和马思姝、小米、石头及一些人高兴得鼓起掌来。

　　［马思源、何胜爷、田凤贤的表情依然平静。

　　马保全　　（歇斯底里地）我反对！我抗议！我不服！

　　审判长的声音　　请安静！《中华人民共和国民事诉讼法》第147条规定当事人不服地方人民法院第一审判决的，有权在判决书送达之日起15日内向上一级人民法院提起上诉，当事人不服地方人民法院第一审裁定的，有权在裁定书送达之日起10日内向上一级人民法院提起上诉。也就是说，如果原告对我们法庭的判决有异议，就有权在15日之内，向上一级人民法院提起上诉。

　　马保全　　（站起来吼道）我不服！我要上诉！你们私底下，肯定有不可告人的勾当！我要揭发你们！

　　牛大义　　（不满地）就是嘛，案子怎么能这么判呢！

　　田凤贤　　（劝解两人）哎呀，法庭已经这样判了，咱们就算了吧。

　　马保全、牛大义　　（冲田凤贤吼道）不行！

　　审判长的声音　　好，上诉是你们的权利。只要你们有我们任何人收受贿赂、违规办案的证据，我们也愿意接受任何形式的法规处罚！闭庭！

　　［全场鼓起掌来。石头吹起了口哨。

　　［马思源抿嘴笑了。

　　［暗转。

第十三场　情满社区

时间　接上场。

地点　社区办公室。

〔灯未亮。

传来小米打电话的声音　马总，我是小米，您现在人在哪里？

马思源的声音　我们在家具城看家具呢。

小米的声音　你们赶快回来吧。

马思源的声音　有什么急事吗？

小米的声音　闲事主任打来电话，说德福巷来了一对儿母女，摆着"寻找德福巷佛坪肇事面包车车主"字样的白布，长跪不起，景象凄惨。

马思源吃惊的声音　啊，他们现在人在哪里？

小米的声音　在社区办公室，管段民警小宁、街道主任老霍，都去了，也叫你们赶快去呢。

马思源的声音　好。（嘟囔）唉，事情怎么就没个完呢！

吕志强的声音　不要怕，兵来将挡，水来土掩，遇到问题酌情处理就行了。

马思源的声音　好。啊，小米，端两碗泡馍和两个小菜送去。

小米的声音　知道了！

〔灯亮。

〔马思源、吕志强、小米与街道主任老霍、管段民警小宁围着那母女俩，看着她们吃羊肉泡馍。母亲吃得有些急，姑娘吃得挺斯文。

〔母女俩吃完了泡馍，小米递过去纸巾。

马思源　吃好了吗？没吃好再来点……

母　亲　（擦着嘴，满意地用方言说）吃好咧，我们从来就没吃过这么好的饭菜。我都吃撑咧。

马思源　姑娘吃好了没有？

姑　娘　吃好了。谢谢你们，多少钱？

〔见姑娘要掏钱，马思源急忙拦住了。

马思源　（笑道）不用了不用了，我就是卖羊肉泡馍的，只要你们喜欢吃就好。

母　亲　吃饭不给钱，那多不好意思？

马思源　没什么。既然你们吃好了，那就把你们要说的话，一五一十地告诉我们吧。

小　宁　就是，只要你们的事情与我们德福巷的人有关，我们就不会放着不管。

老　霍　对。现在，我们街道的、社区的、派出所的，还有德福餐饮的人都在，你有什么话什么问题就直说，我们一定帮你们解决。

母　亲　（感动得哭了）谢谢。你们大城市的人真好。唉，说起来也真不好意思。我是佛坪刘家洼人，我娃他爸是个货车司机，那天下午给人送货回来，头给受伤咧，包的纱布，说是一辆面包车与他的车发生了碰撞，面包车冲出了护栏，他的车撞上了栏杆，头给碰伤咧。说那辆面包车上的人可惨咧，死的死伤的伤，他都不敢看。而他呢，只是头上碰了个口子，医生给止了血包了伤口，他觉得没事咧，加上车也能开，就上路给人送货去咧。

马思源　后来呢？

母　亲　谁知娃他爸把货卸给了人，到家后吃了顿饭，头就觉得不对劲咧，疼得要死要活，满地打滚。我急忙叫人把娃他爸送到医院。（哭了）可医生抢救了半天……娃他爸……还是丢下我们娘儿俩……走咧！

　　〔姑娘也跟着母亲哭了。

吕志强　医生说是什么个情况？

小　宁　对，死亡是什么原因造成的？

母　亲　（哭道）医生说是脑震荡引起的脑出血。我说是孩子他爸的车被面包车碰撞，咚的一下撞了栏杆，他的头咣的一下……给磕到车窗框子上咧。……医生说……那就是死因！

　　〔大家这才恍然大悟。

母　亲　（抹了把泪）村里人说，事出有因，总得有人为这事负责。我就去找了车老板。可车老板说这事跟他们没关系，修车的钱有保险公司赔，我们都没问你们要，够意思咧。说你们要找……就找肇事车主去。可孩子他爸回来，只给我说那辆面包车上的人是西京德福巷的，说车上的人死伤惨重，当时就没好意思追究，我们娘儿俩……就抓瞎地找来咧，还不知道能不能找着！

〔马思源、吕志强听着，对视了一眼。大家则在窃窃私语。

母　亲　现在家里，就剩下我孤儿寡母咧。娃没考上大学，还想复读一年，看不能考上大学。可现在，娃她爸不在咧，家里的天就塌咧……家里还有地要种……我都不知我娘儿俩往后的日子……该咋过呀？（哭了）……我们说是来找肇事车主的……可我们啥证据都没有……光记住了个德福巷……就是找着人家，人家认不认这卯……我们都不知道。……我实在都没办法咧！

老　霍　大嫂，你别着急，事情有事情在，我们一定会为你负责到底的。

母　亲　（感激涕零）谢谢！谢谢！

〔马思源把吕志强拉到一边。

马思源　情况显而易见，我们该怎么办？

吕志强　我觉得我们应该担责。你说呢？

马思源　我也是这么想的。（走过去）大妈，您别担心，这事您找对人了。我们就是面包车车主的家人，我们会为大叔的事负责的。

母女俩　（感激地）谢谢，谢谢，我们可是遇到好人咧！

马思源　这件事我想这样处理：我给您5万元抚恤金，您回去补贴家用；然后，您把您女儿交给我，她要复读考大学，我供她复读考大学；她要在我店里打工，我安排她在我店里打工。您看这样处理行不行？

母　亲　（惊喜地）呀！这太好咧！娃呀，咱到阿搭（方言，哪里之意）找这么好的老板去？谢谢！谢谢！娃呀，快给恩人磕头！快！

〔见母女俩感动得要下跪，闲事主任急忙拉她们起来。

闲事主任　别别别，别这样。是我们德福巷的事，我们德福巷的人就一定会负责到底。

街道办主任　就是就是。你们放心，有我们德福巷的人在，你们娘儿俩的日子，就不会过不下去！

姑　娘　（感激地）叔叔阿姨们，我谢谢你们了。（鞠躬）你们给我们家抚恤金，还安排我学习工作，我们一辈子都不会忘记你们的大恩大德。（面对马思源）今后，我一定努力学习好好干，一定活出人样来！

〔大家叫着好鼓起掌来。

第十四场　湘子门下

时间　几日后的清晨。

地点　湘子门彩绘牌楼下。

　[有人在晨跑，有人在练拳，有人在阅读，有家长在送孩子上学。

　[有蹬着三轮车送货的商户进了巷子。

　[四街坊聊着天上。

男街坊　听说了没？与德福餐饮面包车碰撞的车主回去后突然因脑内出血去世了，母女俩昨天拉了个条幅，寻肇事车主来咧。

女街坊　知道。听说让闲事主任给碰见了，把人带到了社区，又叫来了管段民警小宁、街办主任老霍，还有德福餐饮的马思源。

老街坊　这事马思源处理得好，给了娃她妈5万元抚恤金，又安排娃在店里打工，感动得母女俩直趴下磕头。

抱娃街坊　对对对，大家知道这事后，都夸马思源做人厚道，处事靠谱！

男街坊　可马保全知道这事后，给气了个半死。骂马思源对别人宽厚，对亲戚残忍，简直是亲疏不分，见死不救！

女街坊　那他说的不对。事情归事情，亲戚归亲戚，亲戚也得按规则办事，不能没边没沿地由着他的性子来，由他把道德绑架进行到底！

老街坊　就是的嘛。自己为人做事越轨，还怪罪别人呢！

抱娃街坊　法庭判得好。就是不能给这种爱占便宜的人惯这瞎瞎毛病！

大　家　就是的嘛！

　[四街坊聊着天下。

　[马思源与秦永信跑步从左右两侧上。碰上了。

秦永信　（停下来）真巧，又碰上了。

马思源　是。案子的事，多亏你回避了，要不也够你忙活的了。

秦永信　民事纠纷都这样，周折多，费口舌。你们这个案子，最好的结局，也只能是这样子了。

马思源　可我三叔我姑父不服气，不但不接受法庭的判决，还说法官有收受贿赂的嫌疑，跳着脚地要上诉。我舅妈怎么劝都没用。

秦永信　人老了，爱钻牛角尖，难免固执任性。也许过两天，他自己都会觉得没意思的。

马思源　但愿吧。唉，这些天，我是把坏人做到底了。

秦永信　可大家不这么认为，特别是那母女俩的事，你那样处理，口碑好得在德福巷都摇了铃了！

马思源　不管我三叔他们怎么看，那母女俩的事，就得那么做。

秦永信　对对对。

　　〔吕志强与闲事主任急匆匆地来了。

吕志强　思源，不好了！

马思源　怎么了？

闲事主任　还是我来说吧。我昨天去医院看病，无意中看见你三叔也在医院，气色很不好。他走了后，我就去问了下医生。医生说你三叔患了结肠癌，得做手术。可你三叔有顾虑，一怕手术花费多；二怕下不了手术台！

马思源　这怎么行呢。

吕志强　就是嘛。

闲事主任　这种事，家属得出面拿主意。

秦永信　思姝都不知道干什么去了。

吕志强　思姝跟她爸一样，也是那种见便宜就上，见掏钱就让的人！

闲事主任　可这件事，她是躲不开的。

马思源　（突然想起什么）呀！我三叔是不是因为得了结肠癌，才那么急切地闹着想多要赔偿的？

吕志强　（想了想）有这种可能。

马思源　（捂了嘴，失色道）要真是这样的话，我马思源……在人们的心目中……可就成无情无义的人了！（愧疚得都要哭了）我……我真自私！我真残忍！我……

闲事主任　别别别，别多想。思源，你三叔的病是才查出来的。再说，像他这种整天愁眉苦脸老像谁欠他钱没有还似的人，也容易得癌症。你就甭往自己身上揽事咧！

马思源　可我现在回想起来，还是觉得……在赔偿问题上，我的话说得……事做得……都有些太不尽情理了！

吕志强　不不不，思源。别说不是那种情况，就是那种情况，你也是在照章办事，不用责备自己。说到赔偿，那也是赔他是情分，不赔是本分！

闲事主任 对！韭菜是韭菜，豇豆是豇豆，不是一回事嘛！

马思源 （叹了口气，面对吕志强）那现在面对我三叔这号事，我们从情分、本分上，应该怎么做？

吕志强 （咬紧嘴唇想了想）我觉得应该从亲情上考虑，把这事像孝敬父母一样地尽力去做！你说呢？

马思源 （坚定地）好，咱们就这么做！

闲事主任 哎！这就对咧。打官司的事闹得你们之间都不美气，在这件事上你们主动一点、宽厚一点，我想你三叔，跟你们也就冰释前嫌咧。

马思源 谢谢您，闲事主任。您提醒得对。这事我们一定得处理好！

秦永信 （笑道）呀，你三叔要是还在气头上，你们去他家，他连门都不让你们进，怎么办？

马思源 （坚定地）那我们也得去。不管怎么样，亲情还是要维持下去的。

吕志强 我看，我们到时候就把你俩大神都叫上，一起去，省得我们遇到尴尬场面，连个打圆场的人都没有。

马思源 我看这个行。

闲事主任 （一笑）别怕，你三叔心眼虽然小，但他见钱眼开，你们诚心对他，他还能把你们赶出去吗？

秦永信 就是就是。

马思源 好。那到时候，我们就请你俩跟我们一起去？

闲事主任、秦永信 没问题！

［暗转。

第十五场　以善致善

时间 翌日晚。

地点 马保全家。

［拆了矫形器、固定板和支架的牛大义、田凤贤围着马保全在聊天。

马保全 （痛苦地）唉，我这一病，还怎么上诉，还怎么打官司呀？

田凤贤 要我说作为老人，你把身体保重好就行了。为一点钱，争什么呀？钱再多，死了也带不进棺材去！

牛大义 就是。我现在也慢慢想通了。苦熬一生，一点意思都没有。

田凤贤 外面好多哥们姐们，坐在一起，都是在控诉，都是在抱怨。好不容易把儿女拉扯大了，还得花钱给他们买菜、做饭、洗衣服、打扫屋子，有了孙子看孙子，孙子大了又是接送上学、上辅导班，又是陪着做作业，整天忙了个鬼吹火，还落了个不是人，真不如死了算了！

马保全 就是。我还没孙子，都已经颇烦（方言，意指人烦闷）得不得了了。我们倒是活个什么劲儿呀？

牛大义 别这么悲伤，改革开放四十年了，我们也得好好享受一下改革的红利，过几天舒心日子。

马保全 你当然无忧无虑了。甚至乐得都想再娶个年轻媳妇，焕发青春呢！

牛大义 嗨！别提了。要不是胡骚情（方言，献殷勤），也不会出这么多破事！

田凤贤 马思姝呢，怎么我们来了半天，也不见她人呀？

马保全 唉，在屋里睡大觉呢。

牛大义 年轻轻的怎么这么早就睡了？

马保全 嫌我贪婪、事多、影响她了，说她都没脸去德福餐饮上班了！

牛大义 嗨！我们的事是我们的事，跟她倒有什么关系呀？

马保全 这事儿是跟她没什么关系，可自从得知我患癌以后，就跟她有关系了。不管吧说不过去，管吧又掏不起那医疗费。除了哭，除了告诉你们，就是抱怨我跟马思源把关系搞僵了，把能走的路都给堵死了。这两天，我也是苦闷烦躁得没办法，死的心甚至都有了！

田凤贤 别别别，活人还能让尿憋死吗？事情总有解决的办法。

〔马思源与吕志强提着礼品来了，后边跟着闲事主任和秦永信。

牛大义 就是。你也有医保，国家对治疗大病扶持政策的力度也是越来越大了，再说……

〔马思源敲门。

田凤贤 来人了。（起身过去开了门）呀，思源和志强来了，闲事主任和秦永信也来了。请进，请进。

　　〔马思源、吕志强、闲事主任、秦永信进了门。

　　〔马保全与牛大义立马就不自在了。

马思源　呀，舅妈和姑父都来了。

牛大义　啊对，听说你三叔病了，我们一起来看看。

　　〔马思姝从里屋出来。

马思姝　思源姐，志强哥，你们来了！

马思源　我们来看看你爸。

马思姝　（挪凳子）闲事主任坐，秦大哥坐。

　　〔闲事主任、秦永信坐了。

马保全　（看着马思源、吕志强，冷冷地）你们怎么来了？

马思源　（笑道）我们听说三叔病了，特地来看看。

马保全　（身子一扭）我担待不起。

田凤贤　（不满地）保全你干什么呀？有理还不打上门客呢，何况你还没占什么理！

　　〔马思源、吕志强笑着把礼品放下。

马保全　我怎么就没占理了？难道马思源不给亲戚做赔偿，却给外人称大方，就占理了？

马思姝　（不满地）爸！您正常一点好不好？

马保全　我哪不正常了？

马思姝　您看您刚才，都说的什么话呀！

马思源　（拉过马思姝）三叔，我们是自家人，是亲戚，也是普普通通的公民，公民说话办事，就得按规章来，不能由着性子来，更不能搞道德绑架！

马保全　谁由着性子来了？谁搞道德绑架了？你要是对我们这些人稍微好一点，我们能跟你这个做侄女的人打官司吗？

吕志强　三叔，打官司很正常，法庭那样判决，也有它一定的法律依据。我们都应该抱着一颗平常心，来看人看事，这样心理就平衡了。

马保全　（瞪起了眼睛）你说的意思，是我心理不平衡吗？马思源对外人那么好，对亲戚这么狠，换了是你，你心里能平衡吗？

马思源　三叔，这不是一回事，事情该怎么处理就得怎么处理。这些年我们家对亲戚们怎么样，我想我不说大家都清楚！

闲事主任　就是嘛，保全。你不妨也换位思考一下，如果车祸责任与你无关，别人要你没完没了地赔偿，你会答应吗？这事要换成别的人而不是马思源，你去找人家没完没了地要赔偿，人家能答应你吗？

　　〔马保全没话了。

田凤贤　对对对，闲事主任说得对，遇事换位思考一下，就容易想通了！

牛大义　就是，这些天巷里人的议论，我们也听说了，我们确实有点……

马保全　（态度依然抵触）对。巷里人的议论，你们都听说了。都在骂我马保全为老不尊，自私自利，贪得无厌，蛮不讲理，把人家马思源在往死里逼呢！

牛大义　保全，这些天我也想了，咱们做的，是有些过了。

田凤贤　就是就是。咱们人一老心一急，加上爱钱怕死没瞌睡、三昏六迷九糊涂，说话办事，就容易出错。马思源、吕志强，你们可别多嫌我们这些老糊涂！

马思源　姑父、舅妈，你们千万不要这么说。

马保全　（说起了风凉话）我知道，事情都是我不对，我没眉眼，爱占便宜，连带着你们也受了影响、落了闲话。对不起！

田凤贤　哎呀，保全，你这样说可就没意思了啊？

牛大义　就是的，保全。对有些事，该忘的就得忘，咱都别再计较了。

　　〔马保全噘着嘴，动了一下身子。

马思源　三叔，这些天发生的事，都很正常。因为是人，都渴望被爱、被拥抱、被理解、被接受。这都没错。我们是亲戚，是亲戚就应该惜缘惜福。可由于我年轻阅历浅，在一些问题上，考虑不周，有做得不对的地方，也请你们谅解，不要再生气了。气大伤身。

牛大义、田凤贤　（感动地）思源——！

马思源　三叔，这些天我也想了很多。当年，我爸妈下乡回城，工作不好找，成婚没地方，是三叔腾出老屋，接纳了他们；改革开放了，是三叔、姑父、舅妈你们几家出主意想办法，凑钱帮我爸我妈租了门面房，卖起了"知青羊肉面"；我小时候，也是三叔得空就带我到处玩；有一次我被车撞了，失血太多，也是三叔卷起袖子给我输血，硬是从阎王那儿把我拉了回来！

马保全　思源，你别说了，那都是我们应该做的。

牛大义、田凤贤　是呀！

马思源　是您应该做的。可您现在身患重病了，我也得设身处地地关心一下您，给您把病治好！

马保全　（感动地看着马思源）思源，你真是这样想的？

马思源　我就是这样想的。您患的是结肠癌，医生说问题不大，发现的也早，做手术就能治好。如果选择保守治疗，弄不好就会误事，到时候后悔就来不及了！

秦永信　就是的保全叔。好多明星轻信什么高人、大师的那套疗法，最后把病都给耽搁了，钱再多都换不回他们的命来！

马思源　三叔，我们已经给您联系好了医院，约好了主治大夫，备足了住院费用，您只要明天入院，配合治疗就行了。

马保全　（感激得哭了）思源，我还以为我做人不好，跟你闹翻了，你再也不会理我了……没想到……你对我这个烂人……还这么关心！

马思源　三叔！我知道您这些天对我有看法。可您要知道，每个人都有他的处事原则和做人底线。站在我的立场上，拒赔亲属后续费用，是照章办事；关照死亡货车司机家属，是出于怜悯；而帮助三叔您住院治病，则是亲情使然！

秦永信　看看马叔，您这个侄女考虑问题处理事情，多周全的！

田凤贤　是是是！我们思源说话办事，就是合乎情理！

牛大义　就是就是。有时候由于我们理解跟不上，把娃就错怪了。

吕志强　这都没什么。三叔，您明天就去住院治疗吧，主治大夫是他们的科主任，做这种手术对他来说，一点难度都没有。

马保全　好好好，谢谢你们帮三叔这个忙！

马思源　三叔，不但您的忙我要帮，所有亲戚的忙我都要帮。鉴于你们几位老人的现状，我还得加倍努力，把生意做好。这样才有能力更好地照顾你们！

马保全、牛大义、田凤贤　（感动地）思源——！

闲事主任　你们看看，思源对如何关照你们，想得多周到！

牛大义　（高兴地）是是是。那这么说，我黄昏恋被骗的事，你们也会管了？

马思源、秦永信　会管的！

马保全　就怕我们事多，惹你们嫌弃！

马思源　（笑道）嫌弃也不能抛弃。谁让我们是亲戚呢。

马思姝　（感动地哭了）思源姐，志强哥，天底下……没有比你们再善良的人了！

马思源　别这么说。思姝，你这些天就别去上班了，带薪休假，专门在家伺候三叔，好不好？

马思姝　好。（想起了什么）思源姐，志强哥，我有私心。我爸病了，可我平时花销大，拿不出那么多的钱交住院手术费，又不好意思对你们说，差点把我爸的病给误了。我真是……

马思源　不说了不说了。你还是赶快准备你爸住院手术的事情吧。

马思姝　思源姐，志强哥，我以后一定好好向你们学习，努力工作，孝敬老人，做一个有理想、肯担当的年轻人！

马思源　嗨！你姐你哥有什么可学习的。尽自己所能，把周边的人关照好，才是正道理！

闲事主任　（高兴地）对对对。正是（念）做亲戚，是缘分，

马思源　（念）打断骨头连着筋；

吕志强　（念）人间亲情最重要，

秦永信　（念）互帮互敬才是真！

［大家高兴地叫着好并鼓起掌来。

［在音乐与大家的掌声中，灯灭。

［灯亮。演员谢幕。

剧终

兰草花儿开

□ 剧情梗概

　　本剧讲述的是陕西旬阳兰花谷人见人爱的"洋娃娃"朱莉娅，在得知自己是爸爸打工时捡的弃婴、数百个城市家庭争相收养她的情况下，依然心怀感恩，坚持自己的想法，义无反顾地放弃未来美好的城市生活，坚持与奶奶和爸爸回秦巴山区生活的故事。

☐ 剧中人物

朱莉娅 女，9岁，活泼懂事，人见人爱，被抛弃在深山的"洋娃娃"。

马兰英 女，65岁，勤劳善良，精心呵护朱莉娅成长的奶奶。

朱小民 男，38岁，朱莉娅的养父，性格耿直，其貌不扬。

张老师 女，35岁，兰花谷小学四年级二班班主任。

徐主任 男，43岁，《华秦报》新闻部主任。

雨　藤 女，31岁，《华秦报》新闻部记者。

李　杰 男，29岁，《华秦报》摄影记者。

马建辉 男，53岁，事业有成的实业家。

惠　敏 女，49岁，马建辉的贤内助。

陈　锋 男，63岁，兰花谷村支书。

郝镇长 男，42岁，洼里镇镇长。

石头、榆钱、柳叶、王贵、铁城、刘三、马强等，10岁左右的男女学生。

石头妈、铁城奶、柳叶娘、刘小妹、老秦爷、李校长、女主持、老吕、韭花、自称朱莉娅的爷爷奶奶、众乡邻等。

鸟瞰　清晨　外

〔重峦如黛，溪水长流，绿树掩映的兰花谷炊烟袅袅。

字幕　2017 年秋，秦巴山区兰花谷。

朱莉娅家门口台阶下　清晨　外

〔石头妈带着穿校服背书包的石头与孕妇刘小妹在聊天。石头在与爱犬聪聪玩抛食游戏。

〔柳叶娘与铁城的奶奶带着柳叶与铁城来了。

石　头　（喊道）朱莉娅，上学啦——

朱莉娅　（在屋里回应）来啦——

堂屋　清晨　内

〔9 岁的朱莉娅坐在桌前，乐滋滋地对着镜子扎马尾辫。

〔桌上摆着一幅 5cm×7cm 的彩色全家福照片镜框，3 岁的朱莉娅坐在奶奶与朱小民中间甜甜地笑着。

朱家门口　清晨　外

〔朱莉娅与奶奶马兰英出大门，下台阶。

〔朱莉娅金发碧眼个头高，一身校服配上她白净的皮肤和纯真的笑脸，显得天真烂漫。

朱莉娅　石婶儿好，柳叶娘好，铁城奶奶好，小妹姐姐好。

〔众乡邻见朱莉娅这么有礼貌，都喜欢得不得了。

石头妈　好，好。瞧瞧我们朱莉娅，真是越长越心疼了啊！

铁城奶奶　（摸着朱莉娅的脸蛋）就是，脸蛋漂亮，嘴也甜。

柳　叶　（摸着朱莉娅的马尾辫）啧啧，朱莉娅要是长大了，咱这兰花谷可就盛不下她了，她肯定会被"大款"相走的。

刘小妹　跟什么大款呀，我们朱莉娅一看就是当大明星的料儿，她将来要是演起电影来，肯定好看。

马兰英　看你们把我娃说的。

朱莉娅　奶奶、婶婶、姐姐，你们再不放我走，我上学就晚了。

石头妈　噢！娃上学可耽搁不得。快去吧。

朱莉娅　奶奶、婶婶、姐姐们，再见！

[朱莉娅与坡下等她的同学们招手，下坡。聪聪紧随左右。

巷道　清晨　外

[王贵的继父骑着摩托车带着王贵从朱莉娅他们身旁驶过。王贵朝伙伴们招手。

石　头　（挥手）你先走吧。

柳　叶　牙长一点路，王贵爸爸总是会周一送周五接，看他把王贵惯的。

石　头　他是王贵的后爸，当然得好好表现了。

朱莉娅　我要有个像王贵后爸这样的后妈，就好了。

石　头　我要有个像王贵后爸这样的后爸，就好了。

柳　叶　你们俩呀，一个没妈，一个没爸，你们的爸妈要能成一对儿，不就父母双全了吗？

朱莉娅　我爸长的那样，人家石婶儿能看上吗？

铁　城　看上看不上，让你爸追一下不就知道了。

柳　叶　不好意思追，找媒婆牵线也行呀。

铁　城　你们两家大人要能成的话，可就盖了帽儿了！

石　头　（嗔道）走你们的路！大人的事，用得着你们瞎操心吗？

铁　城　石头，我们又没说什么坏话，你倒是猴急什么呀？

柳　叶　就是呀。你们两家大人要成事，一下幸福几代人，多给劲呀！

石　头　行了行了！希望你们以后少笑话我们两家！

铁　城　谁笑话你们两家啦？……你们两家大人，至少还可以重组家庭……而我呢，倒是有爸有妈……可我妈……你们谁见过？……

朱莉娅　都少说几句吧。家家都有本难念的经。快走，别误了上课。

[大家默默地走着，长得圆滚滚嘴里还吃着东西的榆钱提着一袋"丑八怪"迎了上来，他给每人都发了一个丑八怪。

朱莉娅与小伙伴每人拿了一个　谢谢。

兰花谷村口　清晨　外
[老秦爷扛着犁赶着牛出村。
[路旁田地里，有老人在除草，有妇女在浇地。
[一瘸腿老头赶羊上了山坡。
[陈锋开着一辆面包车，载着几个老人妇女和小孩出了村，驶过了老秦爷和他的牛，上了简易公路。

教室　清晨　内
[四年级教室，同学们在晨读。

石　头　（在读王维的《鸟鸣涧》）人闲桂花落，夜静春山空。月出惊山鸟，时鸣春涧中。

柳　叶　（在读李白的《独坐敬亭山》）众鸟高飞尽，孤云独去闲。相看两不厌，只有敬亭山。

王　贵　（读的是贾岛的《剑客》）十年磨一剑，霜刃未曾试。今日把示君，谁有不平事？

朱莉娅　（读的是元稹的《菊花》）秋丛绕舍似陶家，遍绕篱边日渐斜。不是花中偏爱菊，此花开尽更无花。

学校操场　日　外
[国歌声中，全校师生在举行升国旗仪式。
[队伍里，朱莉娅、石头、柳叶、榆钱、铁城、王贵等同学在行队礼。

教学楼前　日　外
[学生们跳绳的、踢球的、说笑的、打闹的，一片生机勃勃的景象。
[上课铃声响了，同学们迅速进入教室。
[四年级二班班主任张老师夹着文件夹走来，进了教室。

教室　日　内

张老师　本周六，旬阳民歌大赛就要正式举行了，我让参加比赛的同学周末回去少吃冰冷的、刺激的食物，多喝水、多跑步以增加肺活量，你们做到了没有？

朱莉娅、石头、榆钱、柳叶、铁城、王贵等同学　做到了。

张老师　从今天晚上开始，这些同学都到电教室集合，我们要认真仔细地再练一练，抠一抠细节，以做到胸有成竹，万无一失。

朱莉娅等同学　是。

张老师　好，我们正式上课。上周五，我布置了一个作业，每人写一篇作文，题目是《我的……》，无论写谁，有感而发就行。现在是星期一，该大家分享自己的文章，谁先来？

［一时间没人起来。

［铁城后边的石头趁老师不注意，向前一弯腰，抓住石头的裤腰带，就把铁城提溜了起来。

张老师　（看见了）好，铁城第一个来。大家欢迎。

［同学们笑着鼓起掌来。

铁　城　（回身狠狠地瞪了石头一眼，拿起自己的作文本）我的作文题目叫《我的妈妈》。我是个有妈的孩子，可我不知道我妈长什么样。听奶奶说，我妈妈很漂亮，在我很小的时候，我妈就进城打工去了。我等呀等呀，心想总有一天，我妈会回来看我，给我买好吃的，带我去逛县城。直到前几天，我才听人说，我妈妈不是因为打工忙回不来，而是嫌我们家穷，跟别的男人跑了。这就是说，我妈妈不要我，不要爸爸，也不要奶奶了，永远都不会回来了。我恨我的妈妈。因为她嫌贫爱富、心肠太狠。有一天让我碰见了，我一定让她吃不了兜着走！

［铁城气愤地念完了作文，不一会儿，同学们才响起掌声。

张老师　铁城的作文，不管怎么说，写出了他的真情实感。但最后那几句，可以改一改。因为据我了解，铁城的爸妈并没有办理离婚手续，铁城的妈妈也没有再婚，我们还是想通过努力，让铁城的妈妈回心转意，还铁城一个完整的家。

［同学们热烈鼓掌。铁城泪流满面。

张老师 石头。

［石头喊着"到"，站了起来。

张老师 我知道，铁城是由于你的"提携"，才起来第一个朗读作文的。现在，是不是该轮到你了？

石　头 （摸着后脑勺站起来，为难地）老师，作文我写了，可我……写的不是人。

［同学们都笑了。

张老师 那你写的是什么？

铁　城 我写的……是我家的狗。

［同学们又笑了。

张老师 写动物也行，只要写得好，照样是一篇好作文。

石　头 我的聪聪，是和我一起长大的一条狗。它个头儿高，身体长，眼睛亮，毛特别白。聪聪跟它的名字一样，特别聪明。我妈下地干活，它会去陪我妈；我周末在家，它就整天陪我。它不但会看家护院，能叫我起床，还会讨好撒欢。有一次，我被邻村的孩子欺负，它大叫一声扑来，就把那些孩子吓跑了。每到寒假，它都会陪我们去野外撵兔，而且每次都有收获，使我们几个同学在我家能够饱餐一顿。我爱我的聪聪！

［石头念完，同学们热烈鼓掌。

张老师 石头，从大家热烈的掌声中，你就可以感觉到，你这篇作文写得不错。继续加油。下面该哪位同学了？王贵。

王　贵 （站起来，不好意思地）对不起，老师，我的作文本忘带了。

［同学们哄堂大笑。

张老师 王贵，你这丢三落四的毛病怎么还没改正？这是第几次了？

王　贵 好多次了。

张老师 以后长点记性，不准再犯了。

王　贵 知道了。

张老师 坐下。哪位女同学，来个自告奋勇好不好？

朱莉娅 （站起来）我来吧。

［同学们热烈鼓掌。

张老师 同学们，都竖起耳朵，听听你们课代表是怎么写作文的。开始吧。

朱莉娅 我的作文题目是《我的奶奶》。我的奶奶叫马兰英，今年60多岁了，身板硬朗，为人和善，整天忙了家里忙地里，一刻也不闲着，像极了一只永不停歇的陀螺。我的奶奶人齐整，手也巧，做的饭菜味道好，改的衣服尺寸好，种的庄稼收成好，嫁接的果树结的果子都特别多，十里八乡的人都夸我奶奶能干。直到有一天，我奶奶病了，动不了了，让我去请医生，教我干这干那，我才知道奶奶年纪大了，需要人照顾了。她平日那么能干，都是硬撑的。爸爸出外打工，总不在家，里里外外全靠奶奶一双手，她能不累病吗？我心疼我的奶奶，我要快快长大，好里里外外帮助奶奶，照顾奶奶。

［朱莉娅念毕，同学们叫着好鼓起掌来。

张老师 好。这篇作文，写得真不错。有真情实感，也有联想关照，特别是硬朗、陀螺、齐整、硬撑这几个词，用得很好。通过上面三篇作文，看得出来，同学们都用功了，也学会观察生活了。这一点值得表扬，希望同学们继续保持。

餐厅 日 内

［学生们每人一个不锈钢餐盘，围着餐桌吃饭。

［朱莉娅见有鸡腿，悄悄看了下周围，见都在狼吞虎咽，便从衣兜里拿出一个塑料袋，装了进去。

村巷里 日 外

［有抱娃的妇女在聊天，有老头老太太在晒太阳，有小屁孩在打闹。

［朱莉娅穿着整洁合身的旧衣服飞快地跑上了高坡。

朱家门前 日 外

［朱莉娅喊着奶奶，跑进了家门。

朱家院子 日 外

［马兰英在院子里晾晒粮食，朱莉娅跑了进来。

马兰英 朱莉娅，你下午还有课，不在学校休息，跑回来干什么？

朱莉娅 （拿出鸡腿）奶奶，学校中午吃鸡腿，我拿回来了，您吃吧。

马兰英　（接过来）有鸡腿我娃自己吃嘛，拿回来干什么？

朱莉娅　拿回来让奶奶吃。

马兰英　还是我娃吃吧，我娃正长身体呢。

朱莉娅　不，还是奶奶吃吧。奶奶干活累，要补充营养。

马兰英　学校管得那么严，你咋出来的？

朱莉娅　（一挤眼睛）我有的是办法。

马兰英　（搂住朱莉娅）奶奶知道我娃心疼奶奶，以后可不准再这样了啊。

朱莉娅　知道了。

马兰英　（突然想起）啊，朱莉娅，你爸回来了。

朱莉娅　（一惊）他人呢？

马兰英　在屋里躺着呢。

[朱莉娅立马跑进厨房，关上了门。

[矮个子，眯缝眼，左腮有点往上抽的朱小民拿着两包点心从屋里出来。

朱小民　朱莉娅回来了？

马兰英　回来了。还给我带回来一个她舍不得吃的鸡腿。

厨房　日　内

[朱莉娅透过门缝，看着外边的爸爸，皱起了眉，噘起了嘴。

朱家院子　日　外

朱小民　她人呢？

马兰英　听说你回来了，害羞，躲起来了。

朱小民　（坐下）这孩子。

[朱小民在石桌旁坐下，打开了两包糕点。

朱小民　朱莉娅，出来吧，爸爸给你带好吃的回来啦。

[朱莉娅依然有点害羞地从厨房出来。

朱小民　来，这是西京的水晶饼、蓼花糖，我娃尝尝。

朱莉娅　谢谢爸爸。

[朱莉娅各自拿了一块。

朱莉娅　（啃了一口水晶饼，在嘴里嚼着）呀，真好吃。

马兰英　再尝尝蓼花糖。

朱莉娅　（又咬了口蓼花糖）嗯，比咱们这儿做的味道好多了。

〔马兰英、朱小民见朱莉娅吃得尽兴，都乐了。

〔朱莉娅吃着糕点，突然想起了什么……

闪回

〔村巷里，朱莉娅与同学们下坡。

〔王贵的继父骑着电动车带着王贵从他们身旁驶过。王贵朝伙伴们招手。

石　头　（挥手）你先走吧。

柳　叶　牙长一点路，王贵爸爸总是会周一送周五接，看他把王贵惯的。

石　头　他是王贵的后爸，当然得好好表现咩。

朱莉娅　我要有个像王贵后爸这样的后妈，就好了。

石　头　我要有个像王贵后爸这样的后爸，就好了。

柳　叶　你们俩呀，一个没妈，一个没爸，你们的爸妈要能成一对儿，不就父母双全了吗？

朱莉娅　我爸长那样，人家石婶儿能看上吗？

铁　城　看上看不上，让你爸追一下不就知道了！

柳　叶　不好意思追，找媒婆牵线也行呀。

铁　城　你们两家大人要能成的话，可就盖了帽儿了！

朱家院子　日　外

朱莉娅　（大着胆子）爸爸，村里人都说……

朱小民　都说什么？

朱莉娅　都说您要从省城……给我带个后妈回来……

〔朱小民脸红了。马兰英则好奇地看着朱莉娅。

朱小民　你爸我……是这样想过。可你爸这条件差，短期之内实现不了。

朱莉娅　既然短期之内实现不了，那您就别好高骛远了，脚踏实地就行。

朱小民　怎么个脚踏实地法？

朱莉娅　像王贵他妈给王贵找后爸那样，村里找，村外寻，准能找到对的人。

［朱小民看着朱莉娅，两眼发愣。马兰英却很欣赏朱莉娅的聪明。

马兰英　嗯，王贵现在这个爸，还真不错。灵醒、勤快，会来事，村里人没有不夸的。

朱小民　这么好的人，可能王贵他妈早就踅摸上人家了。

朱莉娅　爸，只要您踅摸，咱兰花谷就有适合给我当后妈的人。

［马兰英与朱小民不禁一怔。

朱小民　这孩子，瞎说什么呀！

朱莉娅　我没瞎说。爸，这号事，您得主动。啊，您要不好意思，让人保媒也行。

［见朱莉娅说得头头是道，马兰英"扑哧"一声笑了。

［朱小民像不认识似的看着朱莉娅。

朱莉娅　（突然想起）呀！快上课了，我得赶快去学校！奶奶、爸爸再见！

［朱莉娅说着跑出了大门。

［朱小民依然愣在原地。

马兰英　（笑着坐下来）你还不明白啊，朱莉娅想要个妈妈了。

朱小民　她说的那个，适合给她当后妈的人，到底是谁呀？

马兰英　除了石头妈，没别人。

朱小民　（顿悟）是。石头爹不在了，石头奶奶也去世了，家里不就剩下石头和他妈了嘛。真没想到，这丫头片子看上石头妈了。

马兰英　石头妈人是不错，可人家能看上你吗？

朱小民　照妈这么一说，我不就又没戏了嘛。

马兰英　也可以试试。要不，妈托人给你传传话？

朱小民　算了。一个村的，要是不行，日后可咋见面呀？

马兰英　你呀，老是这么死要面子。说不好听的，你娃都比你豁达。

朱小民　是。这次回来，我突然发现朱莉娅长大了，甚至都关心起……我给她找后妈的事来了。

村巷里　日　外

［朱莉娅嘴噘脸掉地匆匆走着。

朱家院子　日　外

村支书陈锋　（进来了）小民回来了？

朱小民　啊，陈叔，您坐。

［朱小民掏出香烟，递给了陈锋，陈锋点着了，坐下来。

陈　锋　你们这些在外打工的人，一走就被外边的花花世界吸引得不想回来了。

朱小民　陈叔，我经常给家里汇钱、写信、寄东西，不是和回来一样嘛！

［马兰英从屋里端水出来递给陈锋。

陈　锋　但你还是要像歌里唱的那样，常回家看看。

马兰英　是。说实话，老人和小孩，最需要的不是钱，而是陪伴。

陈　锋　对。咱们兰花谷已经有两个老人因为儿女在外，病了没人管，住院怕花钱，最后都被病魔打败。

［朱小民没话了。

马兰英　村里在想办法照顾那些空巢老人和留守儿童，可你们在外打工的，一推六二五，也不是办法。

陈　锋　对。

朱小民　我知道了陈叔。冲着我妈，还有朱莉娅，我以后都得多回来几趟。

切入镜头

［地头，马兰英在锄地；朱莉娅在一旁也帮着锄地。

［回村的路上，马兰英背着柴火回家，朱莉娅也背着小捆柴火回家。

［菜地，马兰英在割韭菜，朱莉娅在一旁用塑料绳扎捆儿。

［菜市场，马兰英在卖菜，朱莉娅帮着吆喝："卖菜，新鲜的韭菜，无公害蔬菜，快来买呀！"有人见这么漂亮的洋娃娃在卖菜，围观的，捧场的，络绎不绝。马兰英忙了个不亦乐乎，朱莉娅则忙着收钱、找零……

朱家院子　日　外

马兰英　有一次我病了，浑身疼得下不了炕，她小小年纪，就屁颠屁颠地跑去给我请医生，甚至去厨房烧火做饭，喂给我吃……

猪圈　日　外

[朱小民端着一盆猪食走来，倒进食盆。没等他搅拌好，两头猪就争先恐后地吃起来。

马兰英　（从旱厕出来）只要朱莉娅在家，打猪草、喂猪这些活儿，她都能干。

朱小民　难道朱莉娅还有不在家的时候？

马兰英　政府关心教育，现在学生们从周一到周五，吃住都在学校。

朱小民　呀！那要收多少钱呀？

马兰英　看把你吓的，没见过世面！

朱小民　一个月到底收多少钱？

马兰英　一分钱都不收。所以你们在外边的人说辛苦打工，是为了给娃挣学费，那全是胡扯！

朱小民　看来，家乡变化还是蛮大的。

马兰英　所以妈就想对你说，如果外面的钱不好挣，你就回来吧。妈老了，干不动了。

朱小民　我回来没啥问题，问题是我回来后挣不下钱，怎么办？

马兰英　你放心，饿不死人。说不好听的，你娃现在都比你能成。只要她在家，无论我干什么，她做完作业，都会帮忙……

切入镜头

[屋里，马兰英盖着被子躺在炕上。

[大门外，朱莉娅请来了医生，跑着上了台阶，推门请医生进院子。

[屋里，医生在给马兰英量血压，朱莉娅端起炕脚下的尿盆，去了屋外。

[厨房，朱莉娅从锅里捞了一碗面条，浇上了臊子，又加了点辣椒和醋，端了出去。

[屋里，朱莉娅给马兰英喂饭。

马兰英　（又惊喜又感动）朱莉娅，你啥时候学会做饭了？

朱莉娅　这有什么难的，奶奶平日做饭，我看都看会了。

马兰英　（眼含泪花）我娃真聪明。

朱家院子　日　外

朱小民　没想到我们朱莉娅还这么能干的。

马兰英　这都是被逼出来的。

朱小民　真是穷人的孩子早当家。

马兰英　可妈也发现，朱莉娅这两年有心事了。

朱小民　小娃娃家，她能有什么心事？

切入镜头

［堂屋，马兰英在灯下补衣服，朱莉娅在一旁看书。

［朱莉娅累了，偶然一转头，就看见了桌上的合影照片。

［照片中 3 岁的朱莉娅坐在爸爸奶奶中间，甜甜地笑着。

［朱莉娅看着看着，不由得就咬起了嘴唇。

［奶奶一回头，见朱莉娅对着照片在愣神，便明白是怎么回事了。

马兰英　朱莉娅，我娃累了，就洗洗睡吧。

朱莉娅　奶奶，我不累。有件事……我想问问奶奶。

马兰英　什么事？

朱莉娅　为什么班里的同学，都跟爸妈长得像，我怎么跟我爸，一点都不像呀？

马兰英　（一愣，马上笑道）你长得不像你爸，可你遗传基因好，长相随你妈了呀。

朱莉娅　我又没见过我妈，家里有我妈的照片吗？

马兰英　（为难了半天）本来有。可谁知你爸把那些照片夹在书本里，奶奶一不留神，给当破烂的卖了。真对不起我娃。

［朱莉娅无奈地看着奶奶，没再说话。

朱家院子　日　外

朱小民　我知道，这个问题，她迟早会问的。

马兰英　朱莉娅问我要她妈妈的照片，我当时，还真是为难了半天。

朱小民　我也不争气，怎么都给不了朱莉娅一个完整的家。

马兰英　所以从现在起，你要对朱莉娅更好。

［朱小民眨巴着眼睛，思考着什么。

石头家　日　外

［石头妈在洗衣服。石头的爱犬聪聪趴在一旁。大门外有了动静，聪聪起身叫着迎上前去。石头妈喝住了聪聪。

朱小民　（推门进来）石头妈。

石头妈　呦，小老外她爸回来了？

朱小民　你还是这么漂亮。

石头妈　你还是这么精神。

朱小民　我没你活得滋润。

石头妈　算了，我活得比谁都倒霉。

朱小民　不能这么说。人生在世，什么事都可能遇到，不可能一帆风顺。

石头妈　到底是在外见过世面的人，安慰人都这么有文化。

朱小民　我有什么文化，闲人一个。唉，你们家的电动三轮在吗？

石头妈　在。你要用吗？

朱小民　我想把家里的旧电视换了，再给朱莉娅买些学习用品。

石头妈　你这个当爸的，想得可真周到。

朱小民　周到什么呀，我只是尽量满足她的需要而已。

洼里镇　日　外

［店铺林立，人来人往。

［朱小民开着一辆电动三轮车从街口驶来。

文具店　日　内

［胖大婶把朱小民给朱莉娅选购的文具盒和钢笔墨水等文具装进一个纸盒子。

［朱小民在查看点读机使用说明。

胖大婶　你不要研究，娃们一看就会用。

电器店　日　内

［朱小民进来，选看着尺寸不同播放的节目也各有不同的样品。

售货小伙 （凑过来）买电视不是大了就好，得看房间的面积。

朱小民 也就咱一般家庭堂屋那么大。

斜眼小伙 那就买 42 寸的吧，又便宜又好。

兰花谷　日　外

〔朱小民开着装电视机和一个纸盒子的电动三轮车穿巷而过。

堂屋　日　内

〔朱小民在调试安装好的电视。

马兰英 （进来）呀，咱家还真是鸟枪换炮了啊！

朱小民 除了手机，我给朱莉娅该买的复读机文具盒和钢笔墨水还有词典绘本作业本什么的，都买了。

马兰英 你也不问问娃，要啥不要啥，就给买了。

朱小民 一问文具店的老板，就知道娃要啥不要啥了。

马兰英 该省还得省。像这复读机，你娃是用不上的。因为她说老师教的那些她都会；还有这电视，就是娃天天在家，作业农活家务多得都没时间看。

朱小民 既然用不上看不成，那我就退了去。

马兰英 看你抠门儿的，买就买了嘛，退什么呀退！

教室　凌晨　内

〔张老师与几个女教师在给朱莉娅、榆钱、石头等 13 名同学化妆。

张老师 （看着朱莉娅）我们朱莉娅漂亮得都不用化妆。

其他老师 是。

朱莉娅 还是化吧张老师。要能把我跟其他同学化成一样的就好了。

张老师 你是领唱，是主角，必须让大家看一眼，就能把你记住才行。

学校操场　清晨　外

〔李校长站在一辆 19 座金龙中巴旁刷手机。

〔张老师带化好妆穿好校服戴好红领巾背着书包的同学走来。

〔同学们个个精神饱满，有说有笑。

张老师　来，同学们，大家成一排站好，请李校长给大家讲几句。大家欢迎。

［同学们热烈鼓掌。

李校长　同学们，现在，你们就要代表我们兰花谷小学，去县里参加青少年民歌大奖赛了。希望今天大家去了，能够正常发挥，把大奖给咱们抱回来。同学们有没有信心？

张老师与同学们　有！

李校长　好，出发吧。

张老师　大家按顺序上车，不要拥挤，注意安全。

［同学们按顺序上车。

公路　日　外

［各种车辆近去远来。

［公路旁的高铁线上，一辆高铁飞快地驶过。

［金龙中巴驶来。

车里　日　内

［同学们交头接耳，有说有笑。

朱莉娅　县里有大书店，比赛完，能进去看看就好了。

柳　叶　对对对，我也想去。我想买个成语词典。

王　贵　县里有影城，能看场电影就好了。

榆　钱　县里有好吃的，能饱餐一顿就好了。

石　头　你就知道吃。

榆　钱　你不知道吃，可每次见了吃的，就跟饿死鬼进城似的。

［大家都笑了。

石　头　县里不但有好吃的，还有游戏厅、游乐场呢，我们要能好好玩一下的话，那就太好了。

王　贵　你想得倒美，可你口袋比脸都干净，花得起那钱吗？

［大家轰的一声又笑了。

［与李校长坐在前边的张老师起身拿起麦克风，打开开关，吹着试了两下音，整个车厢就静了下来。

张老师　（转过身，靠着护栏，叮嘱）能参加民歌大赛，对我们四年级的学生来说，的确不容易。所以从现在开始，大家就不要嬉笑打闹了，能不说话就不要说话，一定要把最好的状态留在参赛的时候。

大　家　好。

张老师　上场的时候，大家不要慌，一定要把队形排好。朱莉娅来领唱，她的音准和节奏都不错。大家今天只要正常发挥就行了。

朱莉娅　好。

张老师　其他同学伴唱时，一定要情绪饱满。还有，石头，不要扯嗓子。

石　头　（笑答）知道了。

旬阳祝尔慷广场　日　外

［舞台上挂着写有"青少年旬阳民歌大奖赛"字样的横幅。

［台下第一排是评委席，分别坐着六位男女评委。

［评委席后两排坐的是各参赛代表队的领队，其中有李校长和《华秦报》的徐主任。

［再后边坐的是各年龄阶层的观众。

漂亮的女主持　（上场）接下来，由兰花谷小学代表队上场。他们参赛的曲目是，旬阳民歌《兰草花儿开》。领唱者，是我们人见人爱、花见花开的洋娃娃朱莉娅。大家欢迎！

［在观众热烈的掌声中，朱莉娅带同学们依次上场，大家依次排好了队形。

幕侧　日　外

［张老师专注地看着她的队员。

台上　日　外

［站在队前的朱莉娅向幕侧的乐队点了一下头，乐队就奏起了伴奏。

朱莉娅　（用她天籁般的童声唱道）

　　　　兰呦草的花儿吔（呦咿　呦嗬　嗨）

　　　　不呀会的开吔（呦咿　呦嗬　嗨）

　　　　开在（那个）高山（呦　嗬）

陡呀么陡石崖（呦嗨　嗨）

[观众热烈鼓掌。

[除了电视转播，也有其他摄影摄像记者在拍照录像。

《华泰报》女记者雨藤 （叮嘱同事李杰）拍洋娃娃。

[李杰的镜头就对焦朱莉娅。

幕侧　日　外

[张老师专注地看着她的队员演唱。

台上　日　外

石头、柳叶与同学们左右摇摆着合唱

　　　　呦咿　嗨嗨　咿呦嗨　呦咿　呦嗨　嗨

　　　　呦咿　嗨嗨　咿呦嗨　呦咿　呦嗨　嗨

朱莉娅领唱

　　　　开在（那个）高山（呦　嗨）

　　　　陡呀么陡石崖（呦嗨　嗨）

朱莉娅与同学们合唱

　　　　咿呦　嗨嗨　呦咿　嗨嗨　呦咿　呦嗨　嗨

　　　　咿呦　嗨嗨　呦咿　嗨嗨　呦咿　呦嗨　嗨

　　　　开在（那个）高山（呦　嗨）

　　　　陡呀么陡石崖（呦嗨　嗨）

　　　　陡呀么陡石崖（呦嗨　嗨）

　　　　呦——嗨——嗨——

[朱莉娅与同学们排列成兰花造型。

[台下响起雷鸣般的掌声。

[李校长鼓着掌，脸上笑开了花。

幕侧　日　外

[张老师乐不可支地迎接着她的参赛队员。

后台　日　外

［在前台《街上的大嫂下乡来》的歌声中，有参赛代表队在准备上场。

［李杰与雨藤来到后台。

李　杰　（找到主持人）请问，那个领唱的洋娃娃在哪里？

主持人　参赛曲目演唱完，他们班的同学就被张老师带走了。

李　杰　回兰花谷了？

主持人　说是有些孩子想玩，张老师就带他们参观太极城去了。

旬阳宋家岭森林公园

［秋高气爽，游人如织。

天堂阶梯

［朱莉娅与同学们在乐滋滋地登天梯。

张老师　（在后边提醒）慢一点，注意安全。

朱莉娅　（回头笑答）知道了，张老师。

观景台

石　头　（跑在最前边）快看，下边就是太极城！

［太极城美景尽收眼底。

朱莉娅　（跑上前）哇，太美了！

柳　叶　（紧跟其后）好神奇呀！

［游人们在拍照摄像。

张老师　（感慨地）真是天生奇景太极城，水转山旋韵无穷。

同学们鼓掌　好！

张老师　同学们，好好看，把该记的都记下来，回去好写游记。

同学们　知道了。

榆　钱　（掏出两块双麻饼，凑近朱莉娅）吃点吧。

朱莉娅　呀，双麻饼。

石　头　（挤过来）别忘了我呀。我已经饥肠辘辘了！

［石头抢了一块就啃。

榆　钱　你真是个饿死鬼！

［榆钱将自己的双麻饼一分为二，递给朱莉娅。

朱莉娅　谢谢。

石　头　我现在才知道，榆钱的身材，为什么会这么圆圆滚滚了。

榆　钱　为什么？

石　头　他能吃呀。身上随时都有吃的，永远饿不着。身材能不像水桶
一样圆圆滚滚吗？

［榆钱冲石头瞪起了眼珠子。

朱莉娅　（嗔怪石头）没见过你这样的，吃了人家的，说话还这么刻薄。

石　头　对不起，我一会儿请你们吃拐枣。

榆　钱　这么小气，谁稀罕吃你的拐枣呀！

石　头　那我就请你们吃两掺面和米儿豆腐？

朱莉娅　行了。张老师已经给大家订餐了。

［这时，广播传来《美丽中国进行曲》的音乐声。

张老师　同学们，来这边站成一列，跟着音乐一起唱，我好给大家合影。

朱莉娅和同学们　　（很快排好队形，跟着唱了起来）

　　　　　　　　　　改革旗帜高高飘扬

　　　　　　　　　　美丽中国崛起东方

　　　　　　　　　　神州大地处处新装

　　　　　　　　　　亿万百姓幸福安康

［张老师掏出手机给同学们拍照。

［游客们对这些穿着校服化着妆的学生很是欣赏，一个个举起手机相机摄
像机狂拍起来。

［有些游客发现了朱莉娅的美，不约而同地把镜头对准了她。

　　　　　　　　　　（朱莉娅与同学们越唱越带劲）

　　　　　　　　　　向前进　　向前进

　　　　　　　　　　我们充满自豪和力量

　　　　　　　　　　跟着伟大的共产党

　　　　　　　　　　实现中国梦灿烂辉煌

［同学们唱完，游客热烈鼓掌。

［几个男女青年不失时机地朝朱莉娅走来。

一女青年 小妹妹，你长得太漂亮了，我们合个影好吗？

朱莉娅 好。

［于是，他们集体与朱莉娅合了影，又分别与朱莉娅合起影来。

［于是一拨一拨的游客，都来与朱莉娅合影。

观景台广场 日 外

［李杰与雨藤气喘吁吁地跑来。

李 杰 怎么不见那帮学生呀？

［那几个男女青年走来。

雨 藤 （迎过去）打扰一下，你们见没见一群穿校服的男女学生，其中还有个洋娃娃？

一女青年 见了，我们还和洋娃娃合影了呢。

雨 藤 他们现在在哪里？

一男青年 呀，这可说不来，森林公园大了，也不知道他们去哪了。

［李杰与雨藤蒙了。

朱家院子 黄昏 外

［朱莉娅在吃油渣包子，奶奶又端来了菜豆腐。

马兰英 朱莉娅，吃饭了，你就把脸上化的妆洗了吧。

朱莉娅 先不洗，好看。

马兰英 这孩子。

朱莉娅 奶奶，今儿什么日子呀，又是油渣包子，又是菜豆腐的？

马兰英 我娃今儿参加民歌大赛了嘛。

朱莉娅 其实我现在一点都不饿。张老师在县城组织我们吃盒饭了，一盒米饭一盒菜，肉菜素菜好几个，还有一碗鸡蛋汤。我都吃撑了呢。

马兰英 你们的歌儿唱得怎么样呀？

朱莉娅 还不错。我作为领唱，没出一点儿错，李校长和张老师可满意了。

马兰英 那就好。

朱莉娅 希望这次我们唱的《兰草花儿开》能获奖。

马兰英 我娃长得赢人，嗓子又好，我娃不获奖，谁能获奖？

朱莉娅 看奶奶说的。啊，张老师还带我们去游太极城了。从观景台上往下看，沟壑分明，绿水绕廊，阴阳回转，真像个太极八卦图。太棒了！

马兰英 我娃真有福，奶奶都没去过那儿。

朱莉娅 那好办，哪天爸爸回来了，我们陪奶奶一起去。

马兰英 好，好，我娃真好。

喜来聚夜市　夜　外

［灯火辉煌，叫卖声声，人来人往。

李　杰 （边走，边给雨藤做介绍）两掺面在这里很有名气，称得上是杂粮巧作、粗粮细作。民间流传着这样一句话：每天吃豆三钱，何需服药连年。

雨　藤 那就品尝一下呗。

［李杰与雨藤来到两掺面摊点前。

李　杰 老板，来两碗。

宾馆客房　夜　内

［徐主任喝着茶在看电视。电视正直播兰花谷小学的参赛歌曲《兰草花儿开》。

［外面有人敲门。

徐主任 （关了电视）请进。

［李杰与雨藤开门进来。

徐主任 回来了？

李　杰 我们找遍了宋家岭森林公园，也没找到那个洋娃娃。

雨　藤 我们倒是借机游览了下太极城，真不错。

徐主任 你们吃了没有？

李　杰 我们在夜市吃这里的特色两掺面了。

［李杰与雨藤坐了。

李　杰 民歌大赛明天下午结束，也不知兰花谷小学的成绩怎么样。

雨　藤 现场气氛倒是蛮热烈的。

徐主任 从现在的情况看，兰花谷小学即使获不了集体奖，洋娃娃也会获单项奖。

雨　藤　冲着朱莉娅的与众不同，我们都得再挖些东西。

李　杰　还有，我现在就想看看，朱莉娅的爸妈长什么样。

徐主任　嗨，吃饭时，我见到朱莉娅学校的李校长了，他说朱莉娅和她爸爸长得并不像。

雨　藤　怎么可能！

李　杰　那朱莉娅的妈妈呢？

徐主任　他说朱莉娅的妈妈已经去世了。朱莉娅的爸爸常年在外打工，朱莉娅多半是跟她奶奶在一起生活。

堂屋　夜　内

[卸了妆的朱莉娅拿着遥控器调电视频道。

[奶奶从里屋出来，右手拽着个纸箱子，放在了一旁。

朱莉娅　奶奶，这平板电视，比过去的老电视好看多了。

马兰英　是。你拉开抽屉，看看你爸爸还给你买什么东西了。

朱莉娅　（拉开抽屉，惊喜地）哇！复读机、文具盒、钢笔、墨水，还有书和作业本，全是我需要的！

[复读机、文具盒、钢笔、墨水和书籍、作业本的特写。

朱莉娅　奶奶，我爸这次回来，怎么这么舍得花钱呀？

马兰英　这还用说，你爸喜欢你呗。

朱莉娅　我爸真好。奶奶，这个箱子里装的什么呀？

马兰英　是你爸从省城给你带回来的衣服，你打开看看吧。

朱莉娅　我知道，不是捡的，就是收的。

马兰英　你不喜欢？

朱莉娅　喜欢。奶奶改一改，我怎么穿都合适。

马兰英　你爸说了，我们朱莉娅长大了，这次回去，他要多挣些钱，给你买漂亮衣服回来，让你做"粑粑娃娃"。

朱莉娅　奶奶，是"芭比娃娃"。我爸在城里，挣钱也不容易呢。我该好好劝劝他不要那么拼命的，身体会累坏。

马兰英　我娃真懂事。对了，朱莉娅，奶奶明天要进山采药，我娃就在家写作业，或者跟柳叶、石头他们一起玩。

朱莉娅 我明天没作业，我要跟奶奶一起去采药，赚辛苦钱贴补家用。

马兰英 不不不，去山里采药危险，奶奶自己去就好了。

朱莉娅 不，我要跟奶奶去采药。我要去我要去我要去嘛！

山间公路　清晨　外

[各种车辆近去远来。

[公路旁的高铁线上，一辆高铁飞快地驶过。

[一辆喷有"《华秦报》新闻采访车"字样的越野车疾驰而来。

村里　日　外

[《华秦报》采访车驶来，在朱莉娅家的台阶下停车来。

[车门打开，李杰、雨藤与徐主任下车，上了台阶。

[到了门口，李杰正要敲门，却见门上拴着一把锁。

[这时，老秦爷赶着他的牛从台阶下路过。

老秦爷 你们是找朱莉娅和她奶奶吗？

李　杰 是。可她们不在家。

老秦爷 她和她奶奶去山里采药了。你们可以沿村路往南，找一个名叫仙草峪的地方。

仙草峪南侧　日　外

[蓝天白云，青山绿水，林茂草肥。

[马兰英和朱莉娅在挖药材。

[马兰英的筐子里，已挖了一些药材了。

[朱莉娅在挖枸杞的根——地骨皮。

仙草峪北侧　日　外

[李杰、雨藤与徐主任走来。

[李杰手端相机，随时捕捉着感兴趣的镜头。

雨　藤 （突然发现了什么）找到了，朱莉娅跟她奶奶就在前边。

[李杰与徐主任往前一看。

仙草峪南侧　日　外

[朱莉娅与奶奶在挖药材。

仙草峪北侧　日　外

[李杰边走边在抓拍朱莉娅与奶奶采药的图片。

仙草峪南侧　日　外

[朱莉娅见地骨皮的根已经露出不少了，就用双手使劲拔。不想，一用力，地骨皮的根断了，朱莉娅惊叫着往后一倒，便滚下了山坡。

马兰英　（听见朱莉娅的惊叫声，急忙喊着跑来）我的天呀，朱莉娅，你可不敢出事呀。朱莉娅！朱莉娅！

仙草峪南侧　日　外

[李杰一摁快门，恰好拍到了朱莉娅滚下山坡的瞬间。

徐主任　不好，快去救人！

[三人立马飞奔过去。

仙草峪东坡　日　外

马兰英　（艰难地下着坡，焦急地喊着）朱莉娅！朱莉娅！

朱莉娅　（在坡下回喊）奶奶，我在这儿！

[李杰赶在奶奶前边向坡下一看。

坡下树杈　日　外

[朱莉娅被一枝树杈卡住了。

坡上　日　外

李　杰　奶奶，您别动，朱莉娅被树杈卡住了，我去帮她。

[李杰卸下相机，将相机放在一块石头上，急忙往坡下赶。

[奶奶悬在嗓子眼的心，这才下降了一些。

[徐主任也赶了过来，他利用下坡地形，帮李杰救人。

[雨藤赶来，拿起相机，挂在了脖子上，把奶奶扶到了坡度平缓处。

坡下树杈处　　日　外

李　杰　　（艰难地接近着树杈）朱莉娅，你别动，哥哥这就来救你。

朱莉娅　谢谢大哥哥。

[李杰抓着树枝草石，靠近了朱莉娅，他将树杈从茱莉亚身上拨开，轻轻地将朱莉娅抱下树杈，将她放到了自己背上。

朱莉娅　谢谢大哥哥。

李　杰　　朱莉娅，你搂住大哥哥脖子，搂紧了，大哥哥这就背你上去。

朱莉娅　好。

徐主任　　（过来接应）慢一点，不要有任何闪失。

[李杰在左背着朱莉娅，徐主任在右护着李杰，两人手脚并用，一步步艰难地往上爬。

[雨藤觉得这是令人感动的一幕，她默默用相机记录着一切。

仙草峪　　日　外

[李杰把朱莉娅背到了坡上，半蹲后将她轻轻放下。

朱莉娅　　（站起身来）谢谢大哥哥，谢谢叔叔。

[李杰与徐主任气喘吁吁地坐在地上，不住地用纸巾擦汗。

[雨藤赶紧扶茱莉亚的奶奶过来。

马兰英　　（感激地）谢谢你们，要不是你们，我们朱莉娅今儿就没命了。

徐主任　不是我们的功劳，朱莉娅运气好，连树杈都在下面接着她。

马兰英　你真会说话。

雨　藤　　（走近朱莉娅）叫大姐姐看看，哪受伤了没有？

朱莉娅　　（活动着身体）我好好的，没有受伤。

雨　藤　你再活动一下腿脚。

朱莉娅　　（蹦跳着，活动着腿脚）看，好着呢。

雨　藤　还行。除了脸上有点划痕，手上有几道血印子，衣服被划破了几道口子，没什么大碍，依然很漂亮。

［朱莉娅没事人似的嘿嘿直笑。

马兰英　（抱住朱莉娅，哭了）吓死奶奶了。对不起朱莉娅，都是奶奶不好，让我娃受苦了。

朱莉娅　奶奶，您别哭了，我一点都不觉得疼！

马兰英　我娃头疼不？

朱莉娅　不疼。

马兰英　腰疼不？

朱莉娅　不疼。

马兰英　腿疼不？胳膊疼不？

朱莉娅　（活动着胳膊、腿）哎呀奶奶，我不说过了吗，不疼！

马兰英　（这才放心了）这就好，这就好。

［雨藤拍打完朱莉娅身上的泥土，接着又掏出湿纸巾，擦拭着朱莉娅的脸。

仙草峪北侧　日　外

［榆钱、柳叶、石头和王贵、铁城带着聪聪，在采花，摘野果。

榆　钱　（回头看见了朱莉娅，喊道）朱莉娅——！

仙草峪南侧　日　外

朱莉娅　哎——！

榆　钱　过来和我们一起玩吧——！

朱莉娅　（转身）奶奶，我去玩啦。

马兰英　好，别跑远啊！

朱莉娅　知道了。奶奶、叔叔、大哥哥、大姐姐，再见。

马兰英　小孩就这样，出了事，大人吓得要死，她却跟没事儿似的。

徐主任　朱莉娅性格真好，也很坚强。

仙草峪北侧　日　外

［朱莉娅跑来。迎接她的聪聪兴奋得又蹦又跳。

榆　钱　（看着朱莉娅）朱莉娅，你是怎么了，跟人打架了？

朱莉娅　哪里呀，采药时摔了一跤。

石　头　那你们仨在这等会儿，我们去找点好吃的，安慰一下我们的洋娃娃。

榆　钱　好。

〔石头带王贵、铁城走了，聪聪紧随其后。

榆　钱　我们采花吧？

〔朱莉娅与柳叶答应着采起花来。

〔李杰走来，给朱莉娅她们拍起照来。

〔李杰正在拍照，他的手机突然响了。

李　杰　（打开手机）喂？啊，小陈呀。什么事？……朱莉娅获最佳人气奖啦？……太好了，她人就在我身边……好，就这样。

李　杰　（来到朱莉娅她们跟前）朱莉娅，告诉你个好消息。

朱莉娅　什么好消息？

李　杰　你在民歌大赛中，获得最佳人气奖啦。

朱莉娅　（高兴得一蹦三尺高）哇！太好啦！

〔朱莉娅手拿野花跳起来的镜头，定格在了李杰的相机显示屏上。

仙草峪北侧　日　外

〔雨藤从包里掏出矿泉水，递给奶奶和徐主任。

马兰英　我带的有水。

雨　藤　您别客气，奶奶，喝吧。

马兰英　（接过矿泉水）我看你们像是城里人，怎么到我们这儿来了？

徐主任　我们是《华秦报》记者，是来采访民歌大赛的选手的。朱莉娅模样俊，嗓子好，唱功了得，大家都说她一定能获奖。

李　杰　（跑来）朱莉娅已经获奖了！

徐主任、雨藤　什么奖？

李　杰　最佳人气奖！

徐主任　看看，我们没猜错吧！

马兰英　（高兴地）这是你们大家，在抬举我娃呢。

雨　藤　奶奶，您给我们再介绍些朱莉娅的事，这样我们的宣传资料就更丰满了。

马兰英　呀，让你们费心了。

雨　藤　奶奶，现在大家都有个疑问……就是朱莉娅，怎么一点都不像本地人呀？

马兰英　这个呀，你们今天也救了我们朱莉娅，也算是她的救命恩人了，所以她的一些事，我就破天荒地给你们说说吧。

仙草峪南侧　日　外

〔朱莉娅、榆钱、柳叶在采花。

〔石头与王贵、铁城用衣服包裹着什么东西跑来了。聪聪紧随其后。

榆　钱　石头，你们知道吗，朱莉娅在民歌大赛中获最佳人气奖了。

石　头　那好嘛。这次，我们几个人是正儿八经地沾朱莉娅的光了。

柳　叶　对。全校都跟着朱莉娅沾光了！

朱莉娅　不不不，也有你们合唱和全校老师跟同学们的功劳呢。

石　头　那好，我们就先用这些好吃的，庆祝一下吧。

大　家　好！

〔石头他们把衣服打开，露出了甜瓜、柿子、茄莲、拐枣。

朱莉娅　（走向前）这就是你们弄来的好东西？

榆　钱　（上前）一看就知道是他们偷人家的。

柳　叶　偷来的东西，我们不敢吃吧？

〔石头不管不顾，用手掌拍开甜瓜、在石头上砸开茄莲、又在地上一字形摆开了柿子和拐枣。

石　头　吃吧。尝尝这味道到底是苦是甜。

王　贵　（吃了口甜瓜）什么强扭的瓜不甜，挺甜的嘛。

铁　城　（吃了口柿子）又软又甜，一点都不涩。

榆　钱　（吃了口茄莲）又水又脆，还没木渣。

柳　叶　你们这么干，就是做贼。让人抓住了，非挨揍不可！

石　头　（吃着拐枣）有那么严重吗？生在农村长在农村，吃谁家个瓜呀枣呀的，还不是常有的事，较什么真儿呀？

朱莉娅　算了。咱们还是赶快把这些"罪证"消灭了吧。省得让人发现了，告到老师那里去。

石　头　对嘛。赶快吃完！

[大家不再说话，咔嚓咔嚓地啃起来。

仙草峪南侧　日　外

马兰英　实际上，朱莉娅是我儿子朱小民在省城打工时捡回来的。

[三人不禁一惊。

马兰英　9年前的一天，太阳都快下山了，我儿子朱小民突然从城里抱着个月月娃给回来了……

回忆镜头

[余霞成绮，山影重重，溪水如练。

[一辆小中巴车颠簸着向村子开来，在村口停了下来。

[朱小民抱着一个褓褓中的孩子提着包下了车，样子很是狼狈。

[面包公交车开走了，朱小民朝半山坡上的家走去。

[抱着娃的石头妈、柳叶娘与铁城奶奶在聊天，有小孩在玩耍。

老秦爷　（正在拾粪）呀，小民回来了？没听说你跟谁结婚，咋还抱回个娃？

朱小民　老秦爷，我不想让大家随份子，所以就学城里人，来了个闪婚。

石头妈　（上前）小民，你这娃不会是偷来的抢来的拐骗来的吧？

朱小民　你觉得我是那种人吗？

石头妈　我想你也没那贼胆。男娃女娃？

朱小民　女娃。

铁城奶　（看着孩子）呀，这么心疼个娃！小民，要是说这娃是你娃，打死我都不敢信！

柳叶娘　就是的，小民哥。凭你那舅舅不疼姥姥不爱的模样，能生个这样的娃？

朱小民　管你们信不信呢，反正她就是我娃，我就是她爸！

[大家都稀罕地围了过来。

石头妈　（看着孩子）乖乖！还是个洋娃娃！

〔洋娃娃也睁大眼睛看着大家。

　　柳叶娘　就是的！这娃比咱们村谁家娃都好看！

　　朱小民　那是当然的，她妈是新疆维吾尔族自治区人，石头妈，看毕了，夸完了，你有现成的奶，给我娃喂一点嘛。

　　石头妈　没问题！

　　〔石头妈把怀里的石头交给铁城奶奶，接过朱小民怀里的孩子，喂起奶来。

　　〔大家新奇地看着。

　　〔洋娃娃贪婪地吮吸着奶汁。

　　石头妈　（嗔怪道）看你把娃饿成啥了！

　　朱小民　看来，还是母乳好，奶粉根本比不了！

　　柳叶娘　咋你一个人回来了。娃她妈呢？

　　朱小民　唉，她妈一生下她，就去世了。我只能把娃抱回来，麻烦我妈抚养了。

　　朱小民家　黄昏　外

　　朱小民　（推门进了院子）妈，妈？

　　〔见没人答应，朱小民就坐在了石凳上。

　　〔见孩子睡着了，朱小民就小心翼翼地把孩子放在石桌上。

　　〔朱小民见孩子被折腾了一路，这会儿睡得香甜，咧开大嘴笑了。

　　〔马兰英扛着铁锨走进门来。

　　朱小民　妈，你怎么才回来？

　　马兰英　（把铁锨靠在墙边）地没浇完，我能回来吗？

　　朱小民　妈，我拾了个娃。

　　马兰英　村里人都说你在城里瞎整了个娃回来，我还不信呢，看来是真的。

　　朱小民　妈，你别听人说。你娃要真能跟人瞎整个娃出来，那出息可就大了。

　　马兰英　女娃？

　　朱小民　女娃。你看，还是个洋娃娃，可漂亮了。妞妞，奶奶看你来了，叫奶奶。

　　〔妞妞累了一路，沉沉地睡着了。

马兰英 　（看着很是喜欢，可紧接着就发起愁来）是很好看。皮肤也白，鼻子也高，还是双眼皮。可是，我都这么大年纪了，你又老不在家，我怎么养活她呀？

朱小民 　你怎么养活我，就怎么养活她嘛。

马兰英 　那时候有你爸，现在只剩下我了。

朱小民 　那不是还有我吗？

马兰英 　你在外打工，我指望得上吗？

朱小民 　还不是你和我爸，老来得子，还给我寻不下个媳妇。

马兰英 　我们方圆十里给你找了不下10个，可人家娃一见你这副模样，一听咱家这条件，死活不干，我们有什么办法？

朱小民 　再没办法，也得想办法。我总不能一辈子打光棍吧？

马兰英 　那你现在在外边打工，怎么不在城里寻个媳妇，带回来让你妈和村里的人看看？

朱小民 　我还在城里寻媳妇呢，像我这样的，能在城里半死不活地混下去，就已经很不错了！

马兰英 　那你就甭怪你爸你妈。

朱小民 　所以我见有人不要这娃了，就给咱捡回来了。好赖养活大，给你给我烧个水做个饭倒个尿盆什么的，还是可以的嘛。

［孩子醒了，咧开小嘴哭。

马兰英 　（抱起孩子）哈哈，你看出来了吧，这娃哭，是不想给你这号人烧水做饭倒尿盆。

朱小民 　（从包里拿出水瓶奶瓶奶粉，给孩子冲着奶）不想烧水做饭倒尿盆，能给咱把钱拿回来也行呀。

［朱小民拿起奶瓶在脸上试了试温度，摇了摇，老练地给孩子喂起奶来。

马兰英 　看来，你在城里锻炼了几年，能干多了，连娃都会带了。

朱小民 　我还不是抱了她，才不得不学喂奶喂水把屎把尿这些琐碎事嘛。

马兰英 　（突然想起）哎，小民，你走后，娃吃奶问题怎么解决呀？

朱小民 　买奶粉嘛。

马兰英 　那万一买了假冒的有毒的奶粉，把娃吃成大头娃娃了，怎么办？

洼里镇集市 日 外

〔店铺林立的街两旁，什么样的摊点都有，叫卖声此起彼伏。

〔男女老少你来我往，甚是热闹。朱小民夹杂在人群中走着看着。

牲口交易市场 日 外

〔这里买卖骡马牛羊猪狗驴兔的应有尽有。

〔朱小民来到买卖奶牛的地方，看了看，走人了。

〔朱小民看到有卖奶山羊的，就走了过去。

朱小民 什么价？

卖 家 988元。

朱小民 什么？这么贵！

〔朱小民扭身要走，卖家拉住了他。

朱小民 算了算了，这价不适合我。再说，我带回去它要是不下奶，不就把我娃给坑了吗？

卖 家 哎呀，你懂不懂啊？你看这羊奶，多大的，能把你娃饿着？

朱小民 那我也掏不起你报的那价钱。

卖 家 （见朱小民还是要走，又拉住了他）慢着慢着，我看你也是诚心要，我呢，也是急于想脱手，价钱好说。

〔于是，两人就用衣服盖了手，捏起了码子。

卖 家 我给你这个价。

朱小民 我只能给你这个价。

卖 家 算了，咱就这个价吧。不能再低了，再低我就赔死了。

朱小民 （满意地）成交。

卖 家 （极不情愿地）唉，我今儿可是亏大了。

朱小民 （掏着钱）你还亏大了？回去不定怎么偷着乐呢。

朱家院子 日 外

〔奶山羊在吃草，马兰英抱着孩子在看。

朱小民 （拿着奶瓶摇晃着从厨房出来）来，新鲜的羊奶，不热不凉，给娃喂一下。

[马兰英接过奶瓶，喂给孩子。

　　[孩子吃得很是香甜。

马兰英　看来，这娃也知道没啥挑拣的了，来到咱家，就知道该在咱家过下去了。

朱小民　这下好了，孩子有新鲜奶吃了，我也可以放心地去城里了。妈，留的钱不多，你就先用。等我有了闲钱，第一时间就寄回来。

　　[朱小民亲了下孩子，孩子居然对他笑了。

　　[母子俩看着孩子，都很开心。

马兰英　这娃长得鼻子高，眼睛大，头发黄，眼珠子好像还是蓝的，咋看都跟咱这儿的人不像，不会是个外国娃吧？

朱小民　啊，对了，我捡她时，有个洋妞跑来，说这孩子是她的，要抱走。我没给。她肯定也想抱养这么漂亮的小女娃，我才不给她呢！

马兰英　那洋妞说不定就是娃她妈。人家不想要这娃了，想给娃寻个大户人家，没想到遇上你个穷小子。

朱小民　我和她说了，家里有我妈帮我带这娃，有我给娃打工挣钱，还有亲戚朋友街坊四邻帮忙，怎么都能把她养大。她立马答应，不跟我争娃了，还给我鞠了个躬。妈，你说她不会真是娃她妈，因为什么难处不养这娃了吧？

马兰英　没难处，谁会丢弃自己的亲骨肉呀。你给娃起个名字吧，妈好给她上户口。

朱小民　这几天我都想了，我娃漂亮，洋气，就叫朱莉娅吧。

马兰英　朱莉娅，挺好听的。

朱小民　外国有个电影明星，叫朱莉亚·罗伯茨，咱娃就叫朱莉娅吧，长大了，也让她当电影明星。到那时，咱娘儿俩就能吃香的、喝辣的了。

马兰英　美死你！

屋里　夜　内

　　[朱莉娅躺在炕上嗷嗷地叫着，手舞足蹈。马兰英在一旁纺线。

朱小民　（提着编织袋回来了，他放下编织袋，从怀里掏出个拨浪鼓，摇着给朱莉娅看）朱莉娅，看爸爸给你买了个啥？

　　[朱小民摇着拨浪鼓，朱莉娅看着，居然笑了，手脚舞得更欢了。

朱小民 （放下拨浪鼓，提起编织袋，掏出许多小孩旧衣服）我去我二舅三姨和朋友家，给朱莉娅找了好多旧衣服，够她穿几年的了。

马兰英 你到底是当爸爸的人了，娃的事都想到了，变得细心了。

朱小民 我这也是没办法了，把家里的事都捋顺了，我出去了省心。

马兰英 （翻看折叠着那些旧衣服）能行。邻居也送来一些旧衣服，从小到大都有。咱娃小，穿别人家娃旧衣服，也软和、贴身。

朱小民 我娃是洋娃娃，就是披麻袋片，也比别的娃好看。

〔这时，村党支部书记陈锋与派出所张所长黑着脸进来了。

马兰英 呀，陈书记来了——咋还带来一位警察同志？

陈　锋 他是咱派出所的张所长。正好，小民在家就好。

朱小民 怎么了？

陈　锋 （看着孩子）这就是你带回来的娃？

朱小民 是。

张所长 男娃女娃？

朱小民 女娃。怎么了？

张所长 你得如实交代，这娃是哪来的？

陈　锋 对。是偷的，是抢的，还是拐的，如实向张所长汇报吧，不要隐瞒。

朱小民 你们不要像训犯人那样对我好不好？

张所长 好。你没结婚，这娃就不可能是你的。现在也没有外人，你就实话实说吧。

马兰英 （如释重负般地笑了）啊，原来你们是为这事来的。坐，小民能把这事说清楚。

〔陈锋与张所长坐下。

朱小民 这娃是我前天清早出门打工时，在公园门口捡的。

〔陈锋、张所长不禁一怔。

朱小民 你们看看，娃穿的这件衣服、用的这奶瓶、裹的这被单，都挺上档次的，都不是咱山里的东西。

马兰英 还有娃身上那张纸，更能说明问题，你快拿来叫支书、所长看看。

〔朱小民答应着，去了屋里。

马兰英　本来明天，我叫小民去派出所给娃上户口呢。

陈　锋　给娃起名字了没有？

马兰英　起了，叫朱莉娅。因为我娃长得洋气。

陈　锋　（过去一看）呀！还真是个洋娃娃。

张所长　（也过去看了看）这么好的娃，她爸妈怎么就不抚养了呢？

朱小民　（出屋，将一张纸递给张所长）你看一下上面的字，就什么都明白了。

陈　锋　（凑过去，念出声来）她妈没结婚，她爸没良心；孩子没法养，送给好心人。2008 年 4 月 7 日。

朱小民　这下你们明白了吧？我没偷没抢也没拐，这娃是我捡回来的。

张所长　这娃的爸妈，弄不好是外国人。

陈　锋　咋看都是个混血。

马兰英　也算老天怜念我们娘儿俩，给我们娘儿俩送来这么心疼个宝贝。现在可以给我娃上户口了吧？

张所长　有出生证没有？

朱小民　呀，没有。可能是她妈没去医院，在家里或厕所生的。

马兰英　你们也知道，这娃是个弃婴，就给我们办个收养手续吧。

张所长　这娃是属于收养范围。可这收养手续，我没法给你们办。

母子俩　为什么？

张所长　因为婶儿你身边有小民，小民也没到 35 岁，你们娘儿俩都不具备收养条件。

母子俩　啊？收养娃还有这条件！

张所长　是。不但娃的收养手续办不成，娃的户口也上不了。

［母子俩又是一惊。

陈　锋　还有，娃上不了户口，也就分不成地。

马兰英　上不了户口分不成地，那我娃不就成黑人黑户了？

朱小民　算了，黑人黑户就黑人黑户。现在黑人黑户多的是，只要我好好赚钱，照样能把我娃养大！

马兰英　陈锋、张所长，我可给你们说啊，虽然你们给我们办不成收养手续，可你们也别想把我娃抢走！

朱小民　就是的！

马兰英　我年龄大了，小民又没媳妇，好不容易拾了个娃我们再保不住的话，你们可让我们娘俩咋活呀？

陈　锋　（看着张所长）这是个事。

［张所长咬着嘴唇，叹了口气。

陈　锋　张所长，这娃确实是个弃婴，咱回去先给他们出一份捡拾弃婴的报案声名，再商量一下朱小民的领养资格；如果实在不行，这娃就让他们娘儿俩先养着。你看呢？

张所长　（想了一下）先养着也行。可对外，总得有个说法吧？

马兰英　小民早就想好了，回来就跟村里人说，我这娃她妈是新疆维吾尔族自治区人，娃一生下，她妈就去世了……

仙草峪南侧　日　外

马兰英　这就是我们朱莉娅的身世。

徐主任　真不容易呢。把朱莉娅养这么大，您老人家吃了不少苦吧？

马兰英　为我娃吃多少苦，都是应该的。

徐主任　那，朱莉娅现在还是上不成户口，分不成地吗？

马兰英　不不不，我娃上学前，他爸就35了，所以娃的户口也上了，地也分了。

徐主任、李杰、雨藤　啊，这下就好了。

徐主任　（掏出一个信封）大婶，我们知道您一个人在家带朱莉娅很辛苦，就凑了点钱，请您收下。

马兰英　不不不，这我不能要。我们庄户人，只要有粮和菜吃，日子就过得去。

徐主任　您一定得收下，这是我们给朱莉娅的一点心意嘛。

朱家院墙上　清晨　外

［晨曦中，一只大公鸡扑棱了几下翅膀，喔喔喔地叫了个响亮。

组合镜头

［屋里，马兰英帮朱莉娅换校服，梳羊角辫头，李杰在拍照；

［门口，奶奶送背着书包的朱莉娅出门，李杰在拍照；

［村里，朱莉娅与石头、柳叶、榆钱他们去上学，李杰在拍照；

［学校门口，朱莉娅走进校门，李杰在拍照；

［操场，朱莉娅与同学们在做早操，李杰在拍照；

［教室，朱莉娅和同学们在上课，李杰在拍照。

学校操场　日　外

［全校师生整整齐齐地坐在小板凳上。拿话筒的李校长与西装革履的郝镇长走到师生面前。

李校长　在这次县上组织的青少年旬阳民歌大奖赛中，我们学校代表队参赛的《兰草花儿开》，受到普遍好评，特别是我们的领唱朱莉娅，技压群芳，一举夺得了最佳人气奖。

［师生们热烈鼓掌。

李校长　现在，请我们洼里镇的郝镇长，给我们人美歌甜的朱莉娅同学颁发获奖证书。

［在师生们的掌声中，郝镇长从一旁张老师的手中接过证书，颁发给了朱莉娅。

［李杰在拍照。

李校长　（将话筒递给朱莉娅）请朱莉娅同学发表获奖感言！

朱莉娅　（接过话筒）谢谢大家。我能获奖，全靠老师教得好，同学们配合得好。今后，我会继续努力，唱好旬阳民歌！

［师生们热烈鼓掌。

山间公路　日　外

［各种车辆近去远来。

［公路旁的高铁线上，一辆高铁飞快地驶过。

［《华秦报》的采访车疾驰而来。

车里 日 外

徐主任 标题就叫《失落深山的洋娃娃》，醒目。

雨 藤 好。

徐主任 朱莉娅的身世，只写她爸爸和奶奶不符合收养条件，上不成户口，分不成地。

雨 藤 这样合适吗？

徐主任 这样能引来后续报道。

李 杰 （在开车）对！

市区马路 日 外

[街道两旁高楼林立，主干道上，各种车辆近去远来。

[路边，朱小民与老吕各蹬着一辆装着家具的三轮车过来。

居民小区 日 外

[朱小民与老吕蹬着三轮车进来，到了一栋单元楼前。

等候他们的胖女人 （拉开单元门）两位师傅，我们家在 7 楼西户，进出电梯可得小心点。

[朱小民与老吕答应着，抬起柜子进门。

菠菜面馆门前 日 外

[面馆生意兴隆，里外都坐满了吃面的人。服务员在送面收碗。

[朱小民与老吕坐在一小桌前。朱小民在剥蒜。

老 吕 （喝了口招待茶）小民，今儿几号了？

朱小民 27 号。

老 吕 又该给老婆孩子寄钱了。

朱小民 你真是个模范丈夫。

老 吕 嗨，咱们在外边挣钱，不给家里寄，你让他们的日子怎么过呀？

朱小民 我刚回了一趟家，觉得现在农村也好着呢。我们那儿娃们上学现在都不要钱，周一到周五娃们吃住也都在学校里。现在政府对留守儿童和空巢老人的生活，都挺关心的。

[服务员端来两碗菠菜面放在了他们的面前。

老 吕 （搅拌着）那也得多关照家里。现在什么都涨价，没有钱，老婆孩子吃什么穿什么，红白喜事怎么随份子，头痛脑热怎么看医生，照明浇地的电费怎么出，油盐酱醋拿什么买？

街边 日 外
[朱小民和老吕来到他们的三轮车前。

老 吕 你这次回去，给自己找下另一半儿了没有？

朱小民 没有。农村可不像城里，有那么多"大龄剩女"。

老 吕 那你咋不早点划拉一个呢？

朱小民 不是人家看不上我，就是我看不上人家……这不，给耽误了呗。

老 吕 那你就在进城的妹子里挑一个呗。

朱小民 唉，咱颜值不高，又是蹬三轮的，见的对象倒不少，可到头来请媒人吃饭的钱花了，什么事都不顶。

老 吕 你都没找到合适的，咋还能花钱呀？

朱小民 无论谁做媒，成不成，都得请吃三回饭。跟稍微有点意思的，约个会、吃个饭、看场电影、去一下KTV、逛一下游乐城……不都得花钱吗？

老 吕 也是。不过小民，在这上头，你也得长点心眼儿，别让人给算计了。

朱小民 我也这么想。其实，老家就有合适人选呢，就是我这人脸皮薄，不好意思开口。

老 吕 你呀！爱就要大声说出来。要不过了这个村，可就没这个店了。

印刷厂车间 日 内
[《华秦报》头版，图文并茂标题为《失落深山的洋娃娃》的报纸在轰鸣的机器声中批量印刷。

组合镜头
[街头，有人在看《华秦报》……
[社区，有人在看《华秦报》……

［工厂，有人在看《华秦报》……

［部队，有人在看《华秦报》……

［学校，有人在看《华秦报》……

［家庭，有人在看《华秦报》……

马建辉家客厅　黄昏　内

［两口子晚饭后，手持《华秦报》在聊天。

马建辉　过去，都是听说外国人收养咱们中国人家的孩子，还没听说有中国家庭收养外国弃婴的。

惠　敏　是。老马，这个朱莉娅，人漂亮，唱歌也好，既然这家人不具备收养条件，不如咱们去把这个洋娃娃领回来？

马建辉　行呀。这个周末，咱就进一趟山，能领养就领养，不能领养就献一下爱心吧。

朱家院子　晚　外

［陈锋给马兰英和许多村民念完了《失落深山的洋娃娃》这篇文章。

陈　锋　文章我是一字不落地念完了。整体给我的印象，是有好有坏。好的是把朱莉娅民歌大赛获奖的消息做了个广泛宣传；坏的是把朱莉娅的不幸身世，也来了个广而告之。

马兰英　真是的，连我们没有资格收养朱莉娅，朱莉娅报不上户口、分不了地的事都登出去了；可我们朱莉娅已经有户口了，他们为什么不在报上说清楚。他们这么做，什么意思啊？

刘小妹　他们这么做，就是想让满世界的人都知道，朱莉娅是失落深山的洋娃娃！

马兰英　他们还说是帮我们宣传朱莉娅的歌儿唱得多好呢，我看他们纯粹是想把我们朱莉娅从我这里夺走！

陈　锋　现在是信息时代，消息传得快，什么情况都可能发生。

老秦爷　放心，没事儿的，他婶。她亲爹亲娘当初做了伤天害理的事，现在就是知道他们的亲骨肉在这儿，也没脸来领人！

榆钱妈　就是的，婶儿。你养朱莉娅这么多年了，也不是谁想把娃领走就能领走的！

村里　日　外　雨

[天上淅淅沥沥地在下着雨。

[有人打着伞往坡上跑。

[有人用衣服蒙着头，跑入家门。

石头家　日　外　雨

[石头与朱莉娅站在屋檐下看雨。旁边站着聪聪。

朱莉娅　这雨下起来还没完了。

石　头　你是发愁回不了家吗？难道在我家，还能把你饿着？

石头妈　（在堂屋门口喊道）石头，朱莉娅，来吃饭了。

石　头　看，说饿不着你，就饿不着你。

石头家堂屋　日　内　雨

[石头妈与石头和朱莉娅在吃饭。

[餐桌上有竹笋炒腊肉、有醋熘土豆丝，还有西红柿炒鸡蛋，主食是米饭。

朱莉娅　石婶儿，您做的饭真好吃。

石头妈　朱莉娅就爱说好听的。你奶奶才是做饭的一把好手呢，

朱莉娅　石婶儿做的饭菜，色香味俱全，看着都好吃。

石　头　好吃你就多吃点。

石头妈　（夹了一块腊肉放进朱莉娅碗里）就是，好吃你就多吃点。

[朱莉娅突然想起了什么……

闪回

[村巷里，朱莉娅与同学们下坡。

柳　叶　你们俩呀，一个没妈，一个没爸，你们的爸妈要能成一对儿，不就父母双全了吗？

朱莉娅　我爸长那样，人家石婶儿能看上吗？

铁　城　看上看不上，让你爸追一下不就知道了！

柳　叶　不好意思追，找媒婆牵线也行呀。

铁　城　你们两家大人要能成的话，可就盖了帽儿了！

石头家堂屋　日　内　雨

石头妈　（见朱莉娅在愣神）朱莉娅，吃饭就吃饭，愣什么神儿呀？

朱莉娅　我在想，我要有个像石婶儿这么好的妈妈就好了。

石头妈　石婶儿有什么好的呀？农村妇女一个。

石　头　朱莉娅他爸，也该给朱莉娅找个妈妈了。

朱莉娅　我爸长得不好，毛病又多，没人肯嫁给他。

石头妈　不不不，你爸其实人挺好的，厚道、能干，也很爱你，居家过日子没一点问题。

朱莉娅　（惊喜地）石婶儿，您真这么看我爸？

石头妈　是。

朱莉娅　石婶儿，您这话，我爸要是知道了，肯定会乐得有牙没眼的！

　[石头妈与石头都被朱莉娅逗笑了。

石头妈　朱莉娅，你真会用词儿，乐得有牙没眼，那样子还真像你爸。

朱莉娅　大人的事，我真弄不懂。有些人找对象，我们都觉得不般配，可人家成了；有些家庭，我们觉得日子肯定过不好，可人家却过得很好。

石　头　王贵家就是这样。

石头妈　傻孩子，王贵妈人随和，找人不求长相，不求钱财，只求人实诚，对她和孩子好。

野山坡　日　外

　[雨过天晴，彩霞满天，兰草遍地。

　[朱莉娅与榆钱、柳叶他们在采蘑菇。

树林　日　外

　[石头与王贵、铁城他们在摘野果。石头的狗在树下撒欢。

路旁　日　外

［走来邻村的男孩刘三与马强。

刘　三　（看到朱莉娅）呀！这就是兰花谷的洋娃娃朱莉娅了，真漂亮！

马　强　就是。唱歌也好听。

榆　钱　那当然了。知道朱莉娅的人都这么说。

马　强　都说什么。

榆　钱　都说我们朱莉娅人漂亮，嗓子好。

刘　三　她人是漂亮、嗓子也好，可惜不是你们村的人。

朱莉娅　谁说的这话？我就是兰花谷的人！

马　强　兰花谷的人都长榆钱那样，哪有长你这样的！

朱莉娅　我长这样怎么了？我长这样人见人爱！看你们俩不偷都像贼的那样子，谁稀罕呀！

刘　三　你好看就不得了啦？报上都登了，说你是你爸在城里打工时捡来的！

朱莉娅　（气哭了）你胡说！你才是捡来的呢！

刘　三　哟哟，还生气了。真是的，你爸连媳妇都没有，哪来的你呀？

马　强　就是，难道你和孙悟空一样，是从石头缝里蹦出来的？

榆　钱　你们在胡说什么！朱莉娅有爸爸，也有妈妈！

刘　三　她要是有妈妈，怎么还吃百家饭、穿百家衣？

朱莉娅　我吃百家饭、穿百家衣，是因为邻居喜欢我！

柳　叶　对！要是你俩，别说给吃给穿的，恐怕水都喝不上！

刘　三　哎哟！羞羞羞！跟讨饭的一样，还好意思显摆！

马　强　就是的。再怎么说，她这个小老外，都是个上不了户口分不成地的黑人黑户！

朱莉娅　（气得直喘）你们……你们坏！你们凭什么说我上不了户口分不成地？你们凭什么说我是黑人黑户？

马　强　《华秦报》上登的，不信你们看看！

［马强说着，从裤兜里掏出一张折叠成小块的《华秦报》。

［孩子们不禁一愣。

［朱莉娅接过报纸一看，就惊呆了。

村口溪水边　黄昏　外

[朱莉娅苦着脸，坐在石板上，看着溪水，委屈地哭了。

朱家门口　黄昏　外

马兰英　（站在台阶上高喊）朱莉娅——吃饭啦！朱莉娅——回来吃饭了！

[马兰英喊了半天也没听见朱莉娅答应。

马兰英　这孩子，跑哪去了。

[马兰英来回看了看，没见动静，回身进了院子。

厨房　黄昏　内

[马兰英把饭菜放进锅里的篦子上，盖上了锅盖。

朱莉娅　（低头进来）奶奶，我回来了。

马兰英　（生气地）叫你吃饭呢，你跑哪去了？

朱莉娅　我已经吃过了。

马兰英　你在谁家吃的？

朱莉娅　（愣愣地）我在石头家吃，在榆钱家吃，在柳叶家吃……我在谁家不能吃？

马兰英　（感觉不对劲）朱莉娅，你这是怎么了？好像还哭过。是不是谁欺负你了？

朱莉娅　（掩饰自己的情绪）没人欺负我。

[朱莉娅说罢，匆忙出了厨房。

堂屋　黄昏　内

[朱莉娅进来，看着那个像框。

[镜框里，朱小民笑得灿烂，但左腮还是往上推挤着。

[朱莉娅噘起了嘴。

马兰英　（进堂屋）朱莉娅，告诉奶奶，是不是谁欺负你了？

朱莉娅　（回过神来，答非所问）奶奶，我是爸爸的孩子吗？

马兰英　是呀。怎么又问起这个来了？

朱莉娅　（拿出《华秦报》）可报上说，我是爸爸在城里打工时捡的孩子！

马兰英　（被问住了，半晌才说）看来，你什么都知道了。

朱莉娅　奶奶，您为什么要骗我呀？

[朱莉娅气得回身，把一家人的照片镜框放进抽屉，关上抽屉。

马兰英　对不起，朱莉娅，奶奶也不想骗你，因为你年纪太小，告诉你这些，奶奶怕你受不了。

朱莉娅　我都成黑人黑户了，您还不告诉我？

马兰英　谁说你是黑人黑户？

朱莉娅　大家都这么说。

马兰英　那是胡说八道。我娃有户口。

朱莉娅　那我得看看家里的户口本！

[马兰英看了眼与往常不一样的朱莉娅，去了里屋。朱莉娅也跟了进去。

里屋　夜　内

[马兰英进来，打开柜子，取出一铁盒子，找出户口本，打开了，递给朱莉娅。

马兰英　你好好看看，看户口本上有没有你的名字！

[朱莉娅仔细看着。

[特写　马兰英、朱小民的名字下，赫然显示着朱莉娅的名字。

朱莉娅　那为什么报上要说我上不了户口分不成地？

马兰英　那是你爸刚抱你回来的时候。你想想，要是没户口，你能上学吗？

[朱莉娅没话了。

村外土路　日　外

[一辆商务车驶来，在兰花谷村口停了下来。

[马建辉与惠敏下了车，看着四周的环境。

朱家堂屋　日　内

[马兰英把马建辉和惠敏让进屋里，给他俩倒水。

马建辉　大婶，我们是看了报，知道了朱莉娅的事，觉得您很不容易，专程来看您的。

马兰英　嗨，我个农村老婆子，有什么好看的？

惠　敏　（将一个鼓鼓的信封放在桌子上）大嫂，这是我们的一点心意。

马兰英　（将信封推过去）这我不能要。你们千万别这样。

惠　敏　大婶，您一个人带孩子，想着都挺难的。

马兰英　没办法。山里条件差，日子紧巴，和你们城里没法比。

惠　敏　（试探地）大婶，您想没想过，给孩子另找个生活条件好一点的家？

马兰英　（叹了口气）想是想过，那样对娃好。可真要把朱莉娅送人，我又实实舍不得。毕竟最难最苦的时候都已经过去了。

马建辉、惠敏　是呀是呀。

城中村　黄昏　外

［垃圾桶前，韭花把装满可回收垃圾的蛇皮袋子整理到了一起，准备装"车"。

朱小民　（蹬着三轮车来了）真巧，来，韭花，我帮你拉回去。

韭　花　太麻烦你了。

朱小民　顺路的事。

［他们一起把蛇皮袋子连同"车子"装上了三轮车。

韭　花　听说了吗，你们家乡有个失落深山的洋娃娃？

朱小民　是吗？我没留意。我捡的小女孩就是个洋娃娃。

韭　花　你捡的那个小女孩，是不是叫朱莉娅？

朱小民　是叫朱莉娅。你怎么知道？

韭　花　哎呀，报上都登了，你看嘛！

［韭花掏出一张《华秦报》，递给朱小民。

朱小民　（一看）我的天呀，报上登的，大家说的，真是我的朱莉娅！

韭　花　这娃有福。你和你妈都了不起，都是大好人！

朱小民　可报纸这么一登，我都弄不清这是好事还是坏事。

韭　花　就怕朱莉娅的爸妈知道了，来和你抢娃的抚养权。

朱小民　（当机立断）看来，我得回去一趟了。朱莉娅要是被人抢去了，我的日子可怎么过呀！她可是我的女儿啊！

镇政府客厅　日　内

［郝镇长与马建辉两口子在拉话。陈锋来了。

郝镇长 我来介绍一下，这就是兰花谷的党支部书记陈锋，这两位是西京来的实业家。

马建辉两口子 （与陈锋握手）打搅了。

马建辉 （掏出名片递给陈锋）这是我的名片，请多关照。

郝镇长 马董事长夫妇今天来，有一件事想和咱们商量。

陈 锋 什么事？

马建辉 我们夫妻俩来，就是想和你们商量，看我们能不能收养朱莉娅。朱莉娅9岁了，山里条件又差，我们领养她，就可以给她上城市户口，给她个比较好的教育环境，这样对她日后发展会比较好。

　　[郝镇长、陈锋都点头称是。

惠 敏 我们的意思，是想通过你们，做一下朱莉娅和她奶奶的工作，带你们和她们祖孙俩一起去一下城里，参观一下我们企业办的养老院；给朱莉娅的奶奶和茱莉娅检查一下身体，如果奶奶身体不好，可以在大城市的医院看一下病；然后去我们家看看。如果奶奶和朱莉娅还有你们觉得我们这生活条件可以，就把朱莉娅留下来，由我们抚养；奶奶就免费住在我们的养老院养老，这样祖孙俩也可以经常见面。

朱家堂屋 夜 内

朱莉娅 （惊恐地看着马兰英）奶奶，您是不是不想要我了？

马兰英 奶奶没说不要你呀？

朱莉娅 那您为什么要带我进城呀？

马兰英 带你进城，是有事情要办。

朱莉娅 奶奶，您别骗我了，我什么都知道了。

马兰英 你知道什么了？

朱莉娅 我知道这次进城，你们是想把我送给城里人！

马兰英 （用手圈住朱莉娅的肩膀）朱莉娅，你听谁说的？

朱莉娅 说的人多了！（苦苦哀求）奶奶，您不要把我送人……我听话……我好好上学……我再也不惹您生气了……我什么活儿都能干……我什么苦都能吃……我求您了奶奶……你不要把我送人！……我的亲生爸妈已经抛弃过我一次了……难道奶奶……还要再抛弃我一次吗？……我做错什么

113

了？……让你们这样一次一次地抛弃我？……奶奶……您不要再抛弃我了好不好？……好不好，好不好……好不好奶奶？……呜呜呜呜……

马兰英　（泪流满面，给朱莉娅擦着眼泪）我娃不哭了，我娃不哭了，我娃不哭了。朱莉娅，你把奶奶的心……都要哭碎了。

朱莉娅　奶奶不把我送人，我就不哭了。

马兰英　好。朱莉娅，你听奶奶说。奶奶这次带我娃进城，并没有想着把我娃送人，我娃这么好、这么懂事，奶奶怎么舍得把我娃送人呢？

朱莉娅　（抹了把眼泪）那你们带我进城干什么呀？

马兰英　你听着朱莉娅，奶奶和陈爷爷、郝镇长这次带你进城，有这么两个意思，一个是想让你进城见见世面。

朱莉娅　还有一个呢？

马兰英　还有一个意思，就是我去找《华秦报》那几个记者。

朱莉娅　（两眼圆睁）您找《华秦报》那几个记者干什么？

马兰英　干什么？我清清楚楚告诉过他们，我娃上学前，就已经报上户口分上地了，他们为什么还要在报上说，我娃上不了户口分不了地？

朱莉娅　对！是应该找他们去，告他们去，绝不能因为我们是山里人，就轻易地饶了他们！

马兰英　是是是，奶奶现在什么都不拍，就怕他们在报上这么一刊登，把你的亲生父母招来，把我娃从奶奶这里夺了去！

朱莉娅　（斩钉截铁）奶奶，您别怕，我是不会离开奶奶的！就是我亲爸亲妈找来，跪下来求我，我也不认他们。谁让他们当初抛弃我了呢！

马兰英　（感动得一把抱过朱莉娅）还是我娃好！还是我娃好！

朱家院子　夜　外

［石头带着几个小伙伴极其不悦地喊着朱莉娅进来。朱莉娅与马兰英出了堂屋。

石　头　（圆睁双眼）朱莉娅，你太让我们伤心了！

朱莉娅　怎么啦？

榆　钱　你不要我们了，要去省城吃香的喝辣的了，还问我们怎么啦？

朱莉娅　不是这样的。

石　头　什么不是这样的？你这么做，纯粹是嫌贫爱富！

柳　叶　你这是见异思迁！

铁　城　你这是喜出望外！

王　贵　你这是爱慕虚荣！

榆　钱　你这是见利忘义！

朱莉娅　（一时接受不了，哭了）你们为什么要这样说我？

石　头　我们想让你悬崖勒马！

榆　钱　我们想让你迷途知返！

马兰英　哎，石头，你们不都是好朋友吗？怎么能这么说我们朱莉娅呢？

石　头　是好朋友，就不该撂下朋友，拍屁股走人！

铁　城　就是的。朱莉娅，难道这些年我们对你不好吗？

榆　钱　朱莉娅，我们实在是……不想让你走呀！

朱莉娅　我只是和奶奶他们去一下省城，并没有说要离开大家伙儿呀。

石　头　骗人！你一去那花花世界，就会高兴得不想再回来了！

铁　城　就是的。大人都经不住诱惑，何况你是小屁孩！

[这时，张老师进来了。

张老师　陈支书给朱莉娅请假，说你们要带朱莉娅去省城？

马兰英　唉，都是让《华秦报》那篇文章给闹的。省城有个马老板，让陈锋和郝镇长做我和朱莉娅的工作，说要带我和朱莉娅去省城，参观他们的养老院，考察他们的家，说如果我愿意的话，就可以免费住在他们的养老院养老；如果他们能收养朱莉娅的话，他们就给朱莉娅一个好的生活和学习环境。

张老师　这是好事呀。特别是住养老院，多少有钱人排着队都挤不进去。

马兰英　按说是好事。可我这死老婆子哪都不想去，就想待在咱这兰花谷！

朱莉娅　我也不想去。兰花谷有奶奶，有爸爸，有张老师，还有这么多好伙伴，我为什么要离开兰花谷呀？

张老师　既然你们都不想离开兰花谷，那就别答应跟他们去省城了呗。

石　头　就是嘛。人生地不熟的，去城里干什么呀！

马兰英　我之所以一把年纪了还答应跟他们去，主要是想找《华秦报》的人，问他们为什么我娃有户口，还要说我娃上不了户口分不了地！

朱莉娅 我也要问他们，凭什么要以宣传我唱歌得奖为名，接我的短、戳我的疤？弄得是人都说我是黑人黑户！

大　家　（恍然大悟）啊，是这样呀。

小伙伴们　那可以去。

石　头　不行了，我们跟你一起去，就像咱们参加民歌大赛你领唱，我们合唱那样，你主讲，我们帮腔，这样显得你不孤单。

小伙伴们　对！

朱莉娅　没事的大家伙，有我和奶奶，还有陈爷爷和郝镇长呢！

张老师　是。同学们勇气可嘉，但实属不必。

马兰英　就是就是。

张老师　我想，报社之所以这么做，肯定是出于他们的某种考虑、或者是他们的什么想法。譬如说……炒作。

马兰英　什么考虑什么想法什么炒作都不行。我娃的事我的事，都由不得他们胡拉被子乱托毡！

张老师　也是。可那边的情况，咱们都两眼一抹黑，只有你们去了才会知道详情。我们现在也不能盲目地把人家想得那么坏。

马兰英　是是是。

朱莉娅　张老师，我就怕他们这么一整，有人想把我从奶奶这里领养走！

张老师　这倒不要紧。你的事情你做主。腿也长在你身上，不是他谁想领你走你就得跟他走的。

小伙伴们　就是嘛！朱莉娅，我们挺你！

兰花谷村口　日　外

[面包公交车驶来停下，朱小民下了车，车开走了。

老秦爷　（看见了）呀，这不是小民吗？今儿怎么得空回来了？

朱小民　回来有个事。叔，我妈和朱莉娅这会儿在哪？

老秦爷　你妈和朱莉娅这会儿可能已经到省城了。

朱小民　她们怎么去省城了呢？

老秦爷　有个大款要收养朱莉娅，已经把他们与镇长、陈锋接城里去了。

朱小民　胡闹！朱莉娅是我娃嘛，怎么能没和我打招呼就随便将她领走让人收养呢？我得好好问他们个究竟！

老秦爷 那你就得赶快去省城，应该能见到他们。

西京　高新区　日　外

［高楼林立，车来车往。

［马建辉的商务车驶来。

车里　日　外

［朱莉娅透过车窗看着外边，目不暇接。

南门　日　外

［城楼城墙城门，辉煌古朴。

［朱莉娅透过车窗看着，睁大眼睛，张大了嘴。

［郝镇长、陈锋和马建辉夫妇看着如同见了西洋景的朱莉娅，都会心地笑了。

［马兰英看着朱莉娅，眼里竟盈满了泪。

养老院门口　日　外

［养老院的员工和老人在敲锣打鼓地欢迎他们到来。

［公务车驶来，有人上前打开车门，大家下了车。

［马建辉带大家参观养老院的办公楼、俱乐部、图书馆、游泳池、医务室、健身房、宿舍楼。

［郝镇长、陈锋看着非常满意。朱莉娅挽着奶奶，看什么都新奇。

会客室　日　内

［马建辉将客人让进了会客室，大家坐下，有女服务员给大家倒了水。

惠　敏　（带着他们的三个孩子进来了）这是我们家的三个孩子，快问奶奶、爷爷、叔叔和朱莉娅好。

三个孩子　奶奶好！爷爷好！叔叔好！朱莉娅好！

马兰英、郝镇长和陈锋夸道　城里娃，就是懂礼貌。

［马家的孩子手中都带着礼物。

大儿子　（递上手中的水杯）朱莉娅，这是我送你的水杯，上学出游都用得上。

马兰英　（提醒）哥哥给你的，你就接着。

朱莉娅　（接过来）谢谢。

小儿子　（将手中的成语词典递给朱莉娅）朱莉娅，这是我送你的成语词典，希望你能喜欢。

朱莉娅　谢谢。

小女儿　（将手中的泰迪熊递给朱莉娅）朱莉娅，这是我送你的玩具，白天可以抱它玩，晚上可以抱它睡。

朱莉娅　谢谢！

〔朱莉娅看了这个看那个，个个礼物她都爱不释手。

〔马兰英、郝镇长、陈锋和马建辉夫妇看着，都开心地笑了。

组合镜头

〔餐厅，马建辉一家在陪奶奶、郝镇长、陈锋他们吃饭，马家的孩子已经和朱莉娅处熟了，笑声不断；

〔医务室，医生在给马兰英测血压，给朱莉娅量身高；

〔马家别墅客厅，马家三个孩子陪朱莉娅在看电视；

〔卫生间，惠敏帮朱莉娅在澡盆里洗热水澡，朱莉娅惬意极了……

养老院套间起居室　夜　内

〔郝镇长和陈锋在和马兰英聊天。有人敲门，陈锋答应着过去开了门。

〔一个女服务员带着面貌焕然一新的朱莉娅站在门口。

陈　锋　呀，朱莉娅回来了。请进。

〔服务员礼貌地带上门走了。

郝镇长　我们的朱莉娅越来越像芭比娃娃了。

陈　锋　是。我们朱莉娅真好看！

〔马兰英看着朱莉娅，乐着乐着眼圈却湿了。

朱莉娅　奶奶，你怎么哭了？

马兰英　奶奶是高兴。

118

朱莉娅 高兴就应该笑，怎么就哭了？

马兰英 （揽过朱莉娅）朱莉娅，奶奶问你，这儿好，还是兰花谷好？

朱莉娅 这儿好。

马兰英 那你以后就留在这儿，和这里的爸爸、妈妈、哥哥、姐姐在一起，好不好？

朱莉娅 我留在这儿，奶奶也留在这儿。

马兰英 不不不。我娃喜欢这里，就留在这里。奶奶不习惯在城里，奶奶喜欢乡下，奶奶会抽时间来看你的。

朱莉娅 （哭道）不，奶奶走，朱莉娅也走。朱莉娅不要自己留在这里！

马兰英 我娃不哭。我娃听奶奶说，这儿是城里，城里什么都比山里好。你就在这里好好学习，好好和哥哥、姐姐们相处，将来考个好大学、找个好工作，然后挣钱养奶奶，好不好？

朱莉娅 不好不好不好！奶奶，您不能变卦！咱俩在家，可是拉过钩的！

养老院会客室 日 内

[马兰英牵着朱莉娅的手，与郝镇长、陈锋和马建辉夫妇在拉话。

[《华秦报》的徐主任带着李杰和雨藤进来了。

徐主任 朱莉娅，我们又见面了。

[李杰举起相机又要给朱莉娅拍照片。

朱莉娅 （瞪圆了眼睛）还照，还照，谁让你们把我上不了户口分不成地的事，登在报上的？

徐主任 呀，我们洋娃娃还生气了。

马兰英 她能不生气吗？我给你们说得清清楚楚，我娃上学前，就已经报上户口了，你们一字不提，什么意思？

朱莉娅 就是！我唱歌好，你们宣传我唱歌好就行了，为什么要揭我的短、戳我的疤？

马兰英 对。我老婆子这几天，也是吃不好睡不好，就怕你们胡吹冒撅，把我娃从我手里抢走！

朱莉娅 你们这么瞎整，还有王法吗？这事，你们今天必须给我们个说法！

〔大家不得不佩服朱莉娅的胆识。

陈　锋　朱莉娅，你别着急。

徐主任　（干咳了下）对不起大婶、朱莉娅。这事我们做的是有点过分……我们当初只是想通过那篇文章唤起人们的爱心，看能不能把您和朱莉娅的户口迁到城里来。

马兰英　那也得问问我们愿不愿意呀！

朱莉娅　就是！这么大的事，你们怎么能一手包办呢？

雨　藤　是是是，奶奶、朱莉娅，我们做得不对，我们向你们道歉……但从现在的情况来看……效果非常好。

李　杰　对呀朱莉娅，你看马老板一家，不但承诺解决你的城市户口问题，还答应免费解决奶奶的养老问题，多好！

徐主任　更让人意外的是，人间自有真情在，全市现在想领养朱莉娅的家庭已经有 200 多个了。

〔大家不禁一惊。马建辉夫妇对视了一眼。

雨　藤　朱莉娅和您到马老板家的消息报道后，好多家庭都不满意。特别是一些年轻的没有孩子的家庭。

郝镇长、陈锋　可以理解。

马建辉夫妇　是。

徐主任　他们说马老板这样做，是先入为主，所以强烈要求我们组织召开专门会议，用公开公正公平竞争的方法，决定朱莉娅的收养问题。

郝镇长、陈锋　这样也好。

马建辉　是，这么做，阳光、透明。

李　杰　对。用一句时髦的话说，就是让他们 PK 一下。

村支书　就跟咱农村竞选村主任一个样。选村主任是谁好选谁，选收养的家庭是谁家好选谁家。

朱莉娅　（大喊）停——！

大　家　（吃惊地）朱莉娅，怎么啦？

朱莉娅　你们研究我的事，为什么不让我说话？

徐主任　让你说嘛朱莉娅，与你有关的事，怎么能不让你说话呢？

朱莉娅　我不同意他们通过竞争的方式决定我去谁家！

徐主任 这个会主要是研究你的户口问题。

朱莉娅 我的户口问题已经解决了，用不着你们帮我操心！

［大家又是一惊。

朱莉娅 会你们也别开了，我现在就和奶奶回山里去！

［朱莉娅说着，拉起马兰英就走。

徐主任 （急忙拦住）奶奶、朱莉娅，你们先听我说。我说完了你们还要走，我绝不拦你们。

朱莉娅 好，你说吧。

［大家都饶有兴趣地看着朱莉娅。

徐主任 朱莉娅，你的事情，现在已经成为大家关注的热点了。而且在想收养你的这200多个家庭里，还有三个特殊家庭，都跟你有着扯不断的关系，这会要是不开，实在说不过去。

马兰英与朱莉娅 哪三个特殊家庭？

徐主任 一个是您的儿子、朱莉娅的养父朱小民。

［马兰英与朱莉娅一听，就愣住了。

徐主任 他坚持要继续抚养朱莉娅，不许别人和他抢。

朱莉娅 我爸说得对。

马兰英 还有呢？

徐主任 还有就是带你们进城的，条件非常好的马建辉家。

马兰英 没错儿。马家的光景好，对我们山里人也特别好。第三个家庭呢？

徐主任 第三个家庭，说是朱莉娅的爷爷奶奶，他们声称朱莉娅就是他们失散多年的亲孙女儿。

［马兰英、朱莉娅、郝镇长、陈锋、马建辉夫妇都不禁一惊。

马兰英 朱莉娅，你看，那么多人参加会议，咱们不闪面的话，是不是……

朱莉娅 那好。会我们参加。但有一句话，我得说在前头！

大　家 什么话？朱莉娅，你说吧。

朱莉娅 （一字一顿）我的事，我做主！

俱乐部路口　日　内

［各种年龄层次、各种穿着打扮的人在陆续赶来。

〔朱小民也到了，他来回看着，寻找着他认识的人。

〔马兰英带着朱莉娅与郝镇长、陈锋他们走来了。

朱小民　（迎上前，沮丧地）妈，你怎么能这么做呢？

马兰英　有意见，你在会上说。

朱小民　朱莉娅，你不要我这个爸爸啦？

朱莉娅　（把朱小民拉到一旁）爸爸，我要你。

朱小民　要我，你还来这里！

朱莉娅　（压低声音）先不说这个了。石婶那儿，我已经替你探过口风了，她觉得你人还不错。

〔朱小民是丈二和尚摸不着头脑。

朱莉娅　老爸，我要是你的话，就立马回去找她了。

朱小民　找她干什么？

朱莉娅　给她表白呀。

朱小民　表什么白呀？

朱莉娅　看你笨的。说你喜欢她，愿意跟她一起过日子呗。说不定她就答应了呢。你倒是怕什么呀。

〔朱莉娅莞尔一笑，转身去找马兰英了。

〔朱小民看着走去的朱莉娅，突然就笑了。

〔一对老夫妇看着朱莉娅急切地走来。

爷　爷　（拉着老伴儿上前）朱莉娅，我们是你爷爷、你奶奶呀，这些年，我们找你找得好苦哇！

朱莉娅　（惊恐地退到奶奶怀里）我不认识你们，我有奶奶，也有爸爸，你们认错人了。

奶　奶　（哭道）孩子，我们没认错，你就是我们的亲孙女儿！

俱乐部门口　日　外

徐主任　（站在门口大喊）开会时间到了，大家赶快进来！

马兰英　（马上附和）对对对，大家先进去吧，有话会上说。

〔大家陆续进了会议室。老两口也只得悄悄跟着大家走进会议室。

俱乐部 日 内

〔后台帐幕上，挂着写有"人间自有真情在，爱心传递碰头会"字样的横幅。台前中间是发言席，左侧坐着马兰英、朱莉娅、陈锋和徐主任，右边坐着朱小民、和马建辉夫妇。

〔会议室座无虚席。前边坐了许多穿着打扮很时尚的年轻夫妇。

〔看着这么多人，马兰英与朱莉娅有些局促不安。

徐主任 （看了下表，走到发言席）时间到了，我们开会。首先，让我代表《华秦报》报社欢迎大家的到来。今天这个会，是个爱心传递碰头会，会议由我们旬阳县洼里镇的郝镇长主持，大家欢迎。

〔大家热烈鼓掌。

郝镇长 （来到发言席）朱莉娅这些年在我们镇里生活，虽然条件差，但我们都很关照朱莉娅。朱莉娅的事登报后，她甜美的歌声和不幸的身世，都成了大家关注的热门话题。目前，已经有200多个城市家庭争相收养朱莉娅。这事确实让人感动。现在，我给大家介绍一下，这位就是人美歌甜的洋娃娃——朱莉娅！

〔大家热烈鼓掌。

〔朱莉娅没见过这场面，怯怯地直往马兰英身上靠。

郝镇长 这位就是含辛茹苦地抚养了朱莉娅9年的奶奶——马兰英！

〔大家长时间热烈鼓掌。

郝镇长 我旁边这位是朱莉娅所在的兰花谷党支部书记——陈锋。

〔大家热烈鼓掌。

郝镇长 为了做到公开、公平、公正，今天到会的还有公证处、派出所、学校和新闻媒体，我们一并表示欢迎。

〔大家热烈鼓掌。

郝镇长 现在，先由两个特殊家庭，一一给大家介绍一下他们收养朱莉娅的想法和条件，然后由朱莉娅、奶奶和村镇干部、新闻媒体，根据情况做决定。

〔大家小声议论。

郝镇长 第一个发言的家庭代表是9年前收养朱莉娅，也就是朱莉娅现在的养父朱小民，大家欢迎。

〔大家鼓掌，会场一下子热闹起来。

朱小民 （怯怯地站起来）这个……我没有在，……这么多人面前，说过话。……我很紧张。反正……反正朱莉娅是我捡的……我和我妈，也已经抚养她9年了。……所以，朱莉娅以后，也应该由我们娘儿俩抚养。（突然提高声音）你们谁都别和我争！谁争，我就跟谁急！

〔会场轰的一下就炸开了锅。

朱小民 虽然我挣钱少，但为了解决朱莉娅的吃奶问题，我还是给她买一头奶山羊；为了解决她的穿衣问题，我又给她收了好多别人家小孩的衣服；还有，我在外打工，隔段时间就会写信、寄钱、带东西回去。前几天给家里换了电视机，给朱莉娅买了复读机、文具盒、作业本，还有……

马兰英 行了儿子，听听下一个家庭，怎么说吧。

〔大家热烈鼓掌。

郝镇长 （站起来）第二个发言的家庭代表是建辉集团的总裁——马建辉，大家欢迎。

马建辉 那天，我们两口子一看到报纸，就想领养朱莉娅。周末我们就进了山，想的是能领养就领养，不能领养就当来给孩子献爱心。在征得朱莉娅、奶奶和村镇干部的同意后，我们把朱莉娅和奶奶接到了城里，给祖孙俩检查身体，让她们看看我们的养老院。我有两儿一女共三个孩子……

〔下面立马炸锅了。

有 人 （站起来）这不行！他们家孩子太多了，不能再收养了！

大 家 （齐喊）对——！

马建辉 大家说得对。我家孩子是多，可只有大儿子是我们亲生的。其他两个都是我们去灾区捐款时领养的。我们还资助了好多学生上学，这都有据可查。我们是真心想为朱莉娅做点儿事。至于奶奶和朱莉娅选不选我们家，我们都尊重她们的意见！

〔大家愣住了。

〔大家也都释然了。

朱莉娅 我觉得这家很好，有爸爸妈妈，还有哥哥姐姐，大家团结友爱，什么都好。

  奶　奶　我娃和奶奶想的一样。（看着朱莉娅）那咱们就选马家？

  朱莉娅　先不急奶奶。（坚定地）我还想看看第三个家庭，是个什么情况。

  郝镇长　（站起来）好。第三个家庭代表，是一位德高望重的爷爷，他认定朱莉娅就是他失散多年的孙女。

  ［台下又一次炸锅了。

  爷　爷　（站起来）我很激动，因为我见到我们找了九年的亲孙女了。

  朱莉娅　（毫不客气）没见过你这么做爷爷的，亲孙女，你都敢丢！

  爷　爷　对不起朱莉娅，你爸在上大学时，爱上了个留学生；学业没完成，你妈就怀了你；你爸不让生，你妈非要生；可生下你后没法养，他们就天天吵架，所以……

  马兰英　行了！孩子不懂事，你们做老人的也不懂事吗？这么漂亮个娃，你们就不能负点责，把她养大吗？

  爷　爷　我们以为他们为了学业，已经把孩子计划了。当我们得知是这么个结果，差点没被气死。可我们除了骂孩子，发疯地寻找孙女，从早到晚生闷气，还有什么办法？

  朱莉娅　爷爷，您别说了！我不相信你的话。

  爷　爷　孩子，这都是真的，我怎么能骗你们呢？

  马兰英　你没有骗我们，那她爸她妈人呢？

  爷　爷　在国外，我们已经叫他们回来了。

  朱莉娅　（站起来，斩钉截铁）我告诉你爷爷：我最恨的就是你们这些狠心抛弃孩子的大人！现在，就是他俩回来了，也有证明可以认定我就是你们家的孩子，我也不跟你们走——！

  朱小民　（激动地鼓掌喊道）好——！

  马兰英　（竖起大拇指）我娃说得好！

  ［全场掌声雷动，对朱莉娅的表现，大家交口称赞。

  ［爷爷失落地坐了下来，奶奶在不住地抹泪。

  朱莉娅　（行了个少先队队礼）谢谢大家。我知道，报社这么做，大家来这里，都是为我好。大家的恩情，我永远都不会忘记！

朱莉娅 （掏出户口本）可我现在要对大家说的是，我不是黑人黑户，我有户口，我的户口在山清水秀的兰花谷。虽然城里的条件比山里好，可我不想留在城里。因为我知道，孩子被遗弃，是最可怜的；老人守空巢，是最凄凉的。虽然一出生，我就被抛弃了，可我遇到了真心爱我的奶奶和爸爸，我就是天底下，最幸福的孩子了！奶奶和爸爸含辛茹苦养了我九年，我就不能做那种喂不熟的白眼狼！所以，我要知恩图报，我要回到山里去，我要和我的奶奶、爸爸，和和美美地生活在一起！

〔全场掌声雷动，对朱莉娅的选择交口称赞。

〔马兰英抱紧了朱莉娅，热泪盈眶。

〔朱小民热泪盈眶。

〔马建辉夫妇热泪盈眶。

〔老两口热泪盈眶。

〔徐主任与郝镇长、陈锋、马建辉夫妇和老两口一商量，做出了一个决定。

徐主任 大家静一静。朱莉娅小小年纪，就懂得感恩，就知道自己该做什么样的人。我们非常感动，也尊重她的选择。所以，我们经过协商，决定发起一次捐款活动，帮助一下我们的朱莉娅，好不好？

〔大家热烈鼓掌叫好。

朱莉娅 （大喊）停——！

〔大家都专注地看着朱莉娅。

朱莉娅 我不需要大家捐款。我的家乡已经脱贫了，我们上学都已经不用缴学费了。我的家乡已经越来越好了。我坚信，国家政策好，全家齐努力，我们山里人，就一定能过上好日子！

〔朱莉娅再次行队礼。大家热烈鼓掌叫好。

〔朱莉娅用她天籁般的童声唱起了《兰草花儿开》……

剧终

匠心谱

☐ 剧情梗概

本剧讲述的是宁波工匠沈云帆与汉口名媛方润琪在双方至暗之时组建汉协盛营造厂，负芒披苇打拼天下，在沈云帆双目失明、洪水肆虐、物价飞涨、对手使坏、财务总管携款出逃等困境下，信守承诺、凝心聚力、攻坚克难，亏本建成江城大学主建筑的故事。

1904 年，在上海做监工的宁波工匠沈云帆，被推荐去汉口主持建造平和洋行打包厂。想上位的赖中基试图阻挠，却因英国设计师威斯特的惜才爱才与宽容大度，导致赖中基事与愿违。

因庇护逃婚女生方润琪，沈云帆与奸商靳斗金结仇。靳斗金暗中捣鬼，赖中基落井下石，沈云帆惨遭解职，妻子闻讯也暴病身亡。

方润琪知恩图报，说服父母转让济众药铺，助沈云帆组建汉协盛营造厂，联手英国设计师威斯特拓展业务巩固名号。

方润琪筹建汉口女子中学，沈云帆制作校园模型助推募捐并低价承建。两人于患难中结为夫妻。沈云帆视力越来越差，汉协盛业绩突飞猛进。

1929 年，沈云帆在双目失明的情况下拿下了江城大学早期建筑群承建项目。但由于江城大学建在山上，沈云帆在承包时漏估了开山筑路费用，加上物价飞涨，使得汉协盛亏损越来越大。

匠人们怨声载道，财务总管程思远与方润琪也颇有微词。沈云帆顶住停工、减员、提高造价甚至申请破产的压力，坚持"不向业主提高造价、不拖欠供应商货款、不拖欠匠人工资"。

至暗时刻，沙霸赖中基拖延交付建材、宿敌靳斗金制造恐慌重金挖人甚至设套企图强暴方润琪、财务总管程思远与沈云帆闹僵携款出逃……

　　沈云帆信守承诺不畏艰难凝心聚力，终以亏损四十多万银圆的代价，完成了国立江城大学校舍一期工程。

☐ 剧中人物

沈云帆：男，27—55岁，宁波工匠，汉协盛营造厂厂主。

方润琪：女，17—45岁，汉口名媛，沈云帆的贤内助。

程思远：男，20—48岁，汉协盛营造厂财务总管。

靳斗金：男，31—59岁，鑫泰恒营造厂厂主。

卢玉梅：女，18—46岁，方润琪的闺蜜。

方　母：女，39—67岁，方润琪的母亲。

威斯特：男，30—58岁，英国设计师。

石　柱：男，20—46岁，陕西籍工匠。

赖中基：男，21—49岁，汉口沙霸。

秦海洋、方耀庭、沈妻、小翠、理查德、李小田、狗剩、李倩、陈鹏、吕前宽、林怡芬、孙汉义、摩尔、沈轩炜、韩世孙、黄包车夫等。

序幕　委任

时间　1904 年春。

地点　上海平和洋行建筑工地。

[在上海外滩海关大楼悠扬的钟声中幕启。

[晨曦中，外滩上错落有致的西式建筑依稀可见。后台高处，左侧是正砌着的山墙，墙上插有龙旗，挂有"上海平和洋行建筑工地，海协盛营造厂"的标识，下边堆着石料、青砖、水泥和钢筋等建筑材料。右侧大树下，有一隆起的土石围绕的井口，井口旁堆放着沙石和土框、铁镐、铁锹等劳动工具。

[清瘦的程思远坐在砖垛上看《京报》。

[壮硕的石柱边扫地边唱着《探清水河》上。

石　柱　桃叶儿尖上尖

柳叶儿就遮满了天

在其位这个明阿公

细听我来言哪

此事哎出在了京西蓝靛厂啊

蓝靛厂火器营儿有一个松老三

[戴瓜皮帽的赖中基虎着脸与活动左肩的李小田、打哈欠的狗剩上。

赖中基　石柱，（烦躁地）别唱了，烦不烦人呀你！

石　柱　（停住手，转身用陕西方言回嘴）哎，赖中基，这大清早的，我心情好，精气足，哼唱几句，碍你啥事咧！

赖中基　（指着井口处）凿了两天旱井，大家被沈云帆差点整死，难道你就不累？

石　柱　我也累。可我睡一宿就缓过来咧。

李小田　吹什么吹，难不成你是铁打的、钢化的、水泥浇铸的？

狗　剩　就是嘛。今儿再要抡铁镐凿旱井的话，我可就活不了了！

石　柱　我说狗剩，既然你活不了，那你就死去呀！

狗　剩　我……我还没娶媳妇呢，我死什么呀我！

程思远　瞧你那点儿出息。

赖中基　（护起了自己人）石柱，你再敢对狗剩说这种话，看我不揍你！

石　柱　（抓住扫帚把儿往地上一蹾）你吓唬谁呀你？我石柱也是吃饭长大的，不是被你赖中基吓大的！

程思远　行了！既然累了，就都消停点儿好不好？

赖中基　（四处看着）沈云帆人呢？

石　柱　平时来得都很早，今儿不知咋搞的，都这时候了人还没来。

李小田　这还用说，肯定是累趴下了。

石　柱　不，也可能是在向印度门卫学洋话呢。

赖中基　（不屑地）切！一个小监工，学什么英语呀。

程思远　他说给洋人干活儿，就得学点儿英语，这样才方便跟洋人交流。

石　柱　对，这样他看威斯特先生设计的图纸，也就不会像我一样，狗看星星一片明了。

赖中基　切！还真把自己当人物了。

〔海协盛营造厂老板秦海洋带着大腹便便的平和洋行老板理查德和设计师威斯特来了。

〔赖中基回头看见了，立马跟换了个人似的，满脸堆笑地迎上去。

赖中基　秦老板来了！理查德老板、威斯特老板，你们来了！

秦海洋　嗯。沈云帆呢？

赖中基　（夸张地）不知道。大家都来了，就他没来。

李小田　可能是昨天凿旱井累了，还在睡大觉呢。

狗　剩　也许是打野，让娘们给拖住了。

赖中基　难怪大家都喊累，这旱井也太难凿了。

李小田　就是的，秦老板，能不能换个好凿的地方呀？

威斯特　好凿不好凿，旱井都只能在那里挖。

〔见洋人这么说，工友们都没话了。

131

赖中基　（立马改口）既然位置不能变，那就不能磨洋工。可都到这时候了，谁都不知道当监工的沈云帆死哪去了。

　　〔秦海洋与理查德和威斯特面面相觑，不知所措。

赖中基　不是我说他呢，秦老板，沈云帆做事，根本就靠不住。

秦海洋　（沉下脸）别说了。去把沈云帆给我叫来！

　　〔这时，背着布兜，辫子缠在脖颈上，灰头土脸的沈云帆从旱井里爬了出来。

沈云帆喊道　不用叫，我在这儿呢！

　　〔大家看着沈云帆，都愣住了。

沈云帆　（匆匆走来）秦老板好。

秦海洋　沈云帆，威斯特设计师与平和洋行的理查德先生视察工地来了。

沈云帆　（鞠躬，用英语道）理查德先生好，见到您很高兴。

理查德　（高兴地用英语道）你好，年轻人。

沈云帆　（用英语道）请多指教。

　　〔赖中基鄙夷地看着沈云帆。

威斯特　（用英语对理查德道）他就是我给您推荐的人选。我给您看的建筑画和建筑模型都出自他的手。

　　〔理查德欣喜地看着沈云帆。

沈云帆　旱井难凿，我就得想辙解决呀。

秦海洋　有办法了吗？

沈云帆　有了，用爆破取代手凿。我二舅正好是制作花炮的，我和他连夜制作了些炸药棒。

秦海洋　你小子，点子可真多。

沈云帆　炸药我已装好，火绳也已接通，现在就能爆破。

　　〔听威斯特翻译完，理查德竖起了大拇指。

理查德　秦老板，我们平和洋行要在汉口建造打包厂，依然邀请你们海协盛营造厂来承建。

秦海洋　好嘛。威斯特先生也去吗？

理查德　他是设计师，自然得去了。他给我推荐的监工，就是这位沈先生。

　　〔沈云帆受宠若惊。李小田、狗剩目瞪口呆。石柱、程思远在为沈云帆高兴。

〔赖中基却转起了眼珠子。

沈云帆　（用英语道）谢谢威斯特先生推荐，谢谢理查德先生赏识。

赖中基　（凑近秦海洋）秦老板，有件事……我都不知……该不该给您说。

秦海洋　（厌烦地）有话快说，有屁快放。

赖中基　沈云帆去汉口，我没意见。只是他这个人说话办事有点狂妄、不知深浅。

〔大家不禁一愣。

石　柱　（盯着赖中基）我说赖中基，你是又想日弄人咧？

秦海洋　（一抬手）不妨事。赖中基，你有话直说。

赖中基　别的事就算了。就说海老板给洋行后院设计的这个小木屋吧，我们都觉得不错；就他不知天高地厚的，非说那样设计不好！

〔大家又是一惊。

秦海洋　（不悦地看着沈云帆）真是的。威斯特先生设计的图纸，你都敢说三道四？

赖中基　就是嘛！张狂得都不知自己姓什么了！

威斯特　（反而来了兴致）不不不，我不这么看。我现在就想听听沈云帆的意见。

沈云帆　（难为情）我那只是……在随口瞎诌。

威斯特　你还是说说吧，我很乐意听。

沈云帆　（坦诚地）我觉得吧，洋行是西式建筑，小木屋是中式建筑，前后看着不大协调；还有，木质结构与砖混结构相比，易燃、易腐、易污，耐用性也不强。所以我就顺嘴说了句……

威斯特　（脱口道）那你意思是能不能把小木屋换成砖混结构的？

沈云帆　对。冒犯您了，很抱歉。

〔威斯特在给理查德解说着。沈云帆和赖中基都在紧张地看着理查德的反应。理查德听着，频频点头。

理查德　（赞赏地）不错不错。他是在带着头脑干活，值得夸奖。

威斯特　（转过身来）沈云帆，理查德先生说你是在带着头脑干活，值得夸奖。我也觉得那个小木屋放那儿不大协调。所以，你的这个建议，我采纳了！

133

理查德 我同意更改，就这么定了！

沈云帆 （激动地双手合十）谢谢，谢谢两位先生的雅量和抬爱，谢谢！
（深深地鞠躬）

〔石柱对着赖中基倒竖大拇指，表示着鄙视。

第一幕　遇救

第一场

时间　1905 年秋。

地点　方家堂屋。

〔堂屋有中堂字画，有考究的桌椅，也有通往后屋的过道。

〔方母坐在桌旁椅子上打瞌睡。门外传来"面窝——""糍粑——""汤粉——""芝麻微子——""磨剪子来戗菜刀——"的叫卖声。

〔方润琪轻快地走了进来，看了眼母亲，莞尔一笑，把包往衣架上一挂，走了过去。

方润琪 （摇醒母亲）娘，您瞌睡了，就去屋里睡嘛，着凉了怎么办？

方　母 （沉下脸）我死了才好呢。

方润琪 哎呀，娘，这种话，您也说得出口？

方　母 你看你现在野成什么样儿了？十天半月都不回家！

方润琪 我不回家，是因为教会学校有事。

方　母 那这个家，你就不管了吗？

方润琪 （一笑）娘，家里有您料理，药铺有爹掌管，用得着我操心吗？

方　母 你个死丫头！什么时候才能长大哟。

方润琪 （又一笑）我这不已经长大了吗？（突然想起）啊，娘，我刚才去药铺了，店铺门开着，店里却空无一人；我又去了后院，还是没人。

方　母 你才知道呀！

方润琪 我爹呢？

方　母　你爹？这半年来，家里的事，生意上的事，你爹一概不管，整天不是赌就是抽。他昨儿早上出去，到现在都没回来。

方润琪　药铺怎么跟歇业了一样，师傅们都去哪了？

方　母　几个月领不到薪水，就一个个地走人了。这不，早上账房孙汉义还在，现在也不知去哪了。

[方润琪一脸的无奈。这时，账房孙汉义匆匆进来了。

孙汉义　夫人，我在。

方　母　（不悦地）你不照看铺子，跑去哪里了？

孙汉义　我送走了一位客户。人家见咱济众药铺不能及时付款，就把药材……送别处去了。

[方润琪一惊，方母没话了。

孙汉义　夫人，客户我没留住，却看到掌柜的被人用黄包车给送回来了。他好像……又喝多了。

方　母　（气愤地起身）他这不是在找死吗？走，看看去！

[三人没走几步，黄包车夫与一年轻人就扶着方耀庭进来了。

年轻人　方掌柜，到家了。

[方润琪见状，急忙与孙汉义上前扶住了方耀庭。

方　母　喝，喝！你整天除了赌，就是喝！好好的个家，看被你糟践成什么样了？

方润琪　（嫌娘不看场合）哎呀，娘，你别唠叨了好不好？

[年轻人看着漂亮的方润琪，两眼都直了。

方耀庭　（打了个酒嗝）啊，他是……鑫泰恒营造厂的……吕前宽，是他……送我……回来的。

方润琪　有劳您了。谢谢。

吕前宽　（回过神儿来）不不不，是我们少东家让我送方掌柜回来的。

方耀庭　屋里的……打赏呀。

吕前宽　不用不用。

方　母　那你坐下喝杯茶吧。

吕前宽　改日再喝吧。让方掌柜醒醒酒歇着吧。我走了。

孙汉义　我送你们。

135

〔孙汉义与黄包车夫和临走还不忘再看一眼方润琪的吕前宽下。

　　〔方耀庭打着酒嗝，坐下了。方润琪拧好了湿毛巾，给方耀庭擦脸。

方耀庭　（一把推开）不用！

方　母　家里生意都成什么了，你还好意思耍横！

方耀庭　生意，我不是整天……在外边……跑着嘛！

方　母　你跑什么生意？你整天在外边不是抽，就是赌，欠了多少债，你说得清楚吗？

　　〔方润琪无奈地看着父母。

方耀庭　怕……怕什么？虱子多了不痒，外债多了……不愁。

方　母　什么不痒不愁，像你现在这倒霉样儿，除了坑家败业，还能干什么？

方耀庭　干什么？……我们这个家，不是我一手……打拼的吗？

方　母　没有我娘家全力支撑，你个穷小子，能干出什么名堂！

方耀庭　（被刺激了）我……能干出什么名堂？……我生意做到了让你不愁吃穿，让娃有书能念，不但家有万贯，外边还能放款……你还想要什么？

方　母　是，你是风光过几年，可现在呢？生意让你搞砸了，家产让你败光了，这日子还过不过了？

方耀庭　（得意地）你别抱怨了。我有个大好消息，要告诉你们！

方　母　瞧你这熊样，能有什么大好消息。

方耀庭　我给女儿找好婆家了！女婿就是靳家大少爷——靳斗金！

　　〔方润琪、方母不禁一惊。

方　母　谁让你给姑娘找婆家了？

方润琪　就是呀！靳家是什么人家，靳斗金是什么人，你了解吗？

方耀庭　我怎么不了解？靳家家族势力大，自营商铺多，与洋人也有贸易。再说，人家靳少爷年轻、能干、一表人才，还掌管着鑫泰恒营造厂，配你是绰绰有余！

方润琪　靳斗金家有结发妻，外有相好的，得空就上赌场、逛窑子，你还要把我嫁给这种人？

方耀庭　这种人怎么了？马行无力皆因瘦，人不风流都因贫！

方　母　他爹，话是这么说，可要把女儿嫁给靳家，我也觉得不合适。

方耀庭　有什么不合适的？嫁给靳家，她自己不愁吃穿，咱俩也能人前显贵，难道不好吗？

方　母　好是好，就是太委屈女儿了。

方耀庭　有什么好委屈的，总比过苦日子好。

方　母　这样说也有些道理，可是女儿不同意啊！

方耀庭　她不同意？难道她忍心看着我生意做不下去？忍心看着我们日子过不下去？

方　母　（顿悟）啊，他爹，你是想通过这桩婚事，让咱们方家起死回生、光前裕后？

方耀庭　对呀！

　　〔方润琪忍无可忍，打断父母的对话。

方润琪　爹，娘，你们这是怎么啦？我还是你们亲生的吗？

方　母　娃呀，咱们家的人，是过不了苦日子的。贫贱夫妻百事哀，富贵家道千秋财。这个道理，你应该懂得吧？

方润琪　我不要懂这个。娘，一定是我爹嗜赌成性，入了奸商靳斗金的局，为还欠债……

方耀庭　（强辩）什么局不局的？能把你嫁到靳家，是你爹的能耐，也是你的福气！

方润琪　爹，你这是在拿我做交易。我不干！

方耀庭　（一拍桌子）反了你了！反正靳家后天就来娶亲抬人。这两天，你就乖乖给我在家待着！

方润琪　爹呀！我这辈子，怎么就遇上你这么个爹！我再给你说一遍我不要嫁给靳斗金！

方　母　（哀求）娃呀，你就可怜一下你爹你娘，答应这门亲事吧。

方润琪　我不答应！既然你们铁了心地把我往死里逼，那我就不是你们的女儿了！我死也要死到外边去！

　　〔方润琪说罢，哭着跑出家门。

方耀庭　（起身大喊）站住！你给我站住！

方　母　她爹，咱女儿从小脾气倔，有主见，她说要死给咱们看，可别真让她死了呀！

方耀庭　放你一千二百条心，喊着要死的人，是死不了的！

方　母　你呀！你不赶快去找，她万一真寻死了呢？

方耀庭　（想了想，心一横）算了。我还是告诉靳斗金，让他去找吧。找到活的，是他靳斗金的人；找到死的，我和他的账，也就两清了！

第二场

时间　当日下午。

地点　平和洋行打包厂建筑工地。

　　[汉口高高低低的西式中式建筑依稀可见，高台上是砌起来的厂房山墙，"平和洋行打包厂建筑工地　海协盛营造厂"的横幅悬挂其间。

　　[在石柱"快一点"的喊声中，工友们有的手持瓦工刀、抹泥板、木角尺、有的扛着铁锹、铁镐、定位器，有的推着装有灰斗、水泥、青砖的手推车上。

　　[沈云帆从高台上走来，用手背抹了把腮下的汗，甩在了地上。

沈云帆　人到齐了吗？

石　柱　到齐了，沈老板。

沈云帆　好，我来说几句。你们都是我们海协盛有名的工匠，现在去拆旧大门，砌新大门，有几点请大家一定记住：大门相当于人的脸面，一点都不能马虎。砌砖的时候，要错缝砌，不能有通缝、瞎缝和透明缝。

石柱与工友们　知道了。

沈云帆　好，有劳大家了。注意安全。

　　[石柱与工友们答应着下。

　　[程思远斜挎着个帆布袋子风尘仆仆地上。

沈云帆　（迎上去）贷款的事，落实了吗？

程思远　落实了。日本的正金银行、英国的汇丰银行、法国的东方汇理银行，跑多少次都不给我们办。还是咱们大清的户部银行好，只跑了两回，问题就解决了。

沈云帆　看来，国外银行还是信不过我们。

程思远 （一拍袋子）现在好了。户部银行给的全是"大清银票"，既方便又安全。

沈云帆 太好了。手头有了活银两，我们就可以一边建打包厂，一边再接几个活了。

程思远 那当然了。我还可以多拉些手艺好的同乡工匠过来。反正钱多了又不咬手。

沈云帆 别老谈钱。活儿干不好，不但赚不了钱，还得赔钱。

程思远 是是是。

沈云帆 （轻声道）啊，这件事，你知我知，可不能让第三个人知道。

程思远 那是自然的。

沈云帆 包括咱海协盛的秦老板。

程思远 明白。

　　〔这时，传来沈云帆妻子的声音：云帆——

　　〔沈妻匆匆忙忙地上。

沈云帆 这么火急火燎的，出什么事了？

沈　妻 门口来了位方小姐，长得挺心疼，但看着很狼狈。浑身是汗，眼也肿了，脚也崴了，下了黄包车就说要找你！

沈云帆 人都那样了，你还不快扶她进来？

沈　妻 扶她进来？她是不是你在外边认识的窑姐儿？

沈云帆 你胡说什么！我是那样的人吗？

沈　妻 那她会不会是富人家的小老婆，做了见不得人的事，夫家的人在追杀她？

沈云帆 哎呀！你就别胡思乱想了，去看看再说。

沈　妻 看什么，容易惹祸上身的事，你最好别管！

沈云帆 你呀！她既然这个样子来找我，必是遇到难处了，你想那么多干什么！

沈　妻 我不是怕你招惹是非嘛！

沈云帆 招惹什么是非？我想起来了，她可能是济众药铺方掌柜的女儿，咱们的宁波老乡。

沈　妻 那我怎么不认识？

沈云帆　哎呀，你刚来几天，能认识那么多人吗？

［方润琪内喊"沈大哥，救命呀——"

［小翠搀扶瘸着腿的方润琪上。

沈云帆　（迎上前去）方小姐，出什么事了？

方润琪　我爹好赌，遭人设局，把我许配给了奸商靳斗金，我死也不从，就逃了出来。现在，靳斗金已经带人追我来了，求沈大哥无论如何看在老乡的份上，救我一命！

沈云帆　（当机立断）放心吧，小老乡，你这个忙，我帮定了！

方润琪　（鞠躬）谢谢沈大哥！

传来石柱的喊声　你们是干啥的，都给我站住！

靳斗金的喊声　你给我让开！

沈云帆　屋里的，你和小翠快带方小姐去你们那里躲一躲。

［沈妻、小翠扶方润琪下。

［石柱与工友们且退且阻止着靳斗金、吕前宽和他们带的那几个气势汹汹的打手。

石　柱　这里是建筑工地，你们不能进去！

靳斗金　我是来找人的！

石　柱　这里没有你要找的人！

靳斗金　有人看见一坐黄包车的女子进了这个院子！

吕前宽　（高喊）沈云帆，你给我滚出来！

靳斗金　（接着喊）沈云帆，你快出来！别他妈做缩头乌龟！

沈云帆　（与程思远上前）有话好好说，别大喊大叫以免失了身份。

靳斗金　看来，你就是沈云帆了？

沈云帆　是。

靳斗金　你是不是收留了一个叫方润琪的女子？

沈云帆　没错。

靳斗金　她是我的人，你快把她交给我！

沈云帆　对不起，我不能把她交给你。

靳斗金　为什么？

沈云帆　因为她是抗婚逃出来的，我要是把人交给你，就是把她往火坑里推!

[打包厂的工匠工友们闻讯,一个个拿着铁棍木棒和镐头铁锹赶来了。

靳斗金 沈云帆,你这个刚来汉口混生活的乡巴佬,少在这儿装大尾巴狼,乖乖把人交出来,否则我就不客气了!

沈云帆 你不客气,又能拿我怎么样?

靳斗金 我要让你知道,多管闲事,是要付出代价的!

[靳斗金说着,举起右手朝前一挥,一彪形大汉便双手打着响指走了过来。

[石柱想替沈云帆出头,沈云帆制止了。

[彪形大汉想一招制胜,沈云帆却不给机会,一躲两让三勾拳,外加一个转身踹,彪形大汉就被撂倒在了地上。

[众人欢呼叫好。

[靳斗金一惊,立马让身后的两个打手一起上。

[石柱活动着脖颈上前,三拳两脚就把那俩货打翻在地。

[靳斗金觉得很没面子,恼羞成怒,指挥他的人一起上。

[不等沈云帆下命令,石柱和工友们呼啦一声就亮出了家伙什儿,围了靳斗金和他的人。

沈云帆 靳老板,别动粗了。强扭的瓜不甜。

靳斗金 可是她爹已经把她许配给我了!

沈云帆 但她本人并不愿意嫁给你。

靳斗金 那就由不得她了!为了娶她,我费了多少工夫,花了多少银子,你知道吗?

沈云帆 这正好说明,是你为了达到目的,故意给他爹设局下套,逼着他爹走到这一步的。

靳斗金 (恼羞成怒)沈云帆,你这么咬住不放,想干什么?

沈云帆 我想让你悬崖勒马!

靳斗金 难道你想半路截胡?

沈云帆 我沈云帆已有婚配!

靳斗金 那你做个顺水人情,多好!

沈云帆 不,你靳老板是个有教养、有身份的文明人,不懂礼仪、不知法度、不识廉耻的事,我可不能让你做。

靳斗金　那你想让我怎么做？

沈云帆　迷途知返，善莫大焉。反正你也没有"三书""六礼"，反正你们也没拜堂成亲，这事不如就此了断的好。

靳斗金　妈的！你这不是在存心坏我的好事吗？

　[靳斗金恶狠狠地说着，又想指挥他的人动粗。

　[工友们见状，再次抢起了家伙什。

沈云帆　靳老板，您有教养、通事理、懂礼仪。要我说处理这种事，您还是别急别燥、别打别闹，心平气和、冷静沉着地把问题解决了比较好！

靳斗金　没想到你个乡巴佬，嘴还这么能翻！我告儿（告诉）你，想挡横儿，没那么容易。（拿出借据，威胁道）她爹欠我的，可是真金白银！

　[沈云帆与打包厂的人立时傻眼了。

沈云帆　（很快镇定下来）放心吧靳老板，钱能解决的事，那都不叫事！

　[沈云帆快速从靳斗金手里抽出借据，有些紧张地看着上面的字，很快，他的表情便轻松了，并凑给程思远看。程思远一看，会意地冲沈云帆点了下头。

沈云帆　（笑道）靳老板，看了这张借据，我倒是没被吓死。反而有一点，打死我都想不通！

靳斗金　你什么地方想不通？

沈云帆　（扬着借据）就凭这区区一万三千七百两银子，你就想把方家那么尊贵的小姐霸为己有？

　[大家不禁一怔。

靳斗金　（扑哧一笑）这些银两，是不多，可谁让他爹看上了本少爷，想攀附我们靳家，死乞白赖地非要把姑娘嫁给我，我有什么办法。

沈云帆　那是她爹昏了头了。好在方家小姐头脑清醒。这笔账，我替方家先垫给你！

靳斗金　（高傲地伸手）那好，你现在就把钱付给我！

沈云帆　（轻蔑地一笑）没有问题。我立马兑现！（转身招呼）事情解决了，大家都干活去吧。

　[石柱与工友们冲着靳斗金的人起着哄散开了。靳斗金和他的人一脸尴尬。

第三场　方家堂屋

　　[方父、方母与沈云帆坐于厅堂，方润琪瘸着腿端来了茶水，一一给他们续上。

方耀庭　（感激涕零）沈老板，你可真是个救苦救难的活菩萨呀！

方　母　是呀，沈老板，这次要不是你鼎力相助，可就委屈润琪了。

沈云帆　哎呀，方掌柜、方太太，咱们是老乡嘛，老乡帮老乡，这有什么的！

方耀庭　沈老板，不管怎么说，你都是我方耀庭今生遇到的一等一的大好人、大善人！

沈云帆　不不不，方掌柜，我可不是什么大好人、大善人。说实话，我的生意也是刚刚起步，那些钱，也是我冒着风险东挪西凑地弄来帮您还债的，您可得尽快想办法把您的药铺生意搞起来，好把这些钱还给我。

方耀庭　知道了，沈老板。药铺，我会尽快开张。但你那些钱，我只能慢慢地还你。

方　母　为什么要慢慢地还，你是不是又想赌、又想抽、又想逛窑子了？

方耀庭　谁又想赌、又想抽、又想逛窑子了？你以为赚钱是那么容易的？有本事你给我赚几个钱试试？

方润琪　行了，你们就别吵了。

沈云帆　方掌柜、方夫人。我的钱你们可以慢慢还。但有一件事，你们得答应我。

方耀庭夫妇　什么事？

沈云帆　给你女儿找个好婆家，千万不要再找靳斗金那样的货色了。

方　母　这些年说媒的都快踢断门槛了，我这闺女眼头高，没一个看上的。（看着沈云帆）依我看，你沈老板就不错，我女儿就应该嫁给像你这样的大好人。

　　[沈云帆与方润琪脸红了。

方耀庭　对对对，我女儿就应该嫁给你这样的大好人。再说，我女儿嫁给了你……你那些钱，我不就……不用还了吗？

沈云帆　不不不，我已经有妻室了。

方　母　有妻室也可以娶二房呀！

沈云帆　那也不行。

方耀庭夫妇 为什么呀？

沈云帆 我材朽行秽、无德无能，配不上你们的女儿。

〔方润琪不禁一愣。

方耀庭夫妇 （不愿放弃）哎呀，沈老板，这……

沈云帆 （抬手制止）还有一点你们不知道，我屋里的，那可是个母夜叉，加上经常给人推拿按摩，手劲儿可大了。有一次我在街上，就瞟了一眼外国女眷，她揪了一下我的耳朵，我半个月都没缓过劲儿来。我再敢纳妾的话，她还不把我脖子给拧断了呀！

〔方家人都被逗笑了。

第四场

地点 鑫泰恒办公室。

〔靳斗金垂头丧气地坐在椅子里。林怡芬与吕前宽在一旁劝慰他。

林怡芬 少东家，事情已然这样了，你就想开点吧。

吕前宽 就是。少东家屋里屋外，又不是没女人。

林怡芬 在汉口，愿意跟少东家的女人，满街都是。

靳斗金 可我就喜欢方润琪这号不愿意跟我的女人！

林怡芬 您这又是何苦呢。

靳斗金 我就纳闷儿了，沈云帆是个十足的乡巴佬，人称"花骨朵"的方润琪，怎么会看上他呢？

林怡芬 我不这么看。沈云帆已有妻室，年龄又比方润琪大，我的理解是：方润琪并没有看上沈云帆，而只是在病急乱投医地利用他！

吕前宽 对。方润琪是在拉沈云帆做冤大头！

靳斗金 （高兴了）对对对。照这么说，本少爷还是有机会把方润琪弄到手的。

〔传来一声断喝。

靳父的画外音 你要把谁弄到手？

〔靳斗金回身一看，吓了一跳。

144

靳斗金 （怯怯地）爹……

靳父的画外音 好好的生意你不做，净给我在外边惹是生非！

靳斗金 爹，我这些天正事都干不完，哪有心思惹什么是生什么非呀。

靳父的声音 你老实说，你是不是想私下抢人家方家姑娘做“偏房”？

靳斗金 那是他爹欠我的银两，自愿把姑娘送给我抵债的。

靳父的声音 你胡扯。你小子玩的那一手，别以为老子不清楚。

［靳斗金翻了下眼睛，不吭声了。

靳父的声音 行了，既然这事已经解决了，你以后就给老子好好经管鑫泰恒。如果再出这种败坏门风的事，看我怎么收拾你！

［靳斗金不服地耸了下肩，噘了下嘴。

靳父的声音 还有，你要是经营不好鑫泰恒，我可就收回经营权，另请厂主了！

靳斗金 （急忙回话）知道了爹。我一定好好经营，不让您失望！

［随着脚步声，靳父走了。

靳斗金 别听老爷子的！真是的，只许他左搂右抱，不许我在外瞎闹。好你个沈云帆，此仇不报，我死不瞑目！

吕前宽 那咱们就接着收拾沈云帆和方润琪？

靳斗金 对！

林怡芬 少东家，您别小看沈云帆，他可一点儿都不傻。

靳斗金 不过从现在开始，我要让他知道：我靳斗金也是惹不得的！

林怡芬 那就看您怎么出牌了。

靳斗金 你们说说，沈云帆只是个小小的监工，他哪来那么多银子替方家还债？

吕前宽 还不是东借西凑，加上多年积攒下来的。

林怡芬 也可能借了高利贷。

靳斗金 除了这些，我还怀疑他私底下手脚不干净！所以，从明儿起，你们俩什么都别干了，专门去给我查沈云帆的底细，找沈云帆的把柄，搜沈云帆的罪证！

第二幕　应变

第一场

时间　两个月后。

地点　临江客栈。

[天低云暗。大门外，沈云帆与程思远各怀心思地上。

程思远　大哥，我真弄不懂，秦老板从上海大老远地来了，不去咱们快要建成的打包厂，却一反常态地住在这临江客栈，是为什么呀？

沈云帆　虽然通知我们的狗剩什么也没说，可单凭他说秦老板是带着赖中基、李小田一起来的，我就觉得这不是个好兆头。

程思远　（顿悟）是！你看我这人，笨的。

沈云帆　还有，弄不好靳斗金也在里头胡喷乱咬、兴风作浪了呢。

程思远　是，哥呀，咱们做的有些事，是不是……

沈云帆　放心，有些事我虽然做得有点冒失，但也说得清楚。

院子里传来靳斗金的声音　秦老板，您别送了，我们就此别过。

沈云帆　我猜得没错。果然是靳斗金这家伙在捣我们的鬼。

程思远　十足的小人！

[院子里，秦海洋、赖中基、李小田送靳斗金、吕前宽、林怡芬出了客房。

靳斗金　秦老板，不是我在背后说沈云帆的坏话呢，有些事，他做得也太不像话了！

吕前宽　可不是吗？滥用职权、吃里扒外、金屋藏娇，无法无天，这谁受得了！

林怡芬　就是。他拆的墙、挖的洞、欠的债，让谁来为他补、替他还呀？

赖中基　是，沈云帆这家伙，做人就是不厚道，还爱捅娄子！

[秦海洋听着，始终是一脸铁青。

靳斗金　秦老板，我们走了，今晚我请客，您千万要赏脸。

秦海洋　靳老板，饭就不吃了，我们还有事。

靳斗金　那您在汉口有什么事需要小弟帮忙，一定打招呼。

秦海洋　好，知道了。谢谢你。

靳斗金　谢什么，我们是朋友了嘛。

　　[沈云帆与程思远进了院子，靳斗金转过身来看见了，甚是尴尬。

沈云帆　靳老板，这些天，您可真忙呀！

靳斗金　啊……是呀，沈老板，我有两个工程，都在和秦老板谈合作呢。

沈云帆　那就祝你心想事成。

靳斗金　不客气。你们忙，我就不打搅了。回头见。

沈云帆　回头见。

　　[靳斗金得意地带着他的人出了大门。

沈云帆　（转过身来）秦老板，您来了，怎么也不提前打个招呼，我好去接您呀。

　　[靳斗金与林怡芬、吕前宽在门外听着里面的动静。

秦海洋　接什么接，你心里还有我这个老板吗？

沈云帆　怎么没有？工程进度、险情处理、抗击水患，我不是随时都在给您汇报着吗？

秦海洋　有些事你给我汇报了，可有些事，你怎么就藏着掖着了？

沈云帆　我没什么可藏着掖着的。

秦海洋　以海协盛的名义，向户部银行贷款的事，你向我汇报了吗？

　　[靳斗金听到这里，捂住嘴乐了。

沈云帆　啊，那只是我想到急需用钱时，不好借高利贷，试着办了一下。

程思远　结果外国人的正金银行、汇丰银行、东方汇理银行，都不给办。最后还是咱们的户部银行，听了我们的情况，给了点小额贷款。

秦海洋　那你贷的款呢，是不是都花在女人身上了？你也不想想，那个水性杨花的方姓女子，你养活得了吗？

赖中基　你也不看看自己是什么人，就想金屋藏娇！

沈云帆　那是我为了阻止靳斗金胡作非为，急着救人于水火，才那么做的，跟"金屋藏娇"扯不上任何关系。

李小田　你少在这儿胡搅蛮缠！

沈云帆　我说的是真的。在当时情况下，我同乡的女儿逃婚来找我寻求庇护，我能见死不救吗？

147

秦海洋　你还有理了？那你再说说，你一边干着打包厂的活儿，一边在外边干私活儿，这事怎么解释？

沈云帆　汉口发展机会大，我这么做，纯粹是想试着看能不能再拓展些业务。干得好，向您汇报；干不好，就此收手。您不能听信靳斗金乱咬胡喷。

秦海洋　要不是靳斗金私下告诉我，我还不知道你给我捅这么大娄子呢！

沈云帆　秦老板，这不叫捅娄子，这是在探路子。

秦海洋　探什么路子！你贷的款、欠的债、捅的娄子，谁为你还、谁替你补呀！

沈云帆　秦老板，我这么做，绝不是瞎想蛮干，后果我也考虑了，一切都在……

秦海洋　行了行了！你别说了！从现在开始，你就不是我海协盛的人了！我的庙小，养不起你了，你另攀高枝去吧！

　　〔赖中基、李小田高兴了。

　　〔大门外的靳斗金三人得意地笑了。

沈云帆　秦老板，您听我说，我……

秦海洋　我什么都不想听！你快给赖中基办移交手续吧！

沈云帆　（祈求地）秦老板，您不能……

秦海洋　（决绝地）你什么都别说了！我实话告诉你　你贷的款、欠的债、捅的窟窿，都和我海协盛没任何关系！一切连带责任，都由你沈云帆负责！

　　〔沈云帆见一切都无法挽回了，只得低头答应。

　　〔秦海洋愤愤地看了沈云帆一眼，转身头也不回地去了客房。

　　〔大门外，靳斗金三人一脸奸笑。

靳斗金　这正是我要的结果。沈云帆呀沈云帆，我看你在汉口，还怎么活人！

　　〔靳斗金头一摆，与林怡芬和吕前宽下。

　　〔院子里，李小田在一旁幸灾乐祸，程思远愤愤地瞪着赖中基。

　　〔赖中基得意地拍了下程思远的肩膀，来到沈云帆面前。

赖中基　沈云帆，你知道吗，这都是你平日做事爱逞强不稳重带来的后果。

李小田　就是。秦老板早就后悔当初派你来这里了。

沈云帆　你赖中基现在是顺风顺水、如愿以偿了。那我们下午就在打包厂办移交手续吧。

赖中基 好。手续办完后，程思远可以留下，你对我还有点用。

程思远 谢谢你的好心。不过，我程思远就是沿街乞讨、冻死饿死，也不跟你这小人一起共事！

[程思远说罢，挽起沈云帆，头也不回地朝大门走去。

赖中基 （看着两人）哼！都背成这样了，还他妈嘴硬！

[赖中基与李小田下。

[沈云帆与程思远刚走出大门，就见小翠惊慌失措地跑来了。

小 翠 沈大哥——

沈云帆 小翠，出什么事了，慌里慌张的？

小 翠 沈大哥，沈大嫂……沈大嫂她……

沈云帆 她怎么了？

小 翠 （哭道）你们走后，沈大嫂就觉得事情不对，让石柱拉住狗剩，问他上海来人找你，有什么急事……狗剩就说……有人告发，说沈大哥的事烂包咧，捅大娄子咧，饭碗都保不住咧，弄不好还得蹲大狱……沈大嫂一听，人……一下子就晕倒咧！

[沈云帆、程思远不禁一惊。

小 翠 我们找了先生，啊，也就是医生，可是……可是沈大嫂她……怎么都醒不过来咧！呜呜呜呜……

[这消息犹如当头一棒，沈云帆立马蒙掉了。

第二场

时间 多日后。

地点 江边。

[阴云密布，江水滚滚。"利江号"蒸汽小火轮鸣着笛在行驶。

[沈云帆与程思远坐在江边的石头上发呆。

[方润琪苦着脸静静地上，看见了他俩，停了下来。

[程思远回头看见了方润琪，脸一沉，起身走了过来。

程思远　方小姐来了？

［沈云帆回头，定定地看着方润琪。

方润琪　（哭道）沈大哥，程大哥，你们的事……我都知道了。你们的差事丢了……沈大嫂也离我们而去了……这都是被我害得！……我真是个扫把星！

程思远　这可是你说的。

沈云帆　（起身瞪了程思远一眼）小老乡，你别这样，天有不测风云，人有旦夕祸福。没什么大不了的。

方润琪　可我心里……怎么都过不去！那天……我本来是来江边……寻死的……可不知怎么的……又觉得自己不能就这么死了，我还有许多事情没做呢。

沈云帆　是，你这么想就对了。

方润琪　可当时，我又不知该去哪里。……突然就想到那次在卢会长家见过您，我们还能说到一起，而你们的打包厂又离江边不远……就鬼使神差地……去找您了……我真没想到……事情会变成这样……我不该给你们添麻烦……我真该死呀！

沈云帆　小老乡，你别哭了。老乡有事找老乡，不是很正常吗？

程思远　就是嘛。事已至此，你就别哭了。

方润琪　沈大哥、程大哥，我对不起你们……我更对不起沈大嫂！……是我害了你们，是我害了她呀……呜呜……

沈云帆　别哭了小老乡，一切都会过去的。

程思远　是。你别见怪小老乡，我这人心眼小，刚才也只是觉得我们走到这一步，有点冤……

沈云帆　冤什么冤？难道我们选择良善，错了吗？

程思远　没做错。

沈云帆　难道凭这么点事，就能把我们打垮吗？

程思远　那也不至于。

方润琪　（揩着泪）对。天无绝人之路,地有好生之德。《圣经》里也说 "当上帝关了这扇门，一定会为你打开另一扇门。"

沈云帆　小老乡，你不愧是个洋学生，劝人都这么有文化！

程思远 洋学生劝人是有文化；可劝过之后，最好再帮我们想一下辙！

方润琪 这还用想吗？路就在脚下！

［沈云帆与程思远不禁一怔。

方润琪 靳斗金见他的预谋实现了，就到处扬言，说沈云帆的死期到了。我倒觉得现如今，不是你们的死期到了，而是你们的时遇来了。

沈云帆 此话怎讲？

方润琪 打包厂的差事你做不成了，你不就可以凭借你的胆识和你拉的队伍，注册自己的营造厂，在汉口建筑界杀出一条血路来了吗？

沈云帆 说得好！我也是这么想的。

方润琪 这几天，得知你们的情况后，我是心如刀绞、寝食难安。我爹我娘弄清情况，也觉出了问题的严重。所以，经过我们一夜的交心，终于达成了共识。

沈云帆、程思远 什么共识？

方润琪 知恩图报。你们为了救我，可以两肋插刀；我们家为助你们，也能毫不吝惜！

程思远 对嘛。谁都知道，瘦死的骆驼比马大。

沈云帆 不不，方小姐，别为了我们，让你们家再一次遭罪了。

方润琪 我们家遭什么罪，都是咎由自取。现在，我爹已经把济众药铺转让了，我和我娘也变卖了珠宝、首饰和家里的贵重物品，不管怎么说……

沈云帆 哎呀，别这样！你们这么做，让我怎么……

方润琪 没关系！我们家是左店右宅，卖了左边店，还有右边宅，我爹开诊所，日子照样过。

沈云帆 一定是你逼着你的爹娘这么做的。

方润琪 不不不！在这一点上，我和我爹我娘，想法完全一致！

程思远 （撞了下沈云帆）大哥，我看，在这个时候，咱们也别瘦驴拉硬屎——瞎逞强了。

方润琪 就是嘛。欠债还钱，理所当然。再说，经过这件事，我们家的事情摆顺了，我也该琢磨着做事了。

沈云帆 好好好，太好了。其实这几天，我满脑子都是怎么合伙组建营造厂的事，甚至连营造厂的名字，我都取好了。

方润琪、程思远　什么名字？

沈云帆　传承秦老板的"海协盛营造厂"，叫"汉协盛营造厂"。

程思远　嗨！他都把咱们踢出海协盛了，你还传承他的海协盛的名字干什么！

沈云帆　不不不，秦老板是我的恩人、贵人和师傅，我不但要传承他的海协盛，我还要给他股份。我之所以这么做，就是要他知道我沈云帆不是那种忘恩负义之人！

方润琪　（敬佩地）沈大哥，你可真是个大好人呀。

程思远　就是，像他这种重情重义之人，到哪找去呀。

沈云帆　不说了。方润琪念的书多，又会英语，组建营造厂，我需要你的帮助。

方润琪　好。我义不容辞。

沈云帆　程思远，你账算清楚，脑瓜灵光，我也需要你的支持。

程思远　没问题！我这辈子，就跟定你了！

方润琪　我们家借你们的钱，现在就可以还上；剩下的，就算是我入股了。行不？

沈云帆　行，怎么不行。

方润琪　那我们现在就去卢会长家，具体商量一下这事？

沈云帆　不急。从宁波到上海，再从上海到汉口，我这个乡巴佬，看着来来往往的人流，高大雄伟的建筑，都曾焦虑过、困惑过，但又不甘人下，多少次碰壁跌伤，我都不曾向命运低头，依然紧咬牙关，想着通过拼搏，总有一天会赢。如今，走到了这一步，我就想来它个稳扎稳打。何况眼下，我们需要的是示弱，而不是逞强。

程思远　对。我们得让靳斗金和赖中基多高兴些时日。

方润琪　是是是。这就叫以弱示强。哎呀，两位大哥，你们这处世之道、人生智慧，真令小女子我刮目相看呀。

　　〔方润琪做抱拳的姿势，沈云帆程思远乐了。

第三幕　奋起

第一场

时间　1909 年春。

地点　汉协盛苏式民房工地。

[正在修建的苏式民房前，有人在筛沙子，有人在用手推车推砖瓦，有人在用刨子刨木条，有人在拉着大锯锯圆木。

[沈云帆在石柱与两个工匠的陪伴下，巡察工地。

石　柱　再有两个月，就可以收工咧。

[沈云帆答应着，突然看见了房脊角，站住了。

沈云帆　我们的苏派建筑，轻巧简洁、古朴典雅，无论是走马楼、砖雕门楼、明瓦窗、过街楼，体现的就是清、淡、雅、素四个字。脊角高翘的屋顶，最为尊贵。

石柱与俩工匠　是。

沈云帆　可你们看你们这个脊角，高度、翘度、长度够吗？

[石柱与俩工匠脸红了。

沈云帆　你们这不是在糊弄人吗？

石　柱　可我们征求过雇主意见了。

一工匠　对。雇主说行。

沈云帆　行什么？这要让行家看见了，还不笑掉大牙！赶快给我拆了，重新整。

石柱与俩工匠　是。

[石柱与两个工匠下。

[沈云帆叹了口气。程思远与方润琪开心地上。

沈云帆　朱家亭的合同签了？

程思远　签了。我们还带来个好消息。

沈云帆　什么好消息？

方润琪　美胜美洋行工程要招标了。

沈云帆　你们是不是想把我们汉协盛也拉出去试试？

程思远　是。经过这几年的努力，我们汉协盛已经今非昔比了，至少可以刺激一下靳斗金了。

沈云帆　好。那我们就用竞标的方式，调动一下靳斗金的积极性，省得他一天老想着坏我们的事儿。

方润琪　其实这些天，我还想到了一个摆脱靳斗金羁绊的好主意。

沈云帆　什么好主意？

方润琪　威斯特是有名的英国建筑设计师，也是咱们的合伙人，如果我们能再进一步，做到让威斯特搞设计，我们搞施工，让营造厂一步步形成良性循环，那我们汉协盛，就前途无量了。

程思远　是是是。我们甚至可以用我们汉协盛的信誉，为客户免去招标费用。

沈云帆　好主意好主意。哎呀，还是你们这些有文化的人，看得远、想得细、认得准。就这么干！

程思远　你这做老板的，真会激励人。

沈云帆　我还是得好好向你们学习，特别是英语和算账。

方润琪　做老板的，英文呀、算账呀什么的，略懂就行。只要把专业人才揽到身边，什么问题都会迎刃而解。

程思远　对。

方润琪　趁着今儿高兴，我还有个想法，想向两位大哥请教呢。

沈云帆　哎呀，还谈什么请教，你直说。

程思远　对。直接说就行了。

方润琪　最近，我和玉梅姐，有个大胆的设想，不知能不能实现。

沈云帆、程思远　什么大胆设想？

方润琪　我们想申请募捐，筹建汉口女子中学。

沈云帆　方润琪，办学堂，兴教育，既利国又利民。你们这个设想，真的不错，有朝一日一定能实现。

程思远　是。你们想问题做事情，比我们这些大男人都有魄力。

沈云帆　小老乡，我这辈子最大的遗憾，就是读的书少。所以，我沈云帆这辈子最大的心愿，就是通过自己的双手，建几所漂亮的学堂，让孩子们有学上。

程思远　在这件事情上，你们俩可真是想到一块了。这些年，沈大哥为了实现这个心愿，已经参考洋人的设计，依照自己的想象，把一所校园的模型都完整地制作出来了。尤其是模型中的教学楼，古朴、雄伟，特别完美！

方润琪　是吗？沈大哥，那可是个细致活儿，你是怎么做到的？

程思远　他呀，从小就天赋异禀。学木工时，做榫卯、解鲁班锁、造微缩景观，比哪个徒弟上手都快。

方润琪　我知道了，这就叫"不疯魔，不成活"。

沈云帆　也没什么。"腰间带得纯钢斧，要斫蟾宫第一枝"的匠心精神，我从小就特别推崇；随着承揽工程，鲁国木匠"梓庆削木为镶，镶成，见者惊犹鬼神"的那种境界，自然而然地就成了我的毕生追求。

方润琪　太好了沈大哥。有了您的这种追求与境界，加上您的校园模型，我们报批、圈地、筹款甚至基建，可就方便多了。

沈云帆　我回去还得完善。我甚至想：设计施工，要能由我们汉协盛来完成，那就更好了。

程思远　对。这样做，既能节省银两，又能保证质量。

方润琪　好好好，谢谢两位大哥支持。我们一定竭尽全力，尽快实现这个梦想。

第二场

地点　街口树下。

〔靳斗金等来了吕前宽与林怡芬。

靳斗金　情况怎么样？

吕前宽　是方润琪与浙江商会会长的女儿卢玉梅在街头募捐。

靳斗金　募捐什么？

林怡芬　筹建汉口女子中学。创意够好，各界支持，募捐也顺。街头巷尾大家都在议论她们干了件利国利民的大好事。

靳斗金　真没想到，这小妮子除了漂亮，还能干事！

吕前宽　就是，嘴巴能说，手脚利索，捐款的人成群结队，围观她的爷们也是一拨接一拨。

林怡芬　有的色鬼心痒难挠，想接近她，想摸她的手，想闻她的味儿，甚至想为她砸几次钱的都有。

靳斗金　看来，这小妮子并没有嫁沈云帆的意思。

林怡芬　是。无论过去还是现在，方润琪好像都是在利用沈云帆。这次，甚至还勾引得沈云帆给她们制作了个校园模型，光那个也吸引了不少捐钱的人。

靳斗金　呀！他俩现在打得火热，方润琪会不会日久生情，把自己嫁给沈云帆呀？

吕前宽　照此发展下去，也不是没有这种可能。

林怡芬　我不这么认为。方润琪是个事业型女子，孤独清高，倾心做事。可以说像她这种男人一样的女子，嫁也不好嫁，嫁谁都难缠。

吕前宽　你这么说，也对。

靳斗金　可现在的问题是方润琪越是难缠，我越是喜欢；沈云帆越不得意，我越怕方润琪出于怜悯嫁给他。我怎么办？

　　〔吕前宽无言以对。

林怡芬　依我看，汉协盛和咱们鑫泰恒怎么说都是建筑商，现如今，咱们还是抛弃杂念，像竞标美胜美洋行工程那样，用实力打击沈云帆的好。

吕前宽　对。只要我们把沈云帆拍在沙滩上了，看她方润琪还怎么下嫁那个一无是处的乡巴佬！

靳斗金　（无奈地）唉，现在这情势下，也只好这样了。

第三场

地点　卢玉梅卧室。

　　〔方润琪在镜子前为卢玉梅整理传统婚服（秀禾服）。

　　〔圆润的卢玉梅还在往嘴里塞东西。

方润琪　真漂亮。

卢玉梅　我要有你这么瘦，穿婚服就更漂亮了。

方润琪　那你还往嘴里塞东西？

卢玉梅　我怕今天事多，吃不成东西，把我饿脱水了。

　　[方润琪给卢玉梅别上了一枝花，来回看着。

方润琪　姐，你嫁到刘家，日子好了，千万别再零食不离口了。要不，你就更发福了。

卢玉梅　没关系，反正他们家人都喜欢我这个样儿。哎呀，别说我了。还是说说你吧。

方润琪　我有什么好说的。

卢玉梅　你喜欢沈大哥，可为什么就不把那层窗户纸戳破呢？

方润琪　你不知道，人家……可能看不上我。

卢玉梅　你这么优秀的，他看不上你，还能看上谁？不行了，我就用你要找婆家的话，刺激一下他？

方润琪　算了，他一天挺忙的，别打扰他了。啊，玉梅姐，一会儿走的时候，你一定要哭，显得对娘家有感情。

卢玉梅　呀，那我只想吃，不想哭，怎么办？

方　母　（匆匆进来）怎么办？你就朝自己的大腿狠狠拧一下，不信你不哭！

　　[方润琪与卢玉梅都笑了。

方　母　女子出嫁，都得绞脸，你脸绞过了吗？

卢玉梅　绞过了。

方　母　那你快去你娘屋里，你娘有体己话要告诉你。

卢玉梅　知道了。

　　[卢玉梅下。方母凑近女儿。

方　母　闺女，玉梅今儿把自己嫁出去了，今后就没人给你做伴儿了。你怎么办呀？

方润琪　娘，你怎么又提这事？

方　母　这事我不提行吗？你爹已经不在了，家里就剩我们娘俩了，我都不知你跟沈云帆的事，现在到底是个什么情况？

方润琪　我跟沈云帆的什么事？

方　母　婚事呀！还能什么事！我看得出来，他喜欢你。

157

方润琪　唉。先是他夫人，后是我爹，丧事一个接一个的，又不能破禁忌，你让我们怎么办？

方　母　不管怎么说，你可得把沈云帆把牢了，这样的好男人打着灯笼都难找。

　　[里边有人在叫："方婶——"

　　[方母答应着下。衣着光鲜的沈云帆走了进来。

方润琪　（回头看见了）哟！沈大哥，你今儿怎么这么精神呀？

沈云帆　股东完婚，我理应盛装出席。

方润琪　（试探地）不知沈大哥，什么时候再婚，我们也好盛装出席呀？

沈云帆　（害羞了）这话……我目前……还不好说。

方润琪　（收拾着东西）有什么不好说的？心仪的人，沈大哥总该有吧？

沈云帆　有。就不知……人家对我这个半大老头……有没有那个意思。

方润琪　她有没有那意思，你可以问她呀？

沈云帆　这我可不好意思开口。

　　[程思远、卢玉梅、石柱、小翠都悄悄地来到了他们身后。

方润琪　有什么不好意思开口的？说不定你当面问她，她立马就答应了呢。

沈云帆　……问这种事……我还真有点怕。

方润琪　你怕什么呀？

沈云帆　我怕人说我这是……老牛吃嫩草。

方润琪　（哭笑不得）你管他呢！你不嫌，她不嫌，不就行了？

沈云帆　我还怕有人说，这是……一朵鲜花……插在那啥上。

方润琪　鲜花插在牛粪上，才开得艳；鲜花要是插在旱地里，不就枯死了吗？

沈云帆　可我……还是觉得……怪难为情的。

方润琪　有什么可难为情的？直接找个场合，宣布婚讯不就行了？

沈云帆　这样行吗？

方润琪　这样不行吗？

程思远　（走上前）我看这样行。你们就不要再这样打哑谜了。干脆就在我们汉口女子中学落成典礼那天，宣布你们婚讯吧。

卢玉梅　对，这就叫女中落成行大运，好事成双福临门。

石柱、小翠 沈大哥，这事就这么定了吧。

卢玉梅、程思远 就这样定了吧！

〔沈云帆与方润琪含情脉脉地四目相对。

第四场

地点 鸿宾楼门口。

方母的声音 大家伙手脚都麻利点，奠基仪式快完了，别误了开席。

〔在厨师与服务人员爽快的回答声中，方母与小翠乐滋滋地走了出来。

方　母 看时辰，该结束了吧？

小　翠 快了。大婶，方小姐与沈大哥的婚事定下来了，也该给他们办个喜宴，热闹一下了吧？

方　母 那是必需的。

〔传来石柱的喊声："方婶——"

〔石柱抱着沈云帆制作的汉口女子中学校园模型急匆匆地上。

方　母 （看着模型）呀！这么漂亮个校园模型。

小　翠 是。真气派。

石　柱 方婶，出事咧！

方　母 大好的日子，出什么事了？

〔石柱将校园模型放在了一旁的桌子上。

小　翠 （焦急地）出什么事咧，你快说！

石　柱 奠基仪式进行得非常顺利，方小姐与沈大哥订婚的消息宣布后，更是引起了大家一片叫好声和祝福声。可是……

方母、小翠 可是什么？

石　柱 可是……可是就在仪式散场，方小姐、卢玉梅和沈大哥招呼要员嘉宾来这里吃饭的时候，背景墙不知怎么"嘎吱"一声给响了，沈大哥急忙大喊：快闪开，背景墙要塌了！

〔方母与小翠一惊。

石　柱 当时现场一片惊呼，卢玉梅和要员嘉宾都在背景墙倒塌之前撤离了。只有方小姐和沈大哥……

　　方　母　他俩怎么了？

　　石　柱　方小姐忙着护这个校园模型了，沈大哥又赶紧跑去保护她，一下子就被倒下来的背景墙给砸伤咧！

　　方　母　人要紧不要紧？

　　石　柱　人被送去医院了，要员嘉宾都跟着去医院咧。

　　方　母　我也得赶快去医院。老天爷呀！这俩孩子，可千万别再出事了。

　　石　柱　好。小翠，李倩、陈鹏带要员嘉宾很快就会从医院回到这里，你和思远媳妇留在这里照顾他们用餐，我和方婶去医院。

　　小　翠　好！

　　〔石柱说罢，带方母急下。

第五场

　　地点　医院病房。

　　〔头上有包扎、脸上有擦痕，左胳膊还挂着绷带的沈云帆半坐在病床上，程思远守护在旁。

　　〔额上有包扎的方润琪在方母、卢玉梅和石柱的陪伴下走了进来。

　　〔沈云帆看见方润琪来了，竟忍不住扑哧一声笑了。

　　方润琪　（嗔道）笑什么笑？当时背景墙要塌下来了，情况那么紧急，你不赶快躲开，非要跑来救我，看把你砸成什么样了。

　　沈云帆　在那种情况下，我不赶过去救你，还是个男人吗？

　　方润琪　你呀，真是傻得可爱。

　　沈云帆　傻一点不要紧，只要我们都还活着，就比什么都好。

　　卢玉梅　对。大难不死，必有后福。

　　方润琪　你的伤呢，医生是怎么说的？

　　沈云帆　不要紧，都是皮外伤，养养就好了。谢谢老天爷眷顾，你还是那么漂亮。

　　方润琪　我要是被毁容了呢？

沈云帆　那我也要与你偕老。因为你是我沈云帆生命中不可多得的老乡、朋友、老师、爱人。

　　〔方润琪感动得热泪盈眶。

卢玉梅　哟！酸死了酸死了！我那死鬼，从来就没给我说过一句这么中听的话。

方　母　那就找机会，把你俩也砸一次。那时候，他就会对你说中听的话了。

卢玉梅　不不不，我可经不起那么一砸。要是砸呜呼哀哉了，不是这世上什么好吃的我都吃不成了吗？

　　〔大家都笑了。石柱虎着脸上。

程思远　昨晚和今早儿，我都检查过，背景墙扎得非常结实，怎么会倒塌呢？

石　柱　这还用说吗？肯定是哪个狗日的见不得大哥好，眼红嫉恨心不甘，故意捣的鬼！

程思远　一定是靳斗金或者靳斗金的人干的这缺德事。

石　柱　就是的。除了他，我想不出第二个与我们有仇的人！

方　母　他老做这种伤天害理的事，就不怕天打雷劈！

石　柱　大哥，这事咱可不能忍。我得想办法，去卸他狗日的一条腿！

沈云帆　算了。我们又没证据，以后做事留点神就是了。

石　柱　大哥，你怎么变得越来越怂了？过去，你可不是这样的呀！

沈云帆　也许，是年龄大了的缘故吧。

石　柱　可我咽不下这口气！

程思远　对，不行了就去报警。

方润琪　算了吧。冤家宜解不宜结。

沈云帆　对。石柱，你这个陕西愣娃，可少给咱出去惹事，啊？

石　柱　知道咧。

卢玉梅　真是不是一家人不进一家门。你们俩呀，脾气秉性，为人处世，都像是一个模子刻出来的。

沈云帆　明天，报纸上、广播里，就会有汉口女子中学校园奠基仪式的消息。

方润琪　也会有我们俩宣布婚讯被砸伤的报道。

沈云帆　是。不用我们奔走相告，也不用我们花一分钱，就为我们做宣传了，到哪找这么好的事情去呀。

　　［大家点头认同。

沈云帆　（下床）不要紧，只要还能喘气，就能建好校园。这比什么都好。

程思远　对。有人不想让我们好好活，我们偏要好好地活，气死他个王八羔子！

第四幕　回报

第一场

时间　1912 年春。

地点　傍晚的汤粉摊前。

　　［摊主盛好汤粉，递给一旁等候的食客。有食客在坐着吃汤粉。已剪了辫子的沈云帆、程思远与方润琪、卢玉梅也在一旁坐着吃汤粉。

程思远　我们是好事连连，鑫泰恒可倒大霉了。出了塌方事故，匠人有死有伤，接下来还得清理重建……这次，他可要赔大发了！

沈云帆　像他那种心浮气躁的人，出这样的事，一点都不奇怪。

　　［穿巡警服的狗剩摇着五色旗悠闲地走来。

狗　剩　你们是怎么搞的，怎么这么多人还留着辫子呀？

食客甲　我们不是还没来得及剪嘛。

狗　剩　城门口、府学前、督军衙门，到处都设有"义务剪辫处"，你们都赶快给我剪辫子去。

食客乙　我还舍不得花钱剃我这一头长发呢。

狗　剩　什么舍不得。剪"文明"发式，或剃光头者，一律免费，不用花钱。你看这两位，剪了辫子，多清爽，多利索的！

程思远　呀！这不是狗剩吗？沈大哥，狗剩当巡警了。

沈云帆　还真是的。你怎么就当上巡警了呢？

狗　剩　嗨！有一天我在街上，帮一聋哑姑娘提了回行李，聋哑姑娘的爹娘就看上我了，非要我和他们家姑娘成婚，说只要我们成婚，他们就提携我当巡警。我一想这是好事呀，既娶了媳妇又能当巡警，回到家还没人跟我吵架，我何乐而不为呢？所以，我立马就满口答应了。

沈云帆 不错不错。狗剩巡警，以后，还请你多多关照。

狗　剩 哎呀，你别拿我开涮了。

程思远 不不不，你干这个，挺合适的。

狗　剩 混口饭吃呗。（看着方润琪）不用问，这位就是嫂夫人了。

沈云帆 是。

狗　剩 真漂亮，跟戏里的千金大小姐一样美。怪不得听人说，是我们汉口的名媛呢。

方润琪 谢谢。你的嘴真甜。

沈云帆 嗯？赖中基和李小田，还在海协盛吗？

狗　剩 早不在了。我上午还见着他们了。他们俩现在，都跟着沙霸在倒腾建材呢。

程思远 是吗？说不定我们有一天，还会与他们打交道呢。

沈云帆 那是一定的。他们俩跟着沙霸干活儿，也挺合适的。

程思远 依他的性格，弄不好哪一天，也会成为沙霸的。

狗　剩 啊，我突然想起一件事，得提醒你们一下。

沈云帆 什么事？

狗　剩 赖中基和靳斗金现在成把兄弟了，他们都见不得你俩比他们好，所以你们以后，得多提防着他们点儿。

沈云帆 我们为人处世，"内诚于心""外信于人"，有提防他们的必要吗？

狗　剩 不不不。你的心眼好，他们做人毒。上午我就听赖中基说，他要给沙霸建议，让所有建材都涨价呢。

　　〔大家不禁一惊。

沈云帆 这小子，真是个难缠的主儿。

　　〔这时，一旁传来汽车急刹车的声音。

狗　剩 （往旁边一看）糟了！洋人的汽车又撞人了。我得看看去！

　　〔狗剩说着跑下，其他人也跟了过去。

第二场

地点　黄鹤楼景区。

〔景观壮美，游人如织。沈云帆与方润琪也在游人中，领略着这壮美的景色。

方润琪　我们住在汉口，与黄鹤楼一江之隔，这么好的景色，都难得来一趟。

沈云帆　主要是整天忙于抓项目，出成果，都把该有的闲情逸致荒疏了。

方润琪　要不是威斯特叫我们来谈业务，恐怕今天我们也来不了。

沈云帆　今后有了空余时间，我们还是要赏赏景、钓钓鱼，到剧场影院消遣一下的。

〔他们来到了搁笔亭。威斯特与洋客户摩尔已经到这里了。

威斯特　（站起来打招呼）沈老板，在这里。

沈云帆　让你们久等了。

威斯特　我们也是刚到。

沈云帆　我们赏了会儿景，把时间给耽误了。很抱歉。

威斯特　（用英语道）没关系。我们来介绍一下，这位是摩尔先生，这位是我们汉协盛的老板沈云帆先生。

沈云帆　（与摩尔握手，用英语道）见到您很高兴。

摩　尔　（英语）幸会幸会。

威斯特　这位是方润琪女士。

摩　尔　方小姐好漂亮，典型的东方美人呀！

方润琪　（英语）谢谢摩尔先生夸奖。

威斯特　坐吧。

〔大家坐了。

沈云帆　情况怎么样？

威斯特　我设计的图纸，摩尔先生很满意；但是有点不想让咱们汉协盛承建。

〔方润琪用英语与摩尔交谈。

方润琪　摩尔先生，您是不是因为我们汉协盛组建时间不长，信不过我们？

摩　尔　我是觉得你们承建这个项目，欠缺资质和经验。

方润琪　摩尔先生，您可能对我们还缺乏了解。我们的老板沈先生，在上海建造过平和洋行，在汉口承建过打包厂。近年来，捷臣洋行、璇宫饭店、女子中学等这样的项目，都是他带领我们汉协盛承建的，客户评价都不错。您看看，这是我们拍的图片。

　　[方润琪从包里取出图片，一一展示给摩尔先生。

　　[摩尔先生看着，满意地点头。

　　[威斯特与沈云帆看着方润琪的一举一动，甚是欣慰。

方润琪　我们汉协盛不仅人才济济，而且设备齐全，承建中式建筑西式建筑都很有经验。您要的中西合璧式建筑，我们更是拿手。我们老板不但经验丰富，而且心灵手巧。您看看，这是他雕刻的汉口女子中学校园模型图片，这是他雕刻的中国古建筑模型图片，这是他雕刻的徽式建筑模型图片，这是他雕刻的北京四合院模型图片。

　　[摩尔一一欣赏着。

方润琪　摩尔先生，您完全可以进行项目招标。但绝对没有威斯特先生设计、我们施工来得便捷。因为这么做，可以免掉您的招标时间，为您节约项目成本。

摩　尔　好的，方小姐，您介绍得太好了。我信得过你们。惠群大楼这个工程项目，我交给你们了！

方润琪　谢谢摩尔先生。我们会用行动证明，您的选择是正确的。

　　[威斯特悄悄对着方润琪，竖起了大拇指。

第三场

时间　1921 年春。

地点　方家堂屋。

　　[沈云帆坐在桌前眼睛凑得很近地看书。

里屋传来 10 岁儿子沈轩炜的声音　爹爹，我吃大人的药了，可好吃了。

165

沈云帆 （头也不抬）好吃你就多吃点。

方润琪 （轻快地上，嗔道）哪有你这样当爹的。孩子吃大人的药了，你都不管。

沈云帆 这小子，古灵精怪的，就会跟大人闹着玩。

方润琪 不能惯他这毛病。（放下包，在洗脸盆里洗手）

沈云帆 你这当妈的读书比我多，从今往后，你就负责管教他好了。

方润琪 你倒会推脱责任。

沈轩炜 （拿着本书上）妈妈，爹爹说您读的书比他多，那我有个问题想问问您。

方润琪 什么问题，问吧。

沈轩炜 您觉得"朱门酒肉臭，路有冻死骨"这句诗，有没有什么问题？

方润琪 这首诗家喻户晓，没有什么问题。

沈轩炜 我觉得它有问题！

方润琪 你觉得它有什么问题？

沈云帆 （也来了兴致）是呀，你个小屁孩儿，竟敢挑古诗词的刺儿。说吧，你觉得这句诗，有什么问题？

沈轩炜 这路上都有冻死骨了，朱门的酒肉能臭吗？

〔方润琪愣住了。

沈云帆 （一笑）这小子，说得还真有点道理。

方润琪 小小年纪，老师让你背诗，你背就行了，想那么多干什么？

沈云帆 你那叫死读诗，读死诗，我儿子这才叫活读诗读活诗呢。

沈轩炜 爹爹说得对。我还会改这首诗呢！

方润琪 吔！越说还越来劲了。把你能的，你怎么改？

沈云帆 对，好儿子，你改改看。

沈轩炜 我觉得应该改成"朱门酒肉臭，路有饿死骨"！

沈云帆 呀！有道理有道理。孩儿他娘，你看出来了吗，我们家要出秀才了！

方润琪 什么秀才不秀才的。他现在还小，念书应该注重理解，八字没一撇呢，怎么就学着吹毛求疵了。

沈云帆 不不不，我不这么认为。不管儿子改得好不好，他这种敢和先

166

贤叫板的劲头，我觉得还是值得鼓励的。

方润琪 你这是强词夺理。

沈轩炜 好了好了，你们吵吧。我出去玩去了！（跑下）

方润琪 （急喊）沈轩炜，你回来，妈有话要给你说。

沈云帆 哎呀，孩子这么大，你不让他玩，这怎么行呢？

方润琪 你惯他吧，惯坏了，有你好受的。

沈云帆 放心，男孩子，淘气点好。

方润琪 出事了怎么办？

沈云帆 能出什么事呀？不就是打人了，或者被人打了吗？有什么大不了的？

方润琪 你们父子俩呀，叫人不放心的事，是越来越多了。

〔方家灯灭。前台灯亮。

〔石柱喊着"小心点，别碰地上了"，随从抬着一块刻有"诗书传家"字样的牌匾横穿而过。

第五场

地点 沈云帆办公室。

〔留着唇须的沈云帆拿着放大镜，在吃力地看图纸。穿着时尚的方润琪上。

沈云帆 我这个眼睛呀，真是越来越不得劲儿了。

方润琪 你患了青光眼，得少用眼，多休息。像这种看图纸呀、做计算呀什么的，由我们帮你完成就行了。

沈云帆 情况打听清楚了吗？

方润琪 清楚了。

方润琪 （取出资料）要建的江汉关大楼，由英国建筑师恩九生设计，地址选在沿江大道 90 度转角处。

沈云帆 这个位置很好。

方润琪 是。江汉关大楼占地 1499 平方米，建筑面积 4109 平方米，钟楼顶端高出地面 40.6 米。整个建筑，具有希腊古典式和欧洲文艺复兴时期的建筑风格。

沈云帆　很壮观。可以断定，想拿下这个项目的营造厂一定不少。

方润琪　对。不光是鑫泰恒，魏清记、秦楚和等实力较强的营造厂都在跃跃欲试。我们怎么办？

沈云帆　（琢磨着）我们手头的活儿已经够多了。宁做鸡头，不做凤尾。

方润琪　对。只要我们把汇升银行和汉口总商会这两个项目再揽到手、活儿干得让客户满意，就可以了。

　　[程思远与卢玉梅上。

卢玉梅　方校长，你不好好在学校主持工作，还让程思远打电话把我叫来，有什么急事呀？

方润琪　当然急了。玉梅姐，这段时间忙坏你了。我想，女子中学这个校长，我就不当了，今后就由你全权挑头来干吧。

卢玉梅　不不不，我一点抢班夺权的意思都没有。再说，我这个人不能挑头，只能打下手，这校长的工作，我可干不了！

方润琪　玉梅姐，干不了你也得干。你看，沈大哥的视力，现在是越来越差了，他又不好好去医院治疗，所以我得贴身照顾他，让他少用眼，多休息。

程思远　玉梅，为了沈大哥，也为了汉协盛，你就答应了吧。

沈云帆　对。还有程思远和我们的孩子，都很难照管，学习上也得请你多操心。

　　[电话响了，沈云帆拿起了听筒。

沈云帆　我是沈云帆。什么？……有混混和咱们的人打架？……打赢了还是打输了？……赢了？……赢了就好。该给人看病看病，该给人赔偿赔偿。……对。这样，以后工地就安生了。

　　[大家都笑了。方润琪与卢玉梅下。

　　[戴眼镜的陈鹏从另一侧上。

沈云帆　是陈鹏吗？

陈　鹏　是。

沈云帆　情况怎么样？

陈　鹏　一切顺利，合同签了。现在，我们的工地多，那些必需的施工设备，也得加紧到位。

沈云帆 好。我这就打电话安排。

[陈鹏下。沈云帆拨通了电话。

沈云帆 石柱，为了保证汇升银行和汉口总商会两个工程的进度，我们要加快建成辅仁机器厂……对，这样他们生产的蒸汽机、抽水机、卷扬机、起重机，我们就可以优先购买使用了……对，你就辛苦一下，坐在那里给我盯紧了。啊……好，就这样。

第六场

地点 江汉饭店门口。

[门厅上挂有"迎新春商界联谊会"条幅。

[中外商界巨头携女眷陆续进场。

[穿旗袍的方润琪搀扶戴墨镜穿西装的沈云帆走来了。

[方润琪的穿着、气质夺人眼目。

[赖中基带一相好的来了。

赖中基 哟！这不是大名鼎鼎的沈老板吗？

沈云帆 听声音，是赖老板吧？

赖中基 嗬！没想到沈老板眼睛看不见了，耳朵还好使得不行。

沈云帆 你赖老板说话永远都是高门大嗓，如同吵架，我怎么能听不出来呢？

赖中基 这说明你沈老板还是没忘记我。哎呀，（欣赏着方润琪）早就听说，你的二婚夫人冰雪聪明，美若天仙，今儿一见，果然名不虚传，人间少见！

方润琪 谢谢您的夸奖。

沈云帆 没想到几年不见，你老兄说话，都学会咬文嚼字了。

赖中基 这都是向你学习的。哎呀，（眼睛还是不离方润琪）光看你夫人这模样、装束、气场，就知道你沈老板这些年生财有道，日进斗金。

沈云帆 哪里哪里。你赖老板的建材，要是能给我这个好朋友优惠一些的话，我们的日子还会更好些。

赖中基 没办法，行情就这样。我要是压价的话，同行会打死我的。

169

沈云帆　看你说的，谁不知你是建材行业的龙头老大呀。哎呀，还是我们的关系没到能让你关照的那一步哇！

赖中基　看你说的。来日方长，你们汉协盛再来订购建材，我一定多多关照。

沈云帆、方润琪　好。谢谢。

〔靳斗金与林怡芬过来，看见了沈云帆夫妇。

靳斗金　沈老板，你也来了？

沈云帆　看靳老板说的，这么隆重的聚会，我能不来吗？

赖中基　靳老板来了，你们聊，兄弟我先走一步了。

〔赖中基与相好的下。

靳斗金　（欣赏着方润琪）怪不得赖中基刚才赖在这里不肯走呢，原来是看见我们的四大名媛之首——方润琪了。

林怡芬　是。沈夫人的仪表和才识，在我们汉口都是首屈一指的。

方润琪　您过奖了。

靳斗金　这是真的。加上沈老板过人的商业头脑，你们俩无论走到哪，都是一道景儿。

〔方润琪鄙夷地将目光转向了一旁。

沈云帆　我也不知道你靳老板这是在夸我呢，还是在骂我呢。反正我都成盲人了，也不怕你在这儿瞎说。

靳斗金　沈老板，都这么多年过去了，可我就是不明白，你在竞标问题上，究竟是怎么想的？

沈云帆　这还用想吗？匠人竞标就是优胜劣汰。譬如我们汉协盛，和你们鑫泰恒一起竞标美胜美工程项目，那不是打着灯笼进茅房——找屎（死）吗？

〔靳斗金忍不住想笑。方润琪则把小嘴一撇。

沈云帆　结果你们鑫泰恒果然中标了，还嚷嚷着拉我这个失败者去喝你们的庆功酒呢。厉害！

靳斗金　那江汉关呢？中标的是魏清记营造厂，我们两家都被淘汰了，你当时为什么还那么高兴？

沈云帆　我那是在替魏清记高兴呢。

靳斗金　难道你一点都不失落？

方润琪　（冷冷地）这有什么可失落的？我们觉得自己资质太差，拼不过你们鑫泰恒，评标会没开，就退出了！

靳斗金　啊？

沈云帆　所以，还是你靳老板厉害嘛。

　　［方润琪鄙夷地笑着，挽起沈云帆就走。

靳斗金　好你个沈瞎子！难不成你在利用竞标，故意耍我？

沈云帆　（回过身来）看你说的，我个乡巴佬，借我个胆子也不敢耍你这汉口一霸。至于后来的竞标，我们夺魁机会多了，也就只顾着干活数钱了，哪还有空儿耍你呀？

靳斗金　（气得咬牙切齿）沈云帆，我劝你还是悠着点的好。别把眼睛熬瞎了，再把小命搭上！

沈云帆　我沈云帆的命不值钱，你靳老板可得好好活着，别机关算尽、坏事做绝，让雷给劈了！

　　［靳斗金被怼得目瞪口呆。

　　［方润琪得胜地挽起沈云帆，转身进了饭店。

第七场

地点　联谊会现场。

　　［霓虹闪烁，爵士乐奏得响亮。

　　［服务生端着餐盘，穿梭在推杯换盏，聊天侃地的嘉宾中。

　　［沈云帆与一富商在品酒聊天。

　　［方润琪走到哪里都会引来艳羡的目光。

　　［靳斗金在与人饮酒，目光却在搜寻方润琪。

　　［方润琪与卢玉梅在聊天，不知说了什么，二人笑得花枝乱颤。

　　［赖中基和他的相好在不住地往嘴里塞东西吃。

　　［舞会开始了，男女嘉宾纷纷结伴进入舞池，跳了起来。

　　［方润琪牵沈云帆进入舞池，二人搭肩携手，面带微笑，潇洒地跳起了交际舞。周围男女见他俩配合默契，舞姿飘逸，不禁鼓掌尖叫起来。

[靳斗金与林怡芬跳着，见沈云帆与方润琪风头那么劲，一脸的不悦。

第五幕　失误

第一场

时间　1930年春。

地点　沈云帆办公室。

[沈云帆在打电话。

沈云帆　对……对……还有，驾驶员的培训你们也得抓紧了，别到时候一开车，就开到沟里去了、江里去了、人家的店里去了，或者把人或牲口给轧了，只剩下没完没了地赔偿！……对，就这些，千万别误事。

[方润琪乐滋滋地与威斯特、程思远、石柱上。

方润琪　（放下包）亲爱的，我们从德国哈尔钢铁公司进购的三万吨钢筋也运到汉口了，价格低于市场20％。

石　柱　就是的。我看了，好得很，美得嫽扎咧（方言，太好了之意）！

沈云帆　那就好。这就不受市场价格波动的影响了。

方润琪　我还有个大好消息，要向你汇报呢。

沈云帆　什么大好消息？

方润琪　省政府同意设立国立江城大学了，李四光、王星拱等人也已经在珈蓝山一带选好了校址。

沈云帆　珈蓝山那地方好，风光秀丽、地域开阔，非常适合建学校。

李　倩　对对对。我还去过那里呢。风景是不错，就是路难走。

沈云帆　曲径通幽，山清水秀，不正是高人雅士向往的地方吗？

威斯特　设计校舍的是美国著名建筑工程师开尔斯。他以故宫为蓝本，巧妙地利用了珈蓝山一带的地貌，已经完成了第一期主要建筑的设计任务。

沈云帆　能不能再说详细点？

方润琪　可以。（掏出资料）他的设计，既体现了中国传统建筑风格，又引入西方的罗马式、拜占庭式建筑式样，把对称式的传统格局和现代风格和谐地结合在了一起。

沈云帆　具体包括哪些工程？

方润琪　主要建筑有文、理、工三个学院大楼和图书馆、体育馆、六栋男生宿舍和一栋女生宿舍、十多栋教师住宅楼、学生饭厅以及礼堂等，造价约 300 万银圆。

沈云帆　我想，这个建筑群建好了，将来一定能彪炳史册。

程思远　对。工程招标在即，就看谁能拿下这个项目了。

沈云帆　可惜我不争气，双目失明了，看不见图纸。

威斯特　这问题好办，有我们在呢。

沈云帆　那也只能凭你们的口说，默算工料、计算工价了。

程思远　问题是造价 300 万银圆的工程，特拨经费却只有 150 万银圆。加上那边地形复杂活儿难干，承揽这个项目，我觉得风险比较大。

沈云帆　威斯特先生，您的意见呢？

威斯特　我觉得这次竞标，我们可以放弃。

沈云帆　为什么？

威斯特　因为这个项目，工程量过大，工程款不足。

石　柱　对对对。万一烂包了，可就麻烦咧！

威斯特　什么叫"烂包"？

石　柱　烂包就是亏损、折本、垮台的意思，也就是吃斋碰着月份大——倒霉透了的意思。

威斯特　有道理。

程思远　沈老板，您对这个项目，怎么看？

沈云帆　我觉得我们应该抓住这个机会，为教育兴国不遗余力，添砖加瓦。

方润琪　对。我也觉得这个项目对我们汉协盛来说，时机难得，不可错过。

程思远　是是是，这个不可否认。如果事事顺意，如期交工，我们汉协盛肯定名扬天下。可如果万一资金链断裂，流动资金供给无法满足需求，导致生产不能继续，甚至不得不在珈蓝山矗那么一堆既丢人又现眼的烂尾楼，我们怎么办？

石　柱　就是的，大哥。赔本儿挨骂的事，咱可不能做！

173

威斯特　是这么个理儿。

沈云帆　程总管的这种假设，完全成立。所以我们在做这件事情的时候，一定要早备预案，杜渐防萌。

程思远　大哥，与其杜渐防萌，不如根除隐患！

沈云帆　可我觉得，人一辈子是做不了多少事情的，付出代价建一所最美学堂留在世上，值！

方润琪　是。中学校园我们已经建过了，各方反映还不错，也许因为这个，竞标时会为我们加分。

程思远　那我们也得通盘考虑，把困难设想得多一些。

威斯特　是。

方润琪　我们就是参与竞标，中标难度也是挺大的。

沈云帆　如果我们不低价竞标，但在竣工后，奉送水塔、水池两项工程，你们想想招标方，会不会向我们倾斜？

　　〔程思远、威斯特、石柱、李倩面面相觑，无言以对。

第二场

地点　江汉关前。

　　〔靳斗金、林怡芬、吕前宽在边走边聊。

靳斗金　江城大学这个项目，对营造厂来说，真的很诱人。

吕前宽　对。如果能拿下来，影响一点都不比江汉关差。

林怡芬　参与竞标的营造厂，肯定会有汉协盛。

吕前宽　是。这几年，他们通过低价竞标，拿到了不少项目。

林怡芬　如果沈云帆再沿袭他以往的做法，来个低价竞标，拿下这个项目，可以说就稳操胜券了。

靳斗金　那我们就向沈云帆学习，也来个低价竞标。

林怡芬　可我觉得这个项目，无论哪个营造厂，都不好承包。

吕前宽　嗨！我们正想学习沈云帆，掐死汉协盛呢，你怎么说起这种话来啦？

靳斗金 是呀。你为什么这么说呢？

林怡芬 如果仔细研究一番，就会发现这个项目规模大、要求高、施工难度超乎寻常，想用区区150万银圆建成它，根本就不可能。

　　［吕前宽傻眼了。

靳斗金 是呀是呀。一不留神，就只能赔本赚吆喝。哎呀林怡芬，关键档口，还是你的脑袋瓜好使。

吕前宽 是是是。那依你，我们该怎么办？

林怡芬 我觉得汉协盛，目前正处在膨胀期，所以这次竞标，他们一定会不惜血本，力争中标。

靳斗金 那还有什么说的，只要沈瞎子拿下了这个项目，我们就有好戏看了。

　　［靳斗金与林怡芬、吕前宽下。

　　地点 街口拐角处。

　　［陈鹏陪同，沈云帆拄着拐杖，在默默地等待。

　　［方润琪与程思远、李倩从右侧上。

陈　鹏 他们回来了。

方润琪 回来了。让你久等了。

沈云帆 评标结果如何？

方润琪 （故作失望）唉，强中更有强中手，恶人自有恶人磨。我们这次……

沈云帆 （急忙安慰）没关系没关系，好处不能让我们一家都得了。谁中标我们都对人家表示祝贺。接下来，我们干好手头的活儿就行了。

方润琪 你看你，我话还没说完呢，你就发表了那么多失败感言！

　　［程思远与李倩也笑了。

沈云帆 难道……

方润琪 没错，我们如愿以偿了。你想想嘛，我们的报价那么低，又有建校经验，再加上赠送水塔、水池两项工程，谁能和我们比呀？这是《中标通知》。

　　［方润琪从李倩手里接过《中标通知》，递到了沈云帆手里。

　　［沈云帆激动地摸着、摸着，眼眶里竟涌出泪来。

〔大家见沈云帆这样，眼睛也湿润了。

第三场

地点 茶馆包间。

〔靳斗金在喝茶，吕前宽与林怡芬乐不可支地上。

靳斗金 这么乐，有什么高兴的事儿吗？

吕前宽 承包江大工程，沈云帆漏估了开山筑路费用，现在机器设备上都上不去，工人们怨声载道，骂声一片。

靳斗金 沈云帆一瞎子，不好好待着，还那么狗揽八堆屎。江大工程那么大，经费那么低，人家都往后撤，就他在往前冲，还又是拼命压价又是奉送水池水塔的，这不明摆着在找死吗？

吕前宽 就是。光开山修路这个大窟窿，他得搭多少钱进去呀。

林怡芬 我断定这一次，沈瞎子非栽在江大工程上不可。

靳斗金 反正我们现在活儿也少，看看沈云帆的狼狈相儿，再给他添点麻烦事儿，也是极好的。

第四场

地点 珈蓝山修路现场。

〔机器轰鸣，石柱带工友们在修路，现场一派繁忙景象。

〔方润琪挽着沈云帆与程思远、李倩来到这里。

石　柱 （跑来）嫂子，你陪大哥在办公室就行了嘛，咋还一起到这儿来咧？

沈云帆 我在办公室待不住哇。石柱，是不是开山修路的工程量，有点大呀？

石　柱 大哥，不瞒你说，都大得狰偬（方言，厉害之意）咧。不管咋，都得倒贴些工夫和袁大头进去。

176

沈云帆　看来，我真是眼睛瞎了，不中用了，一个不留神，给把我们汉协盛的成本，加大了。

方润琪　我们也有责任，只巴望着拿下项目，把许多事情都给疏忽了。

程思远　现在下边说什么的都有，还有人说我们不能吃这个哑巴亏，为了减少损失，我们凭开山修路这一条，就可以找投标方，改签合同。

方润琪　我觉得这么做也不为过。

石　柱　就是的。情况是秃子头上的虱子——明摆着的，他投标方总不能看着咱这工程烂包吧？

沈云帆　话是这么说，可这个口，不好张呀。

石　柱　大哥，我觉得这个口再不好张那也的张，死要面子活受罪的事，咱不能做！

程思远　石柱说得对。

沈云帆　我想，事情已然这样了，咱们还是积极面对、勇于认栽的好。做生意嘛，谁都想赚个盆满钵满；但也得有承受亏损准备。不是吗？

　　[方润琪与程思远、石柱对视着，轻轻地叹气。

沈云帆　我想，凭开山修路这点钱，还拖不垮我们汉协盛。

石　柱　那是肯定的。

沈云帆　质量就是根本。我们承包江大工程，就得着眼于保固期百年以上，进料要选优质材料，还得处处严格检验把关，不管遇到什么情况，都得坚持双方派工程师及监工随时监督检查质量。施工中一旦发现问题，就得不惜代价，返工重来。

大　家　是！

沈云帆　石柱？

石　柱　在！

沈云帆　路如果修得差不多了，你就去材料厂吧。只有建材质量上乘，工程质量才有保证。所以，你必须想方设法，把建材备足管好，到时候千万不要在建材上给我掉链子。

石　柱　知道咧。没麻达（方言，指没问题）！

第六幕　砥柱

地点　纱幕播放水灾场景。

［乌云翻滚，电闪雷鸣，大雨倾盆。

［沉重的男中音在播报：1931 年，武汉连降大雨，长江水位暴涨，丹水池破堤、张公堤溃口，洪水直奔市区，汉口全境浸没水中。

［滚滚雨水汇入长江，江边有房屋倒塌。狂奔的江水中，有柴草、家禽、牲畜，也有挣扎呼救的落水者。

［丹水池破堤……张公堤溃口……汹涌的洪水冲入汉口市区，家具、房屋、甚至汽车在随波流走……

［汉协盛材料厂，石柱两口子与员工们冒雨淌水在把木材往高处转运，一个洪峰袭来，后边几个员工被洪水冲走……

［江汉关底层被淹，周边一片汪洋。

［街区水中有小船舢板行驶，孩子们在高处持棍玩水。

第一场

地点　汉协盛工地临时会议室。

［窗外的大雨还在下。

［汉协盛的高层在开会，包括威斯特在内的与会者都是满脸焦虑。

方润琪　由于水灾，我们汉协盛许多工地被淹没，建材被冲走，在建项目被夷为平地，更悲痛的是……在我们坚守工地的工匠工友中，有 7 个被洪水夺去了生命，有 39 个受伤致残，其中 3 个工友的尸体，到现在都没找到。

程思远　我们的建材厂没了，外边的原材料也在大幅涨价，现在的情况是：灾情处理需要钱、工地复工需要钱、匠人工资需要钱，购买建材更需要钱，而我们的周转资金……已经是入不敷出了。

威斯特　鉴于目前的困难，我建议与校方交涉，看能不能给我们提高工程造价，哪怕是提高五分之一都行。

程思远　我同意威斯特先生这个建议。

石　柱　我也同意。这是天灾，不是人祸。遇到这种情况他们再不伸出援手的话，就说不过去咧。

　　［接下来会场一片寂静，大家都在看着沈云帆。

方润琪　这的确是个问题。我们的工程，所用建材外货较多，但由于水灾、战乱和通货膨胀，我们的运作，缺少周转资金，工地几乎都在停工待料。这些情况都是有目共睹的事实。

沈云帆　（用右手捋了下胡须）不要紧，问题由我来解决。石柱？

石柱站起来　在。

沈云帆　不管多难，建材都要赶快购买，尽快到货，不能延误。

石　柱　我联系过几家，都答应要转让给我们一些建材，但价都比较高，而且还要先付钱。

沈云帆　非常时期，价格高、不赊账，都可以理解。只要能尽快交货就行。

石　柱　没麻达！

沈云帆　请大家注意：尽管目前我们是遇到了一些前所未有的困难，但我们依然要坚持以下三点：一、不向业主提高造价；二、不拖欠供应商的货款；三、不拖欠建筑工人的工资。

　　［大家面面相觑，陷入冷场。

程思远　（站起来）厂主说的这三点，非常好。作为建筑商，我们也应该这么做。只是有一点，我这个财务主管，还得在这里弄弄清楚。

沈云帆　你什么地方不清楚？

程思远　我们的运作缺少周转资金，工地几乎都在停工待料，你说问题由你来解决。我现在就想问问：对这些让人头疼令人抓瞎的问题，你究竟怎么解决？

沈云帆　说得对。但这些让人头疼令人抓瞎的问题，归根结底都是钱能解决的问题。

程思远　钱是能解决问题，可问题是我们现在没钱。我把能找的人都找了能求的人都求了，可这种时候，无论我找谁求谁借钱，都在给我摆困难。

沈云帆　缺钱的问题，我们可以找银行贷款解决嘛。

程思远　我问了好几家银行，都说现在到处闹"钱荒"，他们也是只出不进，举步维艰。

威斯特 在这种时候，要想拿到贷款，比登天都难。

石　柱 这就看谁的后台硬、谁跟银行的关系好了。

沈云帆 办法总比困难多。我已经联系好了，把三元里的房屋和阜城砖瓦厂，抵押给浙江兴业银行。这样最打紧的问题，也就解决了。

方润琪 现在，也只好这样了。

　〔大家都松了一口气。

程思远 大哥，流动资金短缺，是商家的大忌。我现在是越往后想越害怕。

威斯特 沈老板，这确实是个事情。

沈云帆 是。可缺失诚信也是商家的大忌。作为商家，最开心的不是赚了多少钱，而是赚到了多少陌生人的信任。失信是人生最大的破产。所以我坚信：诚信可赢天下，守信方得人心！

第二场

地点 沙霸办公室。

　〔赖中基与情妇在调情。

　〔石柱苦着脸走了进来，二人慌忙撒手。

石　柱 赖老板，我们都火烧眉毛了，我们的建材，你啥时候交货呀？

赖中基 唉，现在是非常时期，我们也有难处，你们要的建材还没有配齐，等几天再说吧。

石　柱 你这厮人咋是这！你再拖着不交付我们的建材，我们的江大工程就要停工待料咧！

赖中基 你也别急，也别躁，你就是把我打死，你该要的建材没有还是没有。啊，是这样，如果你们不能等，想跟我打官司也行。

石　柱 哎，赖中基，你这他妈的不是在耍赖皮吗你？

赖中基 谁耍赖皮了？我之所以这样，还不是被你逼的吗？

　〔靳斗金带着吕前宽与林怡芬上。

靳斗金 石柱，最近老听说你在跟人吵架，今儿怎么又在这儿吵起来了？

石　柱　我跟人吵架，还不都是为了建材的事吗？靳老板你来得正好，你答应转让给他们的那些钢材、石材和水泥，什么时候到货呀？

靳斗金　石柱，情况不妙哇。咱们现在不光是遇到了水灾，还遇到了战乱和通货膨胀，谁的日子都不好过。我答应转让给你们的那些建材，说句实话，已经不能按时交付了。

石　柱　为什么？我钱都给你付了，你怎么能一而再，再而三地拖延交货呢？

靳斗金　不是我要拖延交货，而是形势所迫，我不得不这么做。你看，我不是也来这里求助赖老板，早点给我们进货吗？

吕前宽　就是。只要我们手头有了建材，一定先满足你们汉协盛。

靳斗金　对呀。所以你回去了，还得耐心地等。

石　柱　那我要等到什么时候去呀？

靳斗金　这不好说。啊，如果你们不能等，那就得另想办法了。用你们西京话讲：活人不能让尿憋死。对不对？

石　柱　对你妈的！你这是在故意刁难人呢！还有你，赖中基，我告诉你们，你们收了我的钱，就得赶快给我交货，要不然，我让你们吃不了兜着走！

　　〔石柱气咻咻地走了。

靳斗金　（幸灾乐祸）看得出，沈瞎子坐不住了。

赖中基　是。终于等到我们看沈瞎子笑话的时候了！

林怡芬　这就叫"十年等个瑞腊月"。

靳斗金　这就是我要的效果。接下来，我还得给他添点乱。

赖中基　添什么乱？

靳斗金　我得想办法告诉汉协盛的工匠工友，叫他们不要再在那个朝不保夕的汉协盛混了，来我们如日中天的鑫泰恒干吧。我们给所有投奔我们的人，发双份工资！

赖中基　靳老板，您这话沈瞎子要是知道了，准气死不可。

靳斗金　气死他活该！谁让他霸我的女人、夺我的市场呢！

第三场

地点　沈云帆工地卧室。

［沈云帆坐在桌旁想事情，方润琪端来了洗脚水。

方润琪　夜深了，洗个脚睡吧。

沈云帆　事态严重，难题又多，别说洗个脚，就是洗个澡，也难入睡呀。

方润琪　那也得睡一会儿，不然，身体会吃不消的。

方润琪放好脚盆，照顾沈云帆洗脚。

沈云帆　商有商道，匠有匠规。人生有得就有失。现在，已经到了考验我们匠心的时候了。

地点　前台灯亮。

［几个工匠聊着天上。

工匠甲　咱们老板也真是的，沙霸和鑫泰恒延期不交付建材，我们完全可以告他，让他们赔偿我们的损失，他为什么那么仁慈，要容忍他们？

工匠乙　就是的。我们对靳斗金仁慈，靳斗金却对我们来狠的、耍硬的。这些天，四处派人散布谣言，制造恐慌，说我们干不下去了，并扬言给双份工资，挖我们的匠人到他们鑫泰恒去。

工匠丙　靳斗金那家伙，就不是个东西。他分明是想搞垮我们汉协盛！

工匠甲　我们不能上他的当。沈老板对我们这么好，我们怎么能背叛他呢。

工匠乙　对。

工匠丁　问题是你不背叛，可有人为了利益，已经悄悄地溜走了。

工匠丙　是吗？

工匠丁　可不是吗。不信你看着，随着咱们厂子的不景气，还会有人走！

［工匠们下。

第四场

地点　沈云帆江大工地办公室。

[沈云帆坐在桌前，手托腮，在想事。

　　[方润琪与脸色铁青的程思远、石柱进来了。

方润琪　亲爱的，你吃饭了吗？

沈云帆　吃了。

方润琪　汉口那个会，气氛很不好。

沈云帆　怎么啦？

方润琪　由于我们运作艰难、薪水滞后，大家的心情都不大好。

程思远　（沮丧地）所以，有人要我们向赖中基和靳斗金索赔，至少得把我们的钱要回来；有人要我们辞退一部分人，因为厂里已经养不起那么多人了。

石　柱　更可气的是，还有人提出……

沈云帆　提出什么？

石　柱　提出我们已经活不下去咧，干脆收摊破产算屌咧！

　　["咚"的一声，沈云帆的头像被重重地给了一击。

沈云帆　（喃喃地）难道我汉协盛，真到山穷水尽的地步了？

方润琪　（安慰）哥，事情已经这样了，你也别生气。匠人们干活，无非是为挣钱养家；见我们有了难处，加上靳斗金的人在后边晃着银圆瞎扇呼（方言，鼓动诱惑别人做坏事），有人心旌摇荡甚至不辞而别，也是再正常不过的事情。

沈云帆　（坚定地）眼前，我们是有不少困难，但还不至于破产！

石　柱　就是嘛！

程思远　破产不至于，赖中基和靳斗金收了我们的建材钱，却不及时交货，我们按律法办事，向他们索赔总可以吧？

石　柱　我也是这么个意思！

沈云帆　遭逢水灾、战乱，什么都涨价什么都紧缺，我们建筑业家家都不堪重负，他们延迟交货或者直接毁约，也不是没有道理。

程思远　索赔不行，那我们向校方说明情况，让他们酌情给我们追加一些建筑款，不过分吧？

石　柱　这是顺茬儿的事。一点都不过分！

沈云帆　是不过分，但这个话，……不好说。

程思远　有什么不好说的？现在是个什么情况，难道他们看不见吗？

石　柱　就是的嘛！

沈云帆　大丈夫一言九鼎，也白纸黑字地签了约，怎么好随意更改呢？

程思远　这怎么能是随意更改呢？让他们换位思考一下，看他们在这种不可抗力的情况下，活儿还能不能继续干下去！

石　柱　对着哩，大哥。

方润琪　我觉得程思远和石柱说的有道理。

沈云帆　我不是说他们说的没道理，而是这种事办起来有些违心！

程思远　我知道你整个身心都扑在这个校园上了。实在不行，我们就把别的工程停了，集中力量建校园，你看这样好不好？

沈云帆　把别的工程停了，那多余出来的人怎么办？

石　柱　靳斗金不是扬言收留他们，给他们双份工资吗？把包袱甩给他，我们高兴还来不及呢。

方润琪　这也是我们当前解困的一个办法。

沈云帆　不行。违背良心的事，我们不能做！

程思远　（急了）大哥，这也不行那也不行，你到底要怎么办？

沈云帆　（也急了）我们现在，不正在想办法吗？

方润琪　（解劝）都别着急上火，我们再商量一下看。

程思远　（负气地）有什么可商量的？当初大哥要是听威斯特的，至于走到这一步吗？

沈云帆　（不高兴了）程思远，你这不是在秋后算账吗？

程思远　（气愤地）谁秋后算账了！大哥，事到如今，我都不知道……该怎么和你沟通了！

　　［程思远说罢，气咻咻地跑了出去。

　　［方润琪喊着程思远，追了出去。

　　［暗转。

地点　办公室外。

　　［程思远跑了出来。方润琪追出来，截住了程思远。

方润琪　程大哥，你别走，有话咱们好好说。

程思远　有话你让我怎么说？大哥的眼睛瞎了，什么都看不见；大哥的耳朵没聋，可谁的话他都听不进去。我这个财务总管，现在已经焦头烂额了，你让我有话怎么说？

方润琪　别激动，咱们坐下来好好商量，难题总会有办法解决的。

程思远　有什么办法解决？大哥向来做事都是礼让他人：承包工程，他低价承揽；哪里有灾，他积极捐款；股东和工匠的份子钱，他不让拖欠；业主客户那里，他也要诚信为本……说不好听的，这么多年来，我们根本就没攒下多少家业；现在遇到了天灾人祸，我们一下子就抓瞎了！你让我这管财务的，怎么办？

方润琪　程大哥，我理解你的心情，也知道你的难处。但我相信问题再多、困难再大，只要我们同心同德，劲儿往一处使，就一定……

程思远　理解心情知道难处有什么用？整个营造厂，现在资金短缺，人心涣散，工程难以为继……可按大哥说的，不裁人、不停工、不破产，也不提高造价……那我们工程怎么干、大家的日子怎么过，你想过吗？

方润琪　看你说的，我们不正在想办法吗？

程思远　想什么办法？大哥他是个匠人，也是个犟人。你说说：这些年，厂子上下，谁犟得过他？真是的，我都不知道大哥现在怎么会变得这么固执！方润琪，实话告诉你：这日子，我都没办法过了！

　　[程思远说罢，丢下方润琪，跑远了。

　　[方润琪看着跑远的程思远，百感交集。

　　[暗转。

地点　办公室内。

　　[沈云帆孤独地坐着，一脸的苦楚。

　　[电话响了。

沈云帆拿起话筒　喂……啊，沈轩炜呀，家乡是遭水灾了……不要紧，潮起潮落，水来水去，都是自然现象。你要相信人类战胜自然灾害的信心……对，你不要回来，好好学习就行了……你妈妈，你姥姥，都好着呢……好，就这样。

　　[方润琪眉头紧皱地走了进来，看着沈云帆，轻轻地叹了口气。

方润琪　云帆，不是我说你……刚才你不该那样情绪失控、随意发火。

沈云帆　我知道。可我控制不了自己。

方润琪　这我可以理解。但程思远作为财务总管，面对眼前这一大摊子事儿，的确有他的难处。

沈云帆　我知道。

方润琪　你知道还那样顶他！

沈云帆　我不也在火头上吗？他有牢骚，可以对我发；我有牢骚，向谁发去？

方润琪　你向我发呀。

沈云帆　你和他一个鼻孔出气，我怎么向你发呀？

方润琪　咱们是两口子，你有什么火不好向我发的？

沈云帆　行了。我算看出来了。你和程思远，都盼着汉协盛早一天完蛋呢！

方润琪　谁盼着汉协盛早一天完蛋啦！

沈云帆　你不盼着汉协盛早一天倒闭，怎么在大庭广众之下，他说什么你就附和什么；你那么表态，让我情何以堪？你考虑我的感受了没有？

方润琪　对不起。因为大家是在讨论问题，作为在场的人，都应该开诚布公，无所顾忌。你何必那么在乎呢？

沈云帆　照你这么说，是我这个乡巴佬心胸狭窄，小肚鸡肠了？

方润琪　我没这么说。我只是想让你心平气和一些，不要那么斤斤计较而已。

沈云帆　你还是在怪怨我！

方润琪　我没有怪怨你。我是想让你冷静下来，好好考虑一下我们所面临的问题，以便找出最佳的摆脱困境的方法来！

沈云帆　放心，我有的是办法。

方润琪　这样的话，你老说。可这次我们遇到的问题，比哪次都严重。我们真得好好对待。

沈云帆　我知道。可不管遇到多大的艰难困苦，我都要想尽办法，保住汉协盛，完成我们的承建项目！

方润琪　这是我们的共识！

沈云帆　是共识你就应该和我同舟共济！

方润琪 在这上面我们没有分歧。依我看，我们俩现在还是先冷静一下，放空一下。也许睡一宿、过两天，我们就有解困的办法了。

[沈云帆长长地吁了口气。

第五场

地点 方家门前。

[方润琪等来了母亲。

方润琪 怎么样？

方 母 首饰衣物倒还好卖，由于目前大家的日子都不好过，出售房子的牌子挂出去两天了，都无人问津。

方润琪 那怎么办？

方 母 刚才，好不容易有买家了，价还压得特别低。

方润琪 下午能拿到钱不？

方 母 可以。

方润琪 没办法，现在是买方市场，我们就得咬牙，把这个房子卖了。

方 母 好。约的是下午2点，地址在鸿福茶楼，你能去吗？

方润琪 我去。如果这个购房者有能力的话，除了房产，我得看他能不能出手，帮我们渡一下难关。

第六场

地点 鸿福茶楼包间。

[光线阴暗，有野猫在外边叫春。

[方润琪进来，她要见的人，是个男人的背影。

方润琪 （礼貌地）先生，我来了。

[那人一转身，方润琪立马就愣住了。他是她最不想见的靳斗金。

靳斗金 方润琪，你恐怕做梦都想不到，你急着要见的人，是我吧？

方润琪　（厌恶至极）我现在，已经不想见你了！

　　〔方润琪要走，靳斗金匆忙截住了她。

靳斗金　方润琪，你急什么？你不是急着替你那瞎子丈夫来筹款解危的吗？

方润琪　你这丧尽天良的卑鄙小人，快给我滚开！

靳斗金　这机会多难得呀？我才不愿滚开呢。方润琪，虽然你落魄成了这样，但依然风韵犹存，让人怜悯。如果今儿你能与我做成好事，我一定出手，救你们的急！

方润琪　姓靳的，我们就是困死饿死，也不会用你的昧心钱！

靳斗金　你既然这么有志气，还跑来这里干什么？你身上那东西不是现成的吗？你能让沈瞎子整天拱，就不能让我靳斗金也用一用？

　　〔方润琪狠狠地给了靳斗金一耳光。

靳斗金　行了，打是亲骂是爱，我弄一下你也坏不了。你就别假装正经了，来吧！

　　〔靳斗金说着，就要搂抱方润琪。方润琪闪身躲过，冲向门口。

　　〔靳斗金迅速截住了方润琪，将她逼向墙角，用双臂圈住她。

　　〔方润琪拼命推搡，靳斗金搂紧方润琪，下嘴就亲。

　　〔方润琪咬住靳斗金的左耳，狠狠用嘴往外一拽。

　　〔靳斗金惨叫一声，丢开了方润琪，手捂的左耳流出血来。

　　〔方润琪趁机跑出门去。

　　〔茶楼门外，站着石柱、工匠丁和一些被靳斗金哄骗来的匠人。他们显然听到了里边的动静，个个怒目圆睁。

　　〔靳斗金恼羞成怒，追出门来，看到的却是愤怒的人群，立马胆怯地站住了。

石　柱　（怒不可遏）靳斗金，你个狗日的，我今儿非打残你不可！

　　〔捂着耳朵的靳斗金后退着想溜，被工匠丁一把推了回来。

石　柱　（抓住靳斗金的衣领，左右开弓）我让你疯！我让你狂！我让你不知廉耻！我让你坏事做绝！我让你收钱不交货！我让你关键档口使坏心！我看你这老大——还管不管你这老二！

　　〔石柱一个勾拳，打在了靳斗金的要害处，靳斗金惨叫着后退几步，跌坐在了地上。

[大家齐声叫好。

第七场

地点　沈云帆江大工地办公室。

[沈云帆站在窗前，听着窗外的雨声。

沈云帆　（转过身来）人的生命中，不管遇到什么人，碰上什么事，一切都是最好的安排。即使遭遇人生的低谷，也不要懊恼，不要沮丧，不要抱怨；即使命运给我们再多的压力和挑战，我们也要积极地攻坚克难，不遗余力地将它谱成最美的篇章！

[李倩喊着"沈老板——"，焦急地跑了进来。

李　倩　（喊道）不好了，沈老板！

沈云帆　怎么啦？

李　倩　我们的财务总管程思远逃跑了！他还骗着我，卷走了我们所有能带走的钱！

[又一闷棍，打在了沈云帆的头上。

沈云帆　（喃喃地）程思远怎么会这么做呢？风风雨雨，我们多少年都走过来了，你怎么能在这关键档口，撇下我自己走了呢？难道我们的汉协盛，真到了山穷水尽、倒闭散伙的时候了？程思远，我的好伙伴儿，我的好兄弟，你要能再坚持一下，与我们一起跨过这道沟坎、越过这道险滩，该有多好？

李　倩　（哭道）沈老板……还有更可气的事情呢！

沈云帆　（又是一惊）什么更可气的事情？

李　倩　外边……又有些工匠工友，要离开汉协盛！

第八场

地点　在建的理学院大楼帐篷前。

189

[一群工匠工友卷着铺盖要离开汉协盛。

　　[李倩挽着沈云帆来了。

　　[要走的人看见了，不好意思地站住了。

　　[天上的雨还在下。

沈云帆　工匠们、工友们，在你们临走之前，请你们耐心再听我这瞎老头说几句，好不好？

　　[大家立时安静下来。

沈云帆　由于天灾人祸、物价飞涨，我们汉协盛是遇到了一些困难，但你们应该相信我这个瞎老头子一定能够带领大家，战胜眼前的困难，完成我们汉协盛承建的所有工程！

　　[工棚里的工人听到外边的动静，都纷纷出来，围上前来。

沈云帆　弟兄们，站在你们的立场上，要离开汉协盛，去别的地方讨生活，一点都没有错。我不怪你们。这些年，我们一起盖了许多房子，但唯有现在这个江城大学建筑群，是我这辈子最想盖的房子！因为它是我期盼已久的造福子孙万代的良心工程。所以，我恳求你们大家，吃点苦，留下来，帮我建好这个最美学堂。只要你们付出了，你们的功德，后人是不会忘记的！

　　[沈云帆的话，说得大家泪如雨下。

工匠甲　沈老板，我们听你的，我们不走！

大　家　对，沈老板，我们听你的，我们不走！

沈云帆　好。我谢谢你们。建筑，是有情感的。建筑的生命，就在于它的美。这所大学校园，无论是选址还是设计，都好得无可挑剔。我们这些做匠人的，能有机会亲手把它建造起来，是我们的荣幸。我们是建筑商，是建筑商，就不能唯利是图。允德允能，弘业弘道，既是我们的职责，也是我们的本分。所以，我们一定要全身心地投入进去，不遗余力地把它打造成一座心中的圣殿！

　　[大家鼓着掌，叫起好来。

　　[传来方润琪的喊声："云帆——"

　　[沈云帆回头，只见方润琪和石柱带着方母、卢玉梅和一些已经出走了的工匠工友赶来了。

方润琪　云帆，我回来了。

沈云帆　回来了就好，回来了就好！

方　母　放心吧孩子，我已经把家里那套房卖了，把我们的金银首饰也当了，连同家里所有的钱，还有我出嫁时爹娘给的锁麟囊，都带来了。我想，总能帮上点忙吧。

　　[大家都被感动了。

　　[沈云帆激动地摸索着，来到方母跟前。

沈云帆　娘，孩儿不孝，让您这么大年纪了，还跟着孩儿受苦，我对不起您老人家。

　　[沈云帆要下跪，方母、方润琪、卢玉梅急忙扶起他。

方润琪　云帆，你别这样。

沈云帆　娘，您放心，等孩儿缓过劲儿来，一定给您老人家，建一所最漂亮的房子！

　　[大家叫着好鼓起掌来。

卢玉梅　沈老板，我把我的小家，还有我爹我娘能拿出来的钱，都拿来了，总能帮点忙吧？

沈云帆　谢谢，谢谢你，谢谢卢会长！

方　母　孩子，你能建一所最好的学堂留在世上，娘比什么都高兴。现在工地上缺人手，我也不能闲着，烧水、做饭、洗衣服，还是可以的！

沈云帆　（感动得又要下跪）娘——

　　[大家急忙扶他起来。

方润琪　你别这样。建个好学堂，不但是你的心愿，我的心愿，也是大家的心愿。

石　柱　就是的。我们把一些被靳斗金挖走的匠人，也找回来咧。他们都愿意跟着你，在汉协盛继续干下去！

工匠丙　对。哪怕不给工钱，我们也要和你一起，齐心协力，建好校园！

沈云帆　不。大家干活，是为了养家糊口。所以，只要大家付出了努力，我一分钱都不会亏欠大家。我承认，承包江城大学这个项目，我有失误。用石柱的陕西话说，就是"烂包"了。但面对这个"烂包"，我既不后悔，也不退缩，我就是粉身碎骨，也要完成好这个项目。现在，我需要大家做到的，只有八个字：齐心协力，建好校园！

石　柱　（带头喊起来）对！齐心协力，建好校园！

工匠工友们 （一起喊起来）齐心协力，建好校园！

沈云帆与大家 （一起喊起来）齐心协力，建好校园！

沙幕播放视频。

[江大理学院建筑工地，机器轰鸣，人来车往，一片热火朝天的劳动景象。

[酒店，沈云帆在召开记者会，镁光灯在不时地闪。

[银行，沈云帆在慷慨陈词，争取贷款。

[夜间，打桩机、搅拌机、起重机在工作。

[工地一旁，有拉砖瓦、拉木材、拉钢材、拉石材的卡车经过。

[会议室，方润琪在组织工程技术人员开会。

[水塔工地，石柱与工匠们在高高的脚手架上抹灰砌砖。

[工地办公室，沈云帆在用电话指挥工程。

[正建的体育场工地，方润琪在指导工作。

[厨房，方母拉着风箱，在给匠人们烧水。

[江大文学院、理学院、学生饭厅和俱乐部等建筑，一座座拔地而起……

尾声　圆梦

时间　1932年春。

地点　新落成的江城大学木质牌坊前。

[一辆黄包车载着方润琪和沈云帆来到这里。

方润琪　亲爱的，校门口到了。

沈云帆　好，我们下车。

[黄包车夫停好车，喊着"慢一点"，照顾他们下车。

方润琪　（挽着沈云帆来到牌坊下）这座校门牌坊，就像是一座丰碑矗立在这里。四柱三间歇山式结构，古朴典雅，描金彩绘，精致极了！

沈云帆　（触摸着柱子）是啊。四根八棱圆柱，表示欢迎来自四面八方的莘莘学子；柱头上的云纹，表示高等学府的深邃和高尚！

方润琪 对。上覆的琉璃瓦，颜色为孔雀蓝，仅次于皇家的金黄色。

沈云帆 一定特别醒目。

方润琪 在选谁题写校名这个问题上，校方一直都没有取得一致意见。

沈云帆 还是我这个瞎子，出了个瞎主意。"国立江城大学"这六个字，从颜真卿字帖里找。一是因为其人时代久远，无任何恩怨是非可谈；二是其人声名远播，能得到众人的认可！

方润琪 对。最后，大家都说这么做，比请政治人物、学校领导、学术大家和书法功底见长者题写，效果要好得多！

沈云帆 这就叫——歪打正着！

方润琪 走。我们再去看看我们汉协盛建造的江城大学建筑群。那可真是气势恢宏、美轮美奂。

[方润琪挽着沈云帆边走边介绍。

方润琪 这就是我们汉协盛建造的江城大学第一期主建筑群。气势恢宏、布局精巧、美轮美奂。（拉起沈云帆一只手臂）顺着手指的方向看，这里是文学院、这里是理学院、这里是俱乐部、这里是运动场、这里是学生饭厅、这里是男生寄宿舍、这里是教授别墅群、这里是珈蓝山水塔……（放下沈云帆的手臂）嗯呀呀，一共13项，漂亮得像殿堂一样！

[随着方润琪的讲述，天幕上显示着江大校园一座座气势恢宏布局精巧的宫殿式建筑。

[沈云帆听着，一脸的欣慰。

沈云帆 （感慨地）这么好的江大校园，又是我们一手建造，只可惜……我的双目失明了，不能亲眼看见，只能听你描述。

方润琪 不。你虽然看不见，可它的样貌，早就刻在你的心里了！

沈云帆 是。它的样貌，早就刻在我的心里了。现在，建设最美校园这个梦想，我们终于实现了。

方润琪 是。即使明天告别这个世界，我们也死而无憾了！

[两口子百感交集，相拥而泣。

[一中年男人来到这里。

方润琪 亲爱的，韩世孙校长来了。

韩世孙 沈先生好！

沈云帆　您好！

韩世孙　沈先生，国立江城大学将于 5 月 25 日举行新校舍落成典礼，我们诚邀您来参加，并坐在主席台上。

沈云帆　（笑着摆手）算了算了。我一个瞎老头儿，坐在上面算什么，丢人现眼的！

韩世孙　看您说的。沈先生，无论如何，我们得感谢您，肯以比较低廉的标价，担任这个巨大而且困难的工程；感谢您每天从早到晚，坐在您的办公室桌边用电话，指挥珈蓝山的整个工程。

沈云帆　这有什么可感谢的，干什么活，操什么心嘛。

韩世孙　我们都知道，为了这个工程，让您承担了常人难以承担的亏损。可惜本校的经费也十分的困难，实在无法补偿您。

沈云帆　没关系，校长先生。"精于工、匠于心、品于行"，是我们建筑商的天职。只要这座校园发挥效能，多为国家培养些人才，我们这些匠者，就心满意足了！

　　〔灯灭。

纱幕字幕　沈云帆贷款 40 万银圆，终于完成了江城大学主建筑群工程。

　　沈云帆的 40 万银圆贷款，连本带利滚成了 100 多万银圆，直到武汉沦陷时，方才还清。

　　1941 年 1 月，沈云帆在汉口因病去世，时年 64 岁。

　　沈云帆承建的江城大学校园建筑，至今风采依旧。

　　〔幕启。演职人员谢幕。

剧终

破 镜 重 圆

☐ 剧情梗概

　　本剧讲述的是南朝陈国将亡时乐昌公主陈琛与驸马徐德言破镜为信，历经磨难分镜重合，夫妻俩也在隋相杨素成全下得以团聚的故事。

■剧中人物

　　陈　琛　女，19 岁，才色冠绝的南陈乐昌公主，徐德言的妻子，隋相杨素的姬妾。

　　徐德言　男，22 岁，年轻有为的南陈驸马，官居侍中，陈琛的丈夫。

　　杨　素　男，44 岁，智勇双全的隋朝清河公、伐陈元帅、内史令（丞相）。

　　陈　婉　女，17 岁，陈琛秀外慧中的妹妹，乐宜公主，杨坚的嫔妾。

　　杨　广　男，20 岁，隋朝阴险狡诈的晋王、伐陈兵马大元帅、太尉。

　　郑夫人　女，40 岁，杨素率真彪悍的嫡妻。

　　张　泉　男，20 岁，南陈忠勇的小将。

　　潘　娘　女，43 岁，陈琛尽职的乳娘。

　　迎　春　女，18 岁，陈琛聪慧的丫鬟。

　　老秦头　男，45 岁，隋朝老兵，杨府侍从。

　　小柱子　男，19 岁，隋朝小兵，杨府侍从。

第一场 破镜

时间 开皇八年（588）底。

地点 驸马府花园。

[幕启。欢快的音乐声中，乐宜公主陈婉乐滋滋地追逐着一只左右奔逃的兔子上（无实物表演）。

陈　婉 兔子，你给我站住！站住——！本公主今儿非抓住你不可！

[兔子停下了。

陈　婉 哎，（张开双臂）停下了就好。（猛地去抓，兔子跑了，扑了个空）兔子，你还想跑？（见兔子跑回了上场位置，喊道）姐姐，截住它，截住它！（可兔子还是逃脱了，她怪怨地跺脚）姐姐！

[乐昌公主陈琛闷闷不乐地上。

陈　婉 姐姐，叫你截住它截住它，你怎么动都不动呀？

陈　琛 妹妹，那可怜的兔子，像极了咱们危如累卵的陈朝，你要是发慈悲放它一条生路，该有多好？

陈　婉 哎呀姐姐！

　　　　（唱）我抓兔子只是耍着玩，

　　　　　　　这跟时局又有啥牵连？

陈　琛 （唱）灭陈隋军即将兵临城下，

　　　　　　　难道你就一点不把心担？

陈　婉 （唱）有道是福到祸来推不开，

　　　　　　　命运造化全由那天安排！

（传来鸟叫声，陈婉循声看去，欣喜地）姐姐你看，树上这只小鸟儿，它的花衣裳多好看，叫声多动听呀！

[陈琛随陈婉看起鸟儿来。

徐德言　（唱）朝堂激辩令人恼，

　　　　　　　满腹怨气回府中。

陈　婉　（沮丧地）得，这儿有个郁郁寡欢，那儿又来个愁眉苦脸！

陈　琛　徐郎，看你一脸艴然，难道今日上朝，又装了一肚子气不成？

徐德言　公主！

　　　　（唱）隋朝的灭陈大军已临近，

　　　　　　　可君上却只知征歌逐色。

　　　　　　　以为有长江天险做屏障，

　　　　　　　隋军实力再壮也难攻克。

　　　　　　　我怒斥佞臣孔范欺君罔上，

　　　　　　　他竟说我识见少草木皆兵！

陈　琛　唉，大敌当前，皇兄怎么这么糊涂呀？

陈　婉　这有啥奇怪的？亡国之君都这德行！

徐德言　（接唱）实佩服隋文帝杨坚那贼，

　　　　　　　为吞陈真的是下足功夫，

　　　　　　　三月就列举皇兄十大罪，

　　　　　　　在江南广散播争取人心；

　　　　　　　十月便集中兵力五十万，

　　　　　　　分八路来伐我小国南陈。

　　　　　　　那杨素率领的主力船队，

　　　　　　　专灭我南朝陈沿岸水军！

陈　琛　这个杨素，可是那个权臣、诗人杨素？

徐德言　正是。此人提笔笔下生花，文不加点；带兵兵行诡道，所向披靡！

陈　琛　如此看来，我陈朝大限已到。皇兄作的《玉树后庭花》，宫女们天天都在传唱。"花开花落不长久，落红满地归寂中"。无论怎么琢磨，都像是亡国之音！

陈　婉　一个昏庸无道的国君，加一惑乱朝纲的贵妃，还有一群无能的奸佞之臣，陈朝岂有不亡之理！

徐德言　在这国家兴亡之际，你怎么也不劝说一下皇兄？

陈　婉　该说的我们都说了，皇兄要是采纳，结果还会是这样吗？

徐德言　唉！

陈　琛　事已至此，不知夫君作何打算？

徐德言　作为人臣，我不能看着国破，坐着等死！

陈　琛　对，无论如何，我们也要为生养我们的国家做些什么！

陈　婉　哎呀，姐姐、姐夫！

　　　　（唱）你们的忠心实可鉴，

　　　　　　　这么做却是徒劳的。

陈　琛　（唱）眼看着国破家要亡，

　　　　　　　小妹你怎能这么说？

陈　婉　（唱）要不还能怎么样，

　　　　　　　兵民一起守城墙；

　　　　　　　隋军一到全战死，

　　　　　　　留个美名万古扬？

徐德言　（唱）依你应该怎么办？

陈　婉　（唱）任凭命运做安排！

陈　琛　你倒是想了个开。

徐德言　我实在心有不甘。

陈　婉　（唱）想不开心不甘又有何用，

　　　　　　　谁让咱不逢时背运而生？

　　　　　　　那杨坚被称作圣人可汗，

　　　　　　　破突厥废西梁随之南征；

　　　　　　　誓要让我华夏版图一统，

　　　　　　　这样的霸业志谁能匹敌？

　　　　　　　而皇兄骄奢淫逸昏庸无比，

　　　　　　　治国无能还信任佞臣嫔妃。

　　　　　　　强敌来不商讨如何抵御，

　　　　　　　还在日日游宴征歌逐色。

　　　　　　　似这般无视民安一昏君，

　　　　　　　你们为他卖命值不值得？

徐德言、陈琛　这……

迎　春　公主——！

　　[迎春与潘娘上。

迎　春　公主、驸马爷，张泉将军来了。

张　泉　（急上，施礼）张泉参见两位公主、驸马爷！

陈　琛　免礼。

张　泉　大将军要我禀报公主、驸马，隋朝杨素率领的水陆大军，已击败了我戚昕所部，戚昕逃走，部属全部被俘！

　　[众人惊介。

张　泉　杨素对俘虏不杀不辱，慰劳后全部释放。隋军的秋毫不犯，深得我将士百姓拥戴。现在，隋军的八路大军，已经逼近建康，城里的富户百姓，也在拖家带口地四处逃难。请公主驸马早早为自己做安排。

徐德言　公主，看这情势，建康难保，你还是带府里的人赶快逃命去吧。

张　泉　是啊公主，如果需要帮忙，我去找人来。

陈　琛　兵荒马乱，我又能逃去哪里？

徐德言　公主，到哪都比等死强，你还是赶快走吧。

陈　琛　徐郎，你口口声声要我走，可我走了，你怎么办？

徐德言　作为人臣，国难当头，宁为玉碎，不为瓦全！我要与将士共同抗敌，为国尽忠！

陈　琛　说得好！琛儿也不走！我虽是女流，也要与夫君一起保家卫国！

陈　婉　（无奈地）真是没救了。张泉、迎春、潘娘，随我退下。

　　[陈婉、张泉、迎春、潘娘下。

　　[二幕闭。

　　[陈琛心事重重，徐德言愁肠百结。

徐德言　公主，听婉儿这么一说，难不成我们的举动，真的很愚蠢、很可笑？

　　[二幕启，已是桌上有铜镜的驸马府客厅。二人进门。

陈　琛　夫君，我们是皇亲国戚，不是普通百姓，怎么说也得有起码的尊严气节，既然江山不保，我们应与国家公存亡！

徐德言　不不不，公主。

　　（唱）劝公主且莫要血脉偾张，

200

　　　　　　婉儿的肺腑言似可掂量。

　　　　　　遇强敌有男儿以死抵抗，

　　　　　　公主你就应该屈尊逃亡。

陈　琛　　这如何使得？

徐德言　　使得。

　　　　（唱）公主你不恋侯门重才识，

　　　　　　自主嫁与德言一介舍人。

　　　　　　咱夫妻结发来亲如鱼水，

　　　　　　相敬爱相体贴比翼双飞。

　　　　　　有谁知好日子才刚开始，

　　　　　　就面临国破家亡生别离。

　　　　　　德言如今没有别的奢望，

　　　　　　唯盼望公主能活命保身。

　　陈　琛　　徐郎，我何尝不想好好活着，与夫君琴瑟和鸣共享荣华？只是
战争之起，难免玉石俱焚。到时候国破了家没了，驸马你也不在了，我孤苦
伶仃的一个人……还能活吗？

　　[徐德言惊呆。

　　陈　琛　　还有，亡国之君及亲族素有不准待在原籍，以防纠集残部死灰
复燃的惯例，到那时皇室亲族都将被虏北上，你我夫妻也必将被活活拆散，
等待我们的，不还是命丧无常吗？

　　徐德言　　唉！

　　　　（唱）听琛儿一席话如雷轰顶，

　　　　　　好夫妻眼看要死别生离。

徐德言　　公主！

陈　琛　　徐郎！

　　[二人相拥。

徐德言　　（唱）可恨杨坚太凶残，

　　　　　　害我夫妻难团圆。

陈　琛　　（唱）背地里我将皇兄怨，

　　　　　　他不该骄奢淫逸丢江山。

徐德言 （唱）乱世夫妻多忧患。

陈　琛 （唱）祸福相关同悲欢。

徐德言 （白）公主！

陈　琛 （白）徐郎！

徐德言 （白）妻呀！

陈　琛 （白）夫呀！

徐德言 （唱）夫妻难分又难舍。

陈　琛 （唱）再会只能在鬼门关！

〔二人抱头痛哭。

徐德言 （转念一想，抹去泪水）啊，公主，也许结局不会这么绝对。如若你我夫妻缘分未断，就还会有相见时日。

陈　琛 （转喜）对啊。古往今来，劫后重生之事，也是有的。

徐德言 是是。那公主就得答应德言，不管此后境况多么糟、多么苦、多么令自身屈辱，彼此都要咬牙活着。

陈　琛 好，琛儿答应驸马。

徐德言 只是日后情况多变，我们也该有一信物才是。

〔陈琛点头，想了想，就有了主意，从桌上拿过铜镜，摔在地上。

〔铜镜被摔成了两半，陈琛捡起，一半交与徐德言。

陈　琛 徐郎，月缺为"朔日"，月圆为"望日"，咱们现在就约定，正月望日，也就是从明年的上元节起，我都会设法派人在大兴西市叫卖铜镜，如果你见到了，就来对合铜镜，对上了，我们夫妻便可劫后重逢。

徐德言 好，公主，我答应你。上元节那天，只要德言不死，一定去西市找你！

陈　琛 （唱）一面铜镜分两半。

徐德言 （唱）夫妻二人各半边。

陈　琛 （唱）但等来年上元节。

陈琛、徐德言 （合唱）大兴西市再团圆。

第二场　惊魂

时间　开皇九年正月二十甲申日（589年2月10日）

地点　驸马府客厅。

[传来战鼓与喊杀声。

[陈琛手捧裹镜的绢布焦虑地踱步。

[潘娘与迎春急上。

潘　娘　（念）战鼓惊天地。

迎　春　（念）叫人魂魄飞。

潘　娘　公主，大事不好了！

迎　春　兵败了，城破了，隋军已经杀进来了！

陈　琛　（将巾包藏于袖中，沉着地）不要慌。

[四龙套、四大凯、中军引杨广上。

中　军　（施礼）启禀大元帅，驸马府到了。

杨　广　带本帅进去看看。

中　军　是！

中　军　（喊）大元帅到——！

[其余人下，杨广跟中军进了客厅。

[潘娘迎春跪拜，陈琛昂首立于一旁。

中　军　大元帅到此，你为何不跪？

陈　琛　当跪就跪，不当跪就不跪，何况你是带兵灭我陈朝的贼枭杨广！

中　军　（拔剑）大胆！

杨　广　（挥手制止）你是何人？

陈　琛　南朝陈乐昌公主。

杨　广　（讶异地）你就是乐昌公主？（来回打量）啧啧，果然是"才色冠绝"。陈琛，前些年，我母后曾看中过你，还曾托人为你我说过亲，没想到你一口回绝，这是何道理？

陈　琛　（轻蔑地一笑）非常简单。本公主不想攀附于你。

杨　广　你都不考虑，拒绝本王的后果吗？

陈　琛　尽管扯不上关系，可还是有人说，南陈今天的灾祸，就是因为本公主当初没有选你才导致的。

  杨　广　你知道就好。从今儿起，你们陈朝已经灰飞烟灭了！它是被本王带的兵马一手剿灭的！

  陈　琛　你少得意忘形。我敢断定，你这种十恶不赦的贼人、恶人，这辈子绝对不得好死！

  杨　广　（唱）好一大胆小陈琛，

        咒骂本王为怎的？

  陈　琛　（唱）咒你骂你又如何，

        有种你就杀本官！

  杨　广　（唱）想死偏不让你死，

        本王我要占有你。

  陈　琛　（唱）你已娶了萧美娘，

        我也已经为人妻。

        你背人伦做禽兽，

        癫狂无耻丧天良！

  杨　广　（唱）你既已是他人妻，

        你的夫君在哪里？

        想必已成刀下鬼，

        死鬼焉能眷顾你？

  陈　琛　（唱）你睁眼睛说瞎话，

        信口雌黄把人欺；

        徐郎即使做了鬼，

        也会索你狗命的！

  杨　广　（唱）废话再多有啥用，

        我今就要强霸你。

        他有能耐他就来，

        看我怎么收拾你！

  杨　广　（强拉陈琛）你过来吧你！

  〔陈琛抽身闪过，潘娘迎春前去护主，被中军一一推倒。

  〔陈琛也被杨广控制。

[客厅外，老秦头与小柱子上。

老秦头 小柱子？

小柱子 老秦头？

老秦头 我们的副帅知道大帅年少轻狂，是个带兵打仗干实事的人，也是个一见美人就走不了道的人，所以要我们随机应变，制止淫乱。

小柱子 那我们还不赶紧走？

老秦头 走！

[老秦头与小柱子喊着"报——"进了客厅，施礼。

老秦头 （夸张地）禀报大元帅，我们找遍了整个皇宫，也没找到陈后主和张丽华！

[杨广一惊。

小柱子 （竭力渲染）大元帅，如果找不到陈后主和张丽华，我们轰轰烈烈的灭陈计划，就会全盘落空！

杨 广 （推开陈琛）呀！差点因为儿女情长，误了大事！陈琛你听着，等本王找到昏君陈叔宝，杀了荡妇张丽华，回头再来收拾你。走！

[杨广带众将士下。

迎 春 （如释重负）这个恶魔，终于走了！

[陈琛苦着脸来回踱步。潘娘焦虑地看着她。

陈 琛 （回身）潘娘、迎春，我好像听见驸马的脚步声了。你们出去看看。

潘 娘 （不放心地）公主……

陈 琛 潘娘，我没事，你就和迎春出去看看，看是不是驸马回来了。

迎 春 对呀。趁杨广那贼没回来，我们正好出逃！

[潘娘勉强答应着与迎春出门。她俩一出去，陈琛就从里边关上了门，插上了门闩。

潘 娘 （一惊）哎呀，不好！

迎 春 公主像是故意把我们支出来的。

潘 娘 对。让杨广那贼这么一折腾，公主肯定已经万念俱灰了！

迎 春 那咱们赶快进屋看看！

[二人返身推门，可怎么都推不开。

迎 春 公主，开门！公主，快开门呀！

205

潘　娘　（拉了迎春，后退了几步）撞！

　　[门被撞开，两人因惯性扑在地上。爬起来，不禁一惊。

　　[陈琛站在凳子上，已将脖子伸进绑在大梁上的白绫圈中。

　　[潘娘焦急地跑上前，抱住陈琛双腿。

潘　娘　公主，往后的日子还长着呢，你这是干什么呀？

迎　春　公主，你快下来，你死了，驸马爷怎么办？我们怎么办？

陈　琛　潘娘、迎春，你们让我死吧，我顾不了许多了！

潘　娘　不不不，公主，我们说什么也不能让你死！

迎　春　就是的公主，你快下来。

陈　琛　潘娘，你放开我！

潘　娘　我就不！

迎　春　（大喊）快来人呀——救命呀——公主寻短见啦——！

　　[四军士、小柱子、老秦头引杨素上。听到喊声，立时一愣。

　　[杨素进厅，见此情景，拔剑断索，救下陈琛。

　　[潘娘和迎春扶陈琛坐下，揉颈安抚。

陈　琛　（横眉冷对）为何救我？

杨　素　（从容地）为让你活着。

陈　琛　你是隋将，专门带人灭陈，还怕我死吗？

杨　素　我只是不想让你作践自己。

陈　琛　我不作践自己，还不是要被你们隋人作践吗？

杨　素　我们隋军将士军纪严明，南征一路都秋毫无犯，怎会冒犯你这人人敬仰的乐昌公主？

　　[陈琛惊呆。

杨　素　公主。

　　　　　（唱）公主你虽然年纪不大，

　　　　　　　　可好名声早已传万家。

　　　　　　　　为人无半点骄横气，

　　　　　　　　处事谦和又得体；

　　　　　　　　琴棋书画样样精，

　　　　　　　　文学造诣也很深。

择婿更是有眼光，

不恋贵族与侯门，

独重诗文和才识，

自愿嫁给徐舍人。

皇家女成就了一段佳话，

天下的有情人谁不艳羡？

陈　琛　呀——！

（唱）听他讲出此番话，

不由陈琛吃一惊，

不知你是哪一个，

对我了解这么真？

杨　素　公主，老夫清河公杨素，惊扰公主了。

陈　琛　嗷！我说怎么前后两员隋将处事怎这般不同，原来是文武兼备、多所通涉、善属文工草隶的杨大人到了。

杨　素　公主过奖了。

陈　琛　大人。

（唱）陈琛如今是阶下囚，

实不配大人来奖饰；

既然国破家已亡，

陈琛只想命归阴。

杨　素　公主此言差矣。

（唱）南陈灭自有它一定道理，

不用说公主也心知肚明。

依情势公主先别寻短见，

也好等徐德言你的夫君。

陈　琛　这个——！

（唱）实难得大人你如此仁厚，

徐郎他恐已成刀下亡魂。

我就该随徐郎一同赴死，

也省得在人世忍受欺凌。

杨　素　（唱）公主你可知兵败如山倒，

　　　　　　　　我们一路都在优待俘虏；

　　　　　　　　大将军萧摩诃我都不杀，

　　　　　　　　更何况徐德言一介书生？

陈　琛　（在犹豫，已动心）

　　　　（唱）那那……那依大人看我该怎么办？

杨　素　（唱）看情势再做决定。

〔陈琛不禁后退一步，定睛看着面前这个美髯男人。

内　喊　大元帅到——

〔陈琛与迎春潘娘不禁一惊。

〔四龙套、四大凯、中军引杨广上。

〔杨素示意陈琛她们去里屋，自己则上前迎接杨广。

杨　素　参见大元帅。

杨　广　（狂笑着示意杨素免礼）陈后主与张丽华藏于景阳殿后的一口枯井里，被本王逮了个正着。现在，张丽华那个祸国殃民的臭娘们，还有孔范那个误国误民的大奸贼，已被本王下令给砍了！父王天下一统的宏图霸业，已然在本帅手里实现了！

杨　素　恭喜大元帅，贺喜大元帅，大元帅真不愧是个谋大事创大业的一代雄才！

杨　广　不不不，这是我五十一万水陆大军共同的功劳。（狐疑地）咦，这个时候，清河公怎么会出现在这里？

杨　素　回禀大元帅，在下是奉圣上旨意，来这里督促属下将南陈的宝物和后宫人等，都悉数聚拢，严加看管的。

杨　广　（一笑）本帅还以为，清河公是来会那个才色冠绝的乐昌公主的。

杨　素　大元帅想哪里去了。皇上临行有令，江南女子个个水灵，宫中尤物更胜一筹，要老臣好生保护那些皇族家眷和宫女，毫发无损地带她们回宫，以便在骊山献俘，论功行赏。老臣岂敢怠慢？

杨　广　可你这么心急火燎地一整，本帅想会一下那个乐昌公主，不就不方便了吗？

杨　素　没什么不方便的。就怕那桀骜不驯的乐昌公主，不好好配合。

杨　广　那可就由不得她了！

杨　素　大元帅，也许是咱们有人骚扰过她，刚才她就悬梁自尽过一回。只怕依她的脾气，会再一次……

杨　广　（想了想）那还是算了。她毕竟是个公主，万一被逼而死，传将出去，本帅颜面何存？清河公怎向父皇交代？

杨　素　大元帅所言极是。众将官？

将士们　有！

杨　素　将陈朝的王侯将相家眷宫女连同服舆宝器天文图籍，一并造册聚拢，押往大兴，不得有误！

将士们　是！

　　〔杨广叹着气下，杨素窃笑着下，众将士下。

第三场　安命

时间　半年之后。

地点　陈琛的杨府客厅。

　　〔陈琛从窗外收回目光。

陈　琛　（唱）月儿弯弯挂天上，

　　　　　　　奴心依然在故乡。

　　　　　　　想起世事如做梦，

　　　　　　　实实叫人心感伤。

　　　　　　　想当初我与驸马多么恩爱，

　　　　　　　夫唱妇随人人羡佳偶天成。

　　　　　　　谁知皇兄不争气，

　　　　　　　荒淫无道用佞臣。

　　　　　　　害得国破家又亡，

　　　　　　　害我夫妻俩离分。

　　（从袖中取出铜镜凝视着）

　　　　（接唱）徐郎呀，徐郎，

为妻我如今已到了大兴，

唯不知徐郎你身在何方？

为妻我日夜都在把你想，

枕边泪阶前雨共点不休。

你怎么就这么薄情狠心，

梦里都不肯会一下为妻？

你如果已经不在人世间，

那为妻我也会紧紧跟随。

你若还依然存活人世间，

妻盼着合镜再结并蒂莲。

〔迎春与潘娘乐滋滋地上。

潘　娘　真是再幸运不过了，我们诚惶诚恐地来到大兴，正为公主发愁，不想这里的皇上论功行赏，竟把公主赐给了杨大人。

迎　春　是是是，公主总算没有落在杨广贼手里，我们这些下人也都随身跟随，这还真是件值得庆幸的事情。

潘　娘　杨大人成了越国公，人也儒雅厚道，公主和我们，总算有了个好的归宿。

迎　春　归宿最好的还是乐宜公主，居然被皇上收入后宫，成了嫔妾了。

陈　琛　（忧郁地）唉，就怕这里的皇后容她不下，变着法害她。

潘　娘　公主，不会的。听说这里的皇后秀外慧中，生活节俭，为人谦和，口碑极好。

迎　春　就是就是。最惨的是晋王杨广，什么也没捞着。

陈　琛　他已经被封为太尉了，还想怎么样？

潘　娘　反正呀，我们能远离这个恶魔，比什么都好！

迎　春　（从袖中掏出一绢巾）啊，公主，我又抄来一首老爷的诗稿。

陈　琛　（高兴地）快快拿来。（接过绢巾，展开念道）《山斋独坐赠薛内史》

居山四望阻，

风云竟朝夕。

深溪横古树，

空岩卧幽石。

（感叹）好美的句子。

[老秦头和小柱子引杨素上。

潘　娘　公主，老爷来了。

陈　琛　（起身相迎）参见老爷。

杨　素　公主不必多礼，公主住在这里，还习惯吗？

陈　琛　此心安处，便是吾乡。怎么能不习惯呢。

杨　素　能习惯就好。公主，这是我们家乡华阴的果子糕饼，给你们带了些过来，尝一尝。

[迎春从小柱子手上接过果子糕饼放在桌上。

陈　琛　多谢老爷。请老爷以后别再称琛儿公主了，怪别扭的。

杨　素　那老夫该叫你什么？

陈　琛　叫名字就行。

杨　素　还是叫你琛儿吧？

陈　琛　好。潘娘、迎春、老秦头、小柱子，我们都是庶民百姓，今后你们也叫我琛儿吧？

杨　素　依老夫看，他们还是叫你小夫人的好。

陈　琛　不不不老爷，还是叫琛儿吧，免得夫人不高兴。

杨　素　琛儿为人处世如此贤达，真让老夫佩服。

潘娘、老秦头、小柱子　好，我们今后就叫你琛儿了。

陈　琛　这就对了。

迎　春　我还是叫您姐姐吧，叫姐姐亲切。

陈　琛　也行。

[潘娘、迎春与老秦头、小柱子高兴地下。

杨　素　刚才进门时，听琛儿在读老夫的破诗，老夫真是又慰藉又汗颜。

陈　琛　老爷才思俊逸，笔下生花，看了真是让人悦目赏心。还有一首，

落花入户飞，

细草当阶积。

桂酒徒盈樽，

故人不在席。

（白）您看看，多美？

211

杨　素　嗨，老夫只不过是在无病呻吟，附庸风雅罢了。

陈　琛　老爷过谦了。还有那篇《送蔡君知入蜀》

　　　　　金陵已去国，

　　　　　铜梁忽背飞。

　　　　　失路远相送，

　　　　　他乡何日归。

　　　　（白）真是意切情真，极有味道。

杨　素　其实，老夫更想拜读的，是琛儿的诗。

陈　琛　在老爷这里，陈琛哪敢班门弄斧呀？

杨　素　琛儿在西行途中写的那首五言绝句《出塞篇》就不错，

　　　　　荒塞空千里，

　　　　　孤城绝四邻；

　　　　　树寒偏易古，

　　　　　草衰恒不春。

　　陈　琛　让老爷见笑了。到大兴一看，山水如诗如画，街市一派繁荣，哪有那么荒凉呀？

　　杨　素　这可能与琛儿当时的心境有关。不过老夫还是期待，能更多地看到琛儿写的诗。好了。（起身）老夫只是来看看，只要这里一切安好，就没什么顾虑的了。

　　陈　琛　（有些想不通）老爷——

　　　　（唱）想当初琛儿已入鬼门关，

　　　　　　是老爷及时救我一命还，

　　　　　　迷惑间醍醐灌顶几句话，

　　　　　　使琛儿又扬起了生命帆。

　　　　　　到大兴在掖庭等待发配，

　　　　　　幸圣上论功行赏做安排，

　　　　　　把琛儿与随从赐给老爷，

　　　　　　我们日夜都在感谢上苍。

　　　　　　没想到老爷你这般疏离，

　　　　　　是不是嫌我是亡国人妻？

杨　素　琛儿呀。

　　　　（唱）那日有幸见了琛儿面，

　　　　　　　老夫打心底就很喜欢，

　　　　　　　喜欢得不惜与晋王去斗法，

　　　　　　　喜欢得日夜陪护在你身边。

　　　　　　　所幸圣上将你赐给了老夫，

　　　　　　　老夫我心里别提有多喜欢。

　　　　　　　只想着轻怜蜜爱奉为珍宝，

　　　　　　　永留那原本的景致与念牵。

陈　琛　（唱）也许琛儿总是郁郁寡欢，

　　　　　　　也许琛儿有些思念江南；

　　　　　　　让老爷见了心生怨恨，

　　　　　　　还以为琛儿我不明事理。

杨　素　（唱）琛儿莫要这么想，

　　　　　　　思念家乡本应当。

　　　　　　　只要你们住得惯，

　　　　　　　老夫即可心放宽。

（起身）（白）时候不早了，老夫该走了，琛儿歇息吧。

[杨素要走，陈琛温情脉脉地拉住了他，老道的杨素竟也显出了些许羞涩。

第四场　遭劫

时间　当年秋。

地点　商丘野鸡岗。

徐德言　（内唱）徐德言在路上不敢怠慢，

[徐德言身系行囊风尘仆仆地上。

徐德言　（唱）为寻妻那顾得水长山高。

　　　　　　　行至在野鸡岗四野寂静，

　　　　　　　不由人一阵阵暗自悲伤。

徐德言出身于书香门第，

在南陈仅是个太子舍人。

幸喜得乐昌公主多垂爱，

结良缘做驸马得任侍中。

好夫妻互恩爱情深义厚，

夫唱妇随被誉佳偶天成。

只想着琴瑟和鸣到白首，

谁承想隋军到国破家亡，

公主她被掠去隋都大兴，

德言我也不幸身受重伤。

危难中多亏了张泉母子，

匿德言给温饱救死扶伤。

得知我与公主临别约定，

筹盘费备衣物助我启程。

（从怀中掏出铜镜）（白）公主呀公主。

（接唱）咱夫妻曾在镜中成双对，

我也曾为公主插过凤钗；

到如今南陈亡人分两地，

空留下半边镜暗自悲伤。

公主啊公主，

咱夫妻当初离别时，

公主你破镜做信物；

约好来年上元节，

设法西市把镜合。

唯盼公主多保重，

临别约定记心中；

为夫正往大兴赶，

天佑你我得重逢！

[徐德言将镜塞于怀中，正要赶路，三个歹徒突然窜出来围住了他。

徐德言 （护住行囊）你们想干什么？

胖　子　（一把将徐德言的行囊扯了过来，用河南话道）想干什么？想得到恁的帮助！

徐德言　（气愤地）商丘是商人、商品、商业发源之地，怎么还会有尔等如此行为？

络腮胡子　恁这孩儿真是少见多怪。商人多，银子就多；银子多，惦记的人就多。恁是商人，恁的银子多得花不完，我们就得帮恁花花！

徐德言　可我不是商人，我只是一个落魄书生，你们就把行囊还给我吧，我一辈子都不会忘记你们的大恩大德。

瘦　子　恁说这个没用。恁怀里还藏着什么宝贝，快拿出来！

徐德言　（护住胸部）没什么了，真的没什么了。

瘦　子　（上前）恁给我拿来吧！

　　〔瘦子几下子就从徐德言怀里抢去了那半边铜镜。

徐德言　（不依不饶）你把铜镜还我，你把铜镜还我，你把铜镜还我——！

络腮胡子　（一脚踢倒徐德言）去恁个鳖孙！

徐德言　（一骨碌爬起）你们把铜镜还给我吧！

络腮胡子　恁再抢夺，我立马让恁死在这里！

徐德言　（慌忙跪地）各位好汉，行囊和里边的银子衣物吃食你们尽可拿走，只是那半边铜镜对我十分重要，求求你们，就把那半边铜镜还给我吧？

络腮胡子　切！不就半边铜镜吗，至于恁这样要死要活吗？

徐德言　那半边铜镜是我寻找妻子的信物，没有它，我还怎么去寻找我的妻子？各位好汉行行好，就把那半边铜镜还给我吧？

络腮胡子　恁找恁的妻子，可我们几个还打着光棍呢！

胖　子　就是。那半边铜镜，好赖也能变点钱，我们不能给恁！

徐德言　（使劲磕头）求你们各位了，行囊你们拿走，就把铜镜还给我吧，把铜镜还给我吧，把铜镜还给我吧……

络腮胡子　（见徐德言额头已磕出血来）看来，这镜子对他确实很重要。

瘦　子　是值得同情。看来他媳妇，一定不错。

胖　子　那也不能轻易给他。

徐德言　只要你们把铜镜还给我，我回来到了这里，一定修一座好汉亭，记上你们的公德，让过往歇脚的人，都记住你们的好。

络腮胡子　他话说到这里，我们不做好人都说不过去了。就当是给下一辈人积德，我们把他的东西都还给他吧。

胖子、瘦子　我们听大哥的。

徐德言　不不不！小生说话算话，小生只要铜镜，行囊就送给你们了！

　　〔徐德言起身，只接过了那半边铜镜。

络腮胡子　恁仗义，我们也不能过分。恁回来的时候，好汉亭就别修了，省得我们见了脸红！

徐德言施礼　多谢各位好汉！

　　〔歹徒们下。

徐德言　（将镜捂在胸口）谢天谢地，铜镜总算保住了，我可以继续去大兴了。琛儿，我们夫妻相会……有望了！

　　〔徐德言将镜塞进怀里。

徐德言　（猛然一惊）天哪，铜镜我是保住了，可盘缠尽失，路途遥远，我该怎么果腹、我该怎么住店、我该怎么去往大兴？我还能活着……见到我的琛儿吗！

　　　　（唱）这真是祸不单行命运背，

　　　　　　　　大难不死又遭匪盗劫；

　　　　　　　　苦命人无盘费食宿难保，

　　　　　　　　还怎么去大兴对镜履约？

　　　　　　　　唉，真是难煞小生了！

　　　　　　　（纠结中一模胸口，又兀自欢喜起来。接唱）

　　　　　　　　幸喜得半边镜还在身边，

　　　　　　　　信物在去大兴有何愁烦？

　　　　　　　　人离合月圆缺本属常事，

　　　　　　　　大丈夫就应该失之淡然。

　　　　　　　　人在世不可能步步都顺，

　　　　　　　　困顿中就应该愈挫愈坚！

　　　　　　　　既就是靠写信出卖字画，

　　　　　　　　打零工做乞丐也能果腹。

　　　　　　　　眼看着冬日到年节将至，

我不能有半点松弛懈怠。

为了我与琛儿劫后重逢，

既就是做牛马啃草根天当被子地当床，

就是滚就是爬我也要去大兴准时履约！

[电闪雷鸣，徐德言不畏艰难，在风雨中摔倒爬起，依然坚定地迈步向前。

第五场　合镜

时间　开皇十年（590）上元节黄昏。

地点　杨素府邸　陈琛客厅。

[陈琛与迎春走出客厅，焦急地来回观望着。

陈　琛　（唱）早也盼，晚也盼，

终于盼来上元节。

潘娘一早去西市，

日落还未见踪迹。

莫非由于路途远，

驸马还未到大兴？

迎　春　姐姐，不会的。

陈　琛　（唱）莫非徐郎失铜镜，

到了西市也无凭？

迎　春　不会的。

陈　琛　（唱）莫非驸马成新家，

早把琛儿忘个光？

迎　春　不会的。

陈　琛　（唱）莫非驸马已离世，

今生都难再见他？

迎　春　姐姐，您别着急，也别乱想。今儿是上元节，西市人多，他们相互寻找，肯定是会耽搁时间的。

陈　琛　迎春，你越不要我着急，我就越着急；我越是着急，就越爱乱想。

迎　春　姐姐，吉人自有天相，一切都会天随人愿的。室外寒冷，我们还是进屋等吧。

〔陈琛在迎春搀扶下，一步三回头地下。

潘　娘　哎，走哇！

　　　　（唱）找人苦来找人苦，

　　　　　　　一找找到日偏西；

　　　　　　　幸喜铜镜得重合，

　　　　　　　回府告于琛儿知。

　　　　（进门）琛儿、迎春，老身我回来了。

迎　春　（赶忙相迎）潘娘回来了。

〔迎春接进潘娘，关上门，上了门闩。

陈　琛　潘娘辛苦了，快快请坐。

〔潘娘坐下。

陈　琛　迎春，快给潘娘倒水。

迎　春　是。

潘　娘　琛儿、迎春，你们怎么都不问问，我跑了半天，见到对镜人了吗？铜镜重合了吗？

陈　琛　心急如焚地等了一天，就想知道这些消息；可潘娘您回来了，我却又一时胆怯得……不敢问了。

迎　春　（将水递与潘娘）哎呀潘娘，你就直说嘛，卖什么关子！

潘　娘　（喝了口水，高兴地）琛儿、迎春——

　　　　（唱）老身我今早跑得快，

　　　　　　　西市开门就往进冲。

　　　　　　　去过前街古玩店，

　　　　　　　去过漕运大码头；

　　　　　　　去过后街拍卖行，

　　　　　　　也去过药铺绸缎庄；

　　　　　　　连胡姬酒肆都去过，

　　　　　　　就是没见那对镜人。

迎　春　潘娘，您光四处寻找也不是个办法。您得喊，您不喊，谁知道

218

您是干什么的啊。

　　潘　娘　我喊了。我一直在喊"谁要铜镜，谁要半边铜镜，上好的铜镜"。

　　迎　春　有人听到了没有？

　　陈　琛　有人看到了没有？

　　潘　娘　有人听到了，也有人看到了。可人家见是半边铜镜，价还高得离谱，不是嘲笑，就是直接走人，甚至还骂我是疯老婆子！

　　迎　春　唉，您这不和没说一样嘛。

　　陈　琛　这也难怪。他们都不是对镜之人。唉，（急了）这该如何是好？这该如何是好？

　　潘　娘　（唱）喊得我口干舌又燥，

　　　　　　　　　找得我心里直发焦。

　　　　　　　　　眼看日头已偏西，

　　　　　　　　　八字还没见一撇；

　　　　　　　　　我一急站到高台上，

　　　　　　　　　举着铜镜就喊开了。

　　　　　　（白）谁要铜镜，谁要半边铜镜，上好的铜镜——

　　迎　春　喊得好！

　　陈　琛　（试探地）那对镜人……听到了没有，看到了没有？

　　潘　娘　谢天谢地，对镜人总算是听到了，看到了。而且那对那镜人不是别人……

　　陈　琛　（焦急地）是谁？

　　潘　娘　正是驸马爷！两半铜镜，也严丝合缝地对上了！

　　迎　春　（高兴地拍起手来）好！

　　[潘娘从怀中掏出两半铜镜，合在一起，交与陈琛。

　　陈　琛　（看着铜镜，如释重负）驸马活着就好，驸马来了就好，两半铜镜对上了就好。哎呀呀，真是一切顺利，谢天谢地！

　　潘　娘　琛儿，驸马得知你的情况后，很是为难，琢磨了半天，才在巾帛上写了几句话，让老身我带了回来。

　　陈　琛　快拿来我看。

　　[陈琛将两半铜镜交与迎春。

[潘娘从怀中掏出巾帛，递于陈琛。

陈　琛　（展开巾帛，念道）镜与人俱去，

　　　　　　　　　　镜归人未归；

　　　　　　　　　　无复姮娥影，

　　　　　　　　　　空留明月辉。

　　[陈琛念罢，不禁哭出声来。

　　[潘娘和迎春也在抹泪。

陈　琛　（唱）见诗帛不由人泪如雨下，

　　　　　　　　　徐郎你一年来受尽恓惶；

　　　　　　　　　为妻我虽已知你的存在；

　　　　　　　　　要见面依然得想方设法。

潘　娘　琛儿不要悲伤，既然驸马人已到来，见面的办法总还是有的。

迎　春　对呀对呀，姐姐现在应该高兴才是。

　　[三人做商量状。

郑夫人　（唱）听家院一声禀气冲牛斗，

　　[郑夫人气势汹汹地带着几个手持棍棒的家丁上。

郑夫人　（唱）他言说小姬人在外偷情；

　　　　　　　　　怒冲冲带家丁杀上门去，

　　　　　　　　　定要教小贱人一命归阴！

（白）开门！不开门就给我把门破了！

一家丁　（上前敲门）开门！快开门！

　　[屋内人惊介，陈琛忙收起诗帛铜镜，迎春过去开门。

　　[没等迎春说什么，郑夫人一把将她推开，冲了进去。

陈　琛　（急忙上前相迎）夫人来了，有失远迎，请多见谅。

郑夫人　（一屁股坐了）小贱人，你做的好事？

陈　琛　（一惊）陈琛大门不出二门不迈，能做出什么事来？

郑夫人　你少给我装可怜。老实告诉我，你白天私下派人出去，干什么
去了？

陈　琛　夫人，我派人出去买了点边角布料，针头线脑，想……

郑夫人　什么边角布料针头线脑？你从实招来，如若不然，看我怎么收

220

拾你！

  陈　琛　（不卑不亢）夫人要是不信，琛儿悉听尊便。

  郑夫人　（更加气愤）你竟敢顶嘴。我现在就要了你的小命！来人，给我扒了这贱人的衣服，往死里打！

  ［家丁们赤膊上前。

  ［杨素内喊"住手——"

  ［老秦头、小柱子前导，杨素急上。

  杨　素　你们谁敢动琛儿一手指头，老夫立马要他的命！

  郑夫人　（起身走近杨素）哎哟老爷，您怎么不识好歹呀？她都与别的男子在外联络，您怎么还护着她？！

  杨　素　你说琛儿与别的男子联络了，有何证据？

  郑夫人　（振振有词地）今儿是上元节，她偷偷派人去了西市，还在那高声叫卖半边铜镜！

  杨　素　叫卖铜镜，还是半边，有什么可大惊小怪的？

  郑夫人　（紧逼）叫卖半边铜镜倒没什么，关键是有一个男人手持另一半铜镜与这半边铜镜相对！

  杨　素　（看着陈琛）确有此事？

  郑夫人　（抢话）我哄你做什么？她的温柔善良，全是装出来骗老爷您的。老爷再要轻信于她，她就把男人给您带回家来啦！

  杨　素　（一惊）琛儿，这究竟是怎么一回事？

  郑夫人　（急吼）这事她要能给你说实话，那她就是作茧自缚！你听我说，今儿在西市，一个乞丐般的野男人，与她的人各拿半边铜镜在私会，两半铜镜居然还给对上了。怕别人看见听见什么，那男人还用纸笔，在一块巾帛上写了些什么。你不信问问她，看有没有这回事！

  ［大家都愣住了。

  陈　琛　（打破寂静）老爷，夫人说得没错，这全是事实。

  杨　素　琛儿，是不是你的那个夫君徐德言，找你来了？

  陈　琛　（跪下哭诉）是。当初，建康城眼看要破，我们就摔破了一面铜镜，各持一半，说好如果大难不死，我就于上元节这天，派人在西市叫卖那半边铜镜，徐郎若在人世，就来西市对那半边铜镜，对上了，我们就有可能劫后重逢；

221

如果有一方没有赶到，就说明我俩缘分已尽。

郑夫人 老爷，你可能怎么都想不到，他男人居然没被老爷的兵将打死，居然还胆大包天地找到了西市，甚至还恬不知耻地接头、对镜、密谋偷情，这不是把老爷您当猴儿耍吗？

杨　素 （气愤地）你给我闭嘴！多感人的故事，到了你这个妇人嘴里，都会变味儿！

郑夫人 （还想强辩）你听我说！

杨　素 你赶快回你屋里去！如若不然，老夫立马叫你吃不了兜着走！

郑夫人 （边嘟囔边下）你看你这老爷，居然这样处事，还内史令呢，什么人嘛！真是狗咬他二舅，不认自家人！

　　[郑夫人与家丁们下。

杨　素 （扶起陈琛）琛儿，这是好事儿呀，你为什么要背着老夫呢？

陈　琛 是琛儿不好，请老爷恕罪。

杨　素 琛儿，不准你再说"是琛儿不好，请老爷恕罪"这样的话了。徐德言是个很有功底的诗人，他在巾帛上，一定题了诗。

　　[陈琛取出巾帛与铜镜，交与杨素。

杨　素 （对了下两片铜镜，严丝合缝；又拿起巾帛展开）好美的字迹。

　　（念）镜与人俱去，

　　　　　镜归人未归；

　　　　　无复姮娥影，

　　　　　空留明月辉。

　　[听杨素念着诗，陈琛哭了，潘娘和迎春也哭了。

　　[杨素念罢诗，也被感动了。

杨　素 （将铜镜与巾帛交与迎春）琛儿，老夫知道，现在的情况，让你为难了。

陈　琛 老爷，原是一女不嫁二夫，但大人对琛儿不薄，琛儿不忍辜负，也没敢多想什么。不过，徐德言情意未改，且依约寻来，琛儿不忍心不去见他一面，望老爷开恩。

老秦头 大胆！这样的话你也说得出来？这事要是传了出去，老爷的颜面何在？

陈　琛　　（又跪下了）陈琛无知，触犯了老爷，请老爷赎罪。

杨　素　　（朝左右喝道）你们都给我退下！

[其他人下。

杨　素　　琛儿，你先起来。

　　　　　（旁唱）这故事讲给谁都很凄美，

　　　　　　　　　可老夫却不禁暗自沉吟。

　　　　　　　　　按理说他们是结发夫妻，

　　　　　　　　　又历经战争的死别生离，

　　　　　　　　　德言他现如今找上门来，

　　　　　　　　　我就该答应她履约之需。

　　　　　　　　　可他俩毕竟是结发原配，

　　　　　　　　　徐德言又那么才华横溢；

　　　　　　　　　琛儿她要丢弃我这老朽，

　　　　　　　　　老夫我岂不要蛋打鸡飞？

陈　琛　　（旁唱）琛儿我说了心中意愿，

　　　　　　　　　不知老爷会做何打算。

　　　　　　　　　想老爷不会小肚鸡肠，

　　　　　　　　　连见面机会都不肯给。

杨　素　　杨素呀杨素，

　　　　　（唱）你怎么老了还喜欢争风吃醋？

　　　　　　　　你怎能在关键当口伤害陈琛？

　　　　　　　　就算让他们俩见上一面，

　　　　　　　　对于你又能够伤害几分？

　　　　　　　　琛儿她明事理也跑不了，

　　　　　　　　见面后仍然会留在这里。

　　　　　（白）好。我就是这个主意。琛儿。

　　　　　（接唱）徐公子劫后得重生，

　　　　　　　　　这种事的确不容易。

　　　　　　　　　明天老夫备薄酒，

　　　　　　　　　给徐公子来接风，

223

　　　　　让你俩在这里别后相见，

　　　　　琛儿看这么做合不合适？

陈　琛　谢老爷！

　　　（唱）老爷你如此德广仁厚，

　　　　　怎不教琛儿感激涕零？

　　　　　此大恩琛儿我没齿难忘，

　　　　　下辈子愿效犬马任遣差！

　　[陈琛跪地叩头。杨素近前相扶。

第六场　团　圆

　　[客厅置有两张桌子，旁边的桌上有分合的铜镜、巾帛和笔墨纸砚，中间的桌上摆有酒菜。

　　[陈琛对镜双手合十在祈祷。

迎　春　（用木盘端来酒壶酒盅置于桌上）姐姐，酒也烫好了。

陈　琛　（回转身来，焦虑地）迎春，天都这般时候了，潘娘去带我那苦命的徐郎进府，怎么现在连个人影都没见着。他们会不会，出什么事呀？

迎　春　不会的姐姐。您在家等着，我去外边看看。

　　[迎春匆匆出门，张望着下。

陈　琛　唉！好不急煞人了！

　　　（唱）有陈琛在府中心神不定，

　　　　　想起了前后事涕泪双流。

　　　　　奴本是南朝陈乐昌公主，

　　　　　习诗书描龙凤自得悠悠。

　　　　　那时节说媒的接踵而至，

　　　　　有皇亲有贵胄也有巨贾。

　　　　　可是我一一都予以婉拒，

　　　　　唯喜欢徐德言太子舍人。

　　　　　曾记得我与徐郎初结缘，

端的是只羡鸳鸯不羡仙。

婚后他心系国务多辛劳，

回家来夫敬妻爱乐无边。

本想着琴瑟和鸣把荣享，

可谁知战事起美梦泡汤。

焦虑中破开了一面铜镜，

与徐郎人各半带在身旁。

商定着来年的上元佳节，

分镜能在西市得以重合。

一年来日夜盼来朝夕等，

期盼着徐郎劫后能重生，

期盼着徐郎身心都康健，

期盼着徐郎早日到大兴，

期盼着今日西市能合镜，

期盼着徐郎与我早相逢。

也许我夫妻缘分还没断，

神明也在暗中庇佑我们。

夫君他大难不死依期至，

分镜合他又在巾帛题诗

"镜与人俱去，镜归人未归；

无复姮娥影，空留明月辉"。

陈琛我见诗帕悲泣不食，

老爷他知情后起了恻隐；

设家宴邀徐郎前来会面，

此心胸实实地让人佩服。

眼看着日头已快过正午，

却怎么还不见徐郎影踪？

迎 春 （高兴地喊着上）姐姐，来了来了，客人来了——

［陈琛又惊又喜，慌忙来到镜前整理发饰衣裙。

［潘娘带着心事重重的徐德言上。

225

徐德言 （唱）时过境迁似梦幻，

　　　　　　　无奈杨府走一程。

潘　娘　琛儿，客人到。

[陈琛慌忙转身，目瞪口呆。

[徐德言看着陈琛，也不知该说什么。

[潘娘把迎春拉了出去。

陈　琛 （唱）日日想，夜夜盼，

　　　　　　　徐郎终于到面前。

　　　　　　　没见时话有千千万，

　　　　　　　见了面我却口难开。

徐德言 （唱）亡国之臣徐德言，

　　　　　　　终于来到妻面前，

　　　　　　　她一身光鲜主人样，

　　　　　　　我布衣芒鞋实难堪。

陈　琛 （唱）徐郎他此前英俊又潇洒，

　　　　　　　才华横溢走哪都受人赞。

　　　　　　　如今他布衣芒鞋双鬓白，

　　　　　　　一脸憔悴似入老迈之年。

徐德言 （唱）眼望着日思夜想贤德妻，

　　　　　　　徐德言真想把她拥怀里。

　　　　　　　却怎么口难张来脚难迈，

　　　　　　　甚至想一头扎进地缝里。

陈　琛　徐郎！

徐德言　琛儿！

陈　琛　（扑到了徐德言怀里）是你吗徐郎？我怎么觉得，像是在梦里。

徐德言　是。我也觉得，我们的相逢，不像是真的。

陈　琛　徐郎，你怎么才来呀？你让琛儿等得好苦啊！

徐德言　（松开陈琛）琛儿！

　　　　（唱）夫妻相见在杨府大院，

　　　　　　　说别离不由人涕泪涟涟。

　　　　　　　守城我受箭伤生命垂危，

　　　　　　　幸得那张将军死命救援；

　　　　　　　也多亏半边镜护佑前胸，

　　　　　　　那一箭才没有夺我性命。

陈　琛　我苦命的徐郎呀，没想到铜镜竟成了你我的福镜了。

徐德言　是啊。

　　　　（唱）张泉母子助我把伤养好，

　　　　　　　又筹集盘费送我来大兴。

　　　　　　　一路上吃尽了人间之苦，

　　　　　　　把多年的自尊自爱都丢光。

　　　　　　　遇歹徒遭打劫铜镜险被抢，

　　　　　　　住牛棚遭白眼还被狗咬伤。

陈　琛　我苦命的徐郎啊……

徐德言　（唱）我为人打过工，给人吊过丧，

　　　　　　　我替人写过信，背人渡过江，

　　　　　　　历尽磨难沿门乞讨地赶到西市，

　　　　　　　俊俏郎已成了鬓发斑白一老翁。

陈　琛　徐郎，让你吃苦了。

徐德言　我吃点苦不要紧，好在遭逢国破我们都还活着，这比什么都好。

陈　琛　是啊。不过徐郎，我这会儿还像是在做梦。

徐德言　琛儿，这不是梦。德言大难不死，还能见到琛儿，真是不幸中之万幸。现在德言已经见到了琛儿，今生也就死而无憾了。德言我这就走。

陈　琛　徐郎，你怎么才来就要走呀？

徐德言　要不然怎么办？你如今已是杨大人的宠姬，日子过得也令人艳羡，这都是我徐德言永远也给不了你的。

陈　琛　徐郎，你千万不要这么说。我想你念你等你盼你，不是要你说这些话的！

徐德言　事到如今，我不说这些，我还能说什么？我还敢说什么？我说我要带你走，你想想这可能吗？你就是想走，杨大人权倾朝野，他能答应吗？

陈　琛　（诧异地）徐郎，你怎么变成这样了？我们一年没见，怎么一

见你净说这些？我们走到这步田地，难道是琛儿的错吗？

徐德言　琛儿！

（唱）我们走到这一步，

不是你我犯的错。

都是我们不得时，

才被命运给弄捉。

我现在就得赶紧走，

再相会只有待来生。

陈　琛　徐郎，外边天寒地冻，你又能去哪里呀？

徐德言　琛儿！

（唱）咱夫妻相伴曾如形影，

相爱相知足以慰平生。

今生能再见你面，

德言死已可瞑目。

明日我就回江南，

此生誓不再娶妻！

陈　琛　这怎么行呢！

（唱）徐郎你千万不要这么想，

遇战祸能存活实不容易。

你现在年纪轻轻身康健，

怎能说这辈子不再娶妻？

徐德言　（唱）琛儿你说的倒没有错，

可德言已经有了着落，

回江南我就遁入佛门，

对青灯回忆中了却残生！

陈　琛　（唱）听此话不由人魂飞魄散，

你怎能心灰到如此这般？

（白）徐郎，你怎么能想到这一步呢？

徐德言　琛儿，这是德言目前最好的归宿。

陈　琛　（焦急地）徐郎，难道我们……

内　喊　内史令大人到——！

［二人急忙抹去泪水，转身相迎。

陈　琛　老爷，他就是建康来的徐德言。

徐德言　（施礼）草民徐德言拜见杨大人。

杨　素　徐公子免礼。我们虽然今日才得相见，但徐公子江南才子的大名，老夫已是久有耳闻，今日得见，幸甚幸甚。

徐德言　岂敢岂敢！亡国臣子，穷酸文人，布衣芒鞋来到贵府，大人不嫌不弃，还以礼相待，真让德言诚惶诚恐，感激涕零。

杨　素　徐公子不必客气，请坐。

［大家落座，迎春一一给大家斟了酒。

杨　素　（举起酒杯）徐公子这一年，一定吃了不少苦，来，喝杯薄酒，算是老夫和琛儿为你接风了。

徐德言　谢谢杨大人，谢谢琛儿。

［三人举起酒杯一饮而尽。

［接下来的情景却非常尴尬，三人都不知该说些什么了。

杨　素　（唱）想着备桌接风酒，
　　　　　　　让他二人把话谈。
　　　　　　　不想老夫一出面，
　　　　　　　竟使场面变难堪。

徐德言　（唱）一个是当朝官一品，
　　　　　　　能如此待我实不易；
　　　　　　　一个是我的贤德妻，
　　　　　　　已为人妾话也难提。

陈　琛　（唱）老爷他的肚量大，
　　　　　　　款待徐郎没说的；
　　　　　　　只是各有各心事，
　　　　　　　不知怎样来收局。

杨　素　（唱）此情此景真别扭，
　　　　　　　看来我该早抽身。

徐德言　（唱）为人不能讨人嫌，

　　　　　　　　我得赶快离大兴。

　　陈　琛　（唱）左难右难实在难，

　　　　　　　　　　突然一念冒心间。

　　杨　素　（起身）老夫还有大事可忙，就不再陪二位了。你们一年多没见了，
就好好叙谈叙谈，老夫就告辞了。

　　徐德言　（起身）不不不，杨大人，该走的是我，该说的我给琛儿也说过了，
小生就此告辞。

　　陈　琛　老爷、徐郎，你们都先别走，琛儿突然想到几句小诗，想献下丑。

　　杨　素　好啊好啊，二位都善赋诗作词，徐公子的新诗杨某已经看到了。
"镜与人俱去，镜归人未归；无复姮娥影，空留明月辉"，真真是情真意切，
感人肺腑。如果琛儿今天能再和上一首诗的话，那就再好不过了！

　　徐德言　小生也想拜读一下琛儿的新诗。

　　杨　素　如此甚好。迎春、潘娘，快笔墨伺候！

　　〔迎春和潘娘答应着，备好了纸笔。

　　陈　琛　（提笔蘸墨，思考了下，即席写道）

　　　　　　　（念）今日何迁次，

　　　　　　　　　　　新官对旧官；

　　　　　　　　　　　笑啼俱不敢，

　　　　　　　　　　　方信做人难。

　　陈　琛　（写罢）有些唐突，也有些放肆，老爷看了，还请多多包涵。

　　杨　素　（拿起诗稿，念罢赞道）写得真好！短短几句，就把琛儿此时
面对我们两个大男人，哭笑不得又左右为难的心境，表现得淋漓尽致了。

　　〔徐德言看着陈琛，泪流满面。

　　〔陈琛突然背身，抽泣起来。

　　杨　素　（放下诗稿）你们夫妻二人久别重逢，琛儿应该高兴才是，怎
么哭个没完呀？

　　徐德言　（抹了把泪）杨大人，小生今日来这里，就是想见一下琛儿，
明天就返回江南，去过小生该过的日子。

　　杨　素　这怎么行呢？

　　陈　琛　老爷，能行。（转身）德言——

（唱）琛儿我现在已身有所属，

　　　　没办法与徐郎再续前缘。

　　　　老爷他对琛儿处处都好，

　　　　我得陪老爷他度过余生。

　　　　你回去教书种地啥都行，

　　　　可千万不要削发遁空门！

〔杨素一震。

徐德言　琛儿，你要好生照顾杨大人，就不必再为德言操心了。

杨　素　（唱）他二人神情话语多无奈，

　　　　　　不由得老夫我暗自思忖。

　　　　　　想当年管仲的才智被埋没，

　　　　　　鲍叔牙能慧眼识珠推举他；

　　　　　　虞姬能在四面楚歌时，

　　　　　　舞剑后自刎成全霸王；

　　　　　　嫦娥甘愿替后羿接受处罚，

　　　　　　忍受寂寞和寒冷成全夫君。

　　　　　　难道老夫就不能忍痛割爱，

　　　　　　成全下这一对儿苦命鸳鸯？

　　　　　　常言道与人为善成人美，

　　　　　　那也是自己在完善自己！

　　杨　素　琛儿、徐公子，你们这也想到了，那也想到了，怎么就不问问老夫，
此时是怎么想的呀？

　　陈　琛　老爷，不是不问，而是不敢问，不能问，也问不成。

　　杨　素　你们年纪尚轻，难道在老夫这里，还有所顾忌不成？

　　徐德言　杨大人，地位悬殊，就是借十个胆子，我们也不敢鲁莽造次。

　　杨　素　琛儿，徐公子——

　　　　　　（唱）你俩的情和义感天动地，

　　　　　　　　老夫我岂无有恻隐之心？

　　　　　　　　琛儿你愿为老夫丢弃一切，

　　　　　　　　老夫则会因此痛苦一生。

　　　　　　爱是奉献是给予，

　　　　　　也是成全是舍得。

　　　　　　老夫我虽然天生愚钝识见少，

　　　　　　但也知爱的最高境界是成全。

　　（白）琛儿、徐公子，为了你们两个能重温鸳梦，老夫决意，将琛儿送
还给徐公子。

陈琛、徐德言　（惊呆）啊！？

杨　素　（笑道）怎么，不愿意呀？

陈琛、徐德言　（迟疑一下，忙跪地磕头）谢大人！

　　　　　　（合唱）大人您如此宅心仁厚，

　　　　　　　　　　怎不叫小生（琛儿）感激涕零？

　　　　　　　　　　大人（老爷）的大恩大德永世难忘，

　　　　　　　　　　下辈子结草衔环托生马牛再做报偿！

杨　素　你们不要这样，琛儿徐公子请起。

　　　　　　（唱）你们俩信守诺言情比金坚，

　　　　　　　　　一言一行都那么动人心弦。

　　　　　　　　　老夫只是做了该做之事，

　　　　　　　　　不值得你们俩如此上心。

　　（白）徐公子，你若乐意为朝廷做事，老夫就给你安排个一官半职，相
信养家糊口那还是可以的。

徐德言　谢谢杨大人！德言自认不是做官的料，德言就想回江南故乡，
靠自己的双手，过简单日子。

杨　素　这样也好。那老夫就安排下边，返还你们徐家的田产。另外，
老夫再赠送你们一笔钱财，作为你们回去的盘费。你们明天就可以带着潘娘、
迎春回你们江南老家了！

潘娘、迎春　恭喜琛儿姐姐与徐公子破镜重圆！（跪地磕头）多谢老爷
开恩关照，老爷的恩德我们没齿难忘！

陈琛　老爷，您对琛儿情深义厚如再造父母，琛儿今生来世，都不知
该怎样报答老爷的恩德！

徐德言、陈琛　（由衷地）杨大人，请再受琛儿一拜！

232

杨　素　哎呀，你怎么又来了呢？快起来、快起来，执子之手，与子偕老的好日子，还在等着你们呢！

　　[老秦头与小柱子上。

老秦头、小柱子　恭喜琛儿，贺喜徐公子！

陈　琛　谢谢谢谢，同喜同喜。

徐德言　杨大人高风峻节，真的是世间少有！

杨　素　好了好了，溢美之辞就甭说了。正是

　　　　（念）本是南陈好夫妻。

陈　琛　（念）临危分镜两分离。

徐德言　（念）承蒙大人恩义重。

众　人　（念）破镜重圆梦成真！

　　[幕落。

剧终

朝堂遗恨

◻ 剧情梗概

　　本剧讲述的是清光绪年间的两位人物，分别是户部尚书阎敬铭与直隶总督李鸿章，一个当家理财反腐倡廉，一个创办海军助推洋务；一个在慈禧太后动用海军经费修园子时冒死谏奏被革职留用，一个在黄海海战战败后怒怼慈禧被革职留任，但甲午海战北洋水师全军覆没后，又被赏还翎顶，授以全权去马关议和。

□ 剧中人物

阎敬铭：男，65—71岁，户部尚书。

李鸿章：男，61—77岁，直隶总督。

阎夫人：女，64—68岁，阎敬铭妻子。

慈　禧：女，51—61岁，皇太后。

光　绪：男，18—28岁，皇帝。

李莲英：男，41—51岁，总管太监。

奕　谖：男，44—54岁，和硕醇亲王。

波多野：男，39岁，日本领事。

马　良：男，38岁，驻日参赞大臣。

傅亿贵、太监、宫女、门官、三重臣等。

第一场　敬铭反贪

时间　光绪十年（1884）。

地点　清宫东暖阁。

伴唱　晚清朝堂怪事多，

　　　　太后专权不挪窝；

　　　　处理国事凭喜好，

　　　　不听忠谏敢误国！

　　[幕启。高悬的"东暖阁"横匾下，孱弱的光绪皇帝爱新觉罗·载湉与醇亲王爱新觉罗·奕譞在议事。

　　[光绪低头踱步，站在一旁的醇亲王无奈地来回看着。

奕　譞　（着急地）哎呀，皇上，太后归政，大势所趋，万民皆喜。你如此趑趄，却是为何？

光　绪　（长叹一声，为难地）阿玛，亲爸爸高视眈步，深闭固拒，让她卸任，谈何容易！

奕　譞　那也得竭力争取。老这样，名不正，言不顺，久拖下去，上对不起列祖列宗，下对不起黎民百姓，海外洋人也会耻笑我们！

光　绪　阿玛，依儿皇看，这事还是……

　　[内喊　老佛爷驾到——

　　[光绪奕譞不禁一怔。

　　[侍女太监前导，李莲英搀扶慈禧上，后边跟着侍官傅亿贵。

慈　禧　（念）有道天子坐朝堂，

　　　　　　　　一人有福镇万邦。

光　绪　（施礼）儿皇给亲爸爸请安。

奕　譞　（施礼）请圣母皇太后安。

慈　禧　罢了。

光　绪　谢亲爸爸。

奕　譞　谢皇太后。

慈　禧　老七呀，你们刚才在谈论什么？

奕　譞　回圣母皇太后，我们在谈论新疆塔尔巴哈台参赞大臣锡纶，想让户部垫还拖欠俄商积银的奏折一事。

慈　禧　有何说头？

奕　譞　托圣母皇太后的洪福，这些年边疆安定，一派祥和，对俄贸易也一年好于一年。只是新疆拖欠俄商的 12 万两积银，俄商连年催还，锡纶甚感烦心，所以上奏皇上老佛爷，可否由户部予以垫还。

慈　禧　（盯住光绪）那，皇上意下如何？

光　绪　（沉吟片刻）欠债还钱，理所当然；久拖不还，甚为不妥。

慈　禧　户部尚书阎敬铭，是我朝的理财家，我们应该先问问他的意见。传阎敬铭上殿。

李莲英　（喊）阎敬铭上殿！

［慈禧坐。

阎敬铭　（在殿外应）领旨！

　　　　（念）钱多腰杆硬，

　　　　　　　墙高盗贼稀，

　　　　　　　仓满民心稳，

　　　　　　　国强无人欺。

阎敬铭　（施礼）臣阎敬铭给圣母皇太后请安。

慈　禧　罢了，丹翁。

阎敬铭　（慌忙施礼）哎呀，老佛爷，这可使不得。微臣阎敬铭字丹初，只因年长几岁，就有人称呼微臣丹翁，老佛爷可千万别这么称呼，折煞微臣了！

慈　禧　阎爱卿是我大清三朝元老，又是我朝难得的理财家，别人可以这样称呼于你，哀家也可以这样称呼于你。

阎敬铭　微臣惶恐。

慈　禧　丹翁？

阎敬铭　臣……臣在。

慈　禧　新疆塔尔巴哈台参赞大臣锡纶来折子，说想让户部垫还他们拖欠俄商的积银 12 万两，你以为如何？

阎敬铭　（稍加思索）回老佛爷，户部无代各省清偿欠款之例！

慈　禧　（一怔）啊！这话是怎么说的？

阎敬铭　老佛爷——

　　　　（唱）我大清人口稠密幅员辽阔，

　　　　　　　有边贸往来的地区也很多。

　　　　　　　若各地欠款都由朝廷来垫还，

　　　　　　　那得填多少没名堂的大洞窟？

慈　禧　对呀对呀。这账是不敢算，要是你 12 万他 13 万，朝廷都替下边垫还的话，还得了吗？还是丹翁的主意好，就让他们自己想办法去还吧。

大　家　老佛爷圣明。

阎敬铭　还有新疆的军饷，朝廷每年都得支出千余万两，微臣觉得，也大为不妥。

慈　禧　那该怎么办？将士戍边，没有军饷，那还了得？

阎敬铭　微臣建议新疆南北各军，裁减兵勇，减轻负担；然后学习先辈班超，施行垦荒屯田，以之抵饷。一定饷额，二定兵额，三定规则。干好了可以入市交易；赚多了全归他们自己。这样既给朝廷减轻了军饷负担，又给他们提供了丰裕空间。仅此一项，每年即可为朝廷节省饷银上千万两！

慈　禧　（高兴地拍起手来）好哇好哇！丹翁不愧是我朝的理财家，说话办事，是有根有据，正当合理！

奕　谖　对呀！照丹翁这样奋发图强、聚敛财富，我朝装练海军、增强国力的步伐，就迈得更快了！

光　绪　阎爱卿为我大清社稷殚精竭虑、不遗余力，确是一位难得的好管家！

慈　禧　（不无喜悦地）我朝能有丹翁这个理财家，也是我大清的福分，幸甚至哉！

阎敬铭　求老佛爷、皇上、醇亲王不要再这么夸奖微臣了。精校财赋、统筹安排，严订章程、力求撙节是微臣应尽的本分。

慈　禧　事关钱财，谁都会掂斤播两；履职户部，就应该官事官办。如若畏难苟安，定会功亏一篑！

阎敬铭　皇太后洞察秋毫，微臣佩服之至。有皇太后这番话，微臣做事就没有后顾之忧了。

慈　禧　这就好。（高兴地转身呼唤）傅亿贵？

傅亿贵　恭候老佛爷。

慈　禧　协办大学士这一空缺，有人选了没有？

傅亿贵　回老佛爷，协揆一缺，吏部尚未请旨。

慈　禧　（一笑）依哀家看来，用谁都不如用丹翁！

阎敬铭　（忙推辞）不不不，圣母皇太后。微臣知道自己能吃几碗干饭。微臣只想尽好尚书之职，别无非分之想。

慈　禧　丹翁不必推让。（转向傅亿贵）拟旨吧。

傅亿贵　（施礼）喳！

阎敬铭　（下跪叩头）谢圣母皇太后恩典！

慈　禧　起来吧。

阎敬铭　微臣还有件事，想要奏请。

慈　禧　丹翁有奏，直接道来。

阎敬铭　（起身）在臣没来户部之前，云南省曾派人私下来京，目的是通过银两打通关节，在报销军费上做文章！

慈　禧　（一惊）啊！确有此事？

　　〔光绪、奕譞也不禁一怔。

阎敬铭　打点费这边起先要了 13 万，那边一听嫌太多；听说是微臣要来户部了，就匆忙以 8 万两银子了结。到头来，京城这边个别人得了好处，云南那边就把该报的不该报的，全按军费给报销了！

慈　禧　（大怒，起身）好啊好啊！真真的气杀哀家了！

　　　　（唱）听罢言来怒气生，

　　　　　　　如此瞎整国难容。

　　　　　　　打点都肯出 8 万，

　　　　　　　报销更敢瞎折腾！

光　绪　太贪了！亲爸爸，这个案子一定得查，绝不能姑息迁就！

奕　譞　就是，竟敢这样胆大妄为，他们的心目中，还有没有我大清律法！

239

阎敬铭　贿银 8 万两，微臣目前只查出了 3 万，还有 5 万没有下落！

慈　禧　肯定是让更大的官给贪了！丹翁，这个案子，哀家就交由你会同刑部一起审理，无论如何，也要查它个水落石出！

阎敬铭　臣遵旨！

第二场　鸿章出拳

时间　光绪十二年（1886）。

地点　李鸿章天津处所。

伴唱　清光绪，十二年，

　　　　水军访日起祸端；

　　　　各执一词不相让，

　　　　且看最终谁服软。

［幕启。李鸿章气咻咻地从地图前转过身来。

李鸿章　（唱）日本人真是刁蛮任性，

　　　　　　　为嫖娼竟敢聚众动粗；

　　　　　　　致使我水兵死伤无数，

　　　　　　　我岂能任它撒泼行凶！

　　　　　　　特招来日本驻华领事，

　　　　　　　非得让倭寇承付全责！

内　喊　日本驻天津领事波多野到——

李鸿章　叫他进来！

［李鸿章霸气地靠坐在了桌沿儿上。

［身材矮小但腰杆直挺的日本驻天津领事波多野上。

波多野　（念）闻听中堂唤，

　　　　　　　令人毛发寒；

　　　　　　　为了争端事，

　　　　　　　还须多周旋。

　　　　（施礼）日本驻天津领事波多野参见李中堂。

李鸿章 （轻蔑地）你就是日本驻天津领事波多野？

波多野 正是。

李鸿章 我北洋水师的四艘铁甲舰，是去你们日本长崎进行检修并展开"亲善访问"的，你们那里的警察市民不欢迎也就罢了，为什么要满街动粗，还打死打伤我那么多水兵？

波多野 李中堂息怒。事情是这样的，贵国水军来访，我们的市民是相当欢迎的，参观的合影的人络绎不绝。只是贵国的一些水兵不检点，倚仗贵国水军亚洲独大，就去当地妓院又嫖又砸，还……

李鸿章 （气愤地站立起来）你胡说什么？是我们的人在妓院门口排着队半天进不去，而你们日本人不排队却可以直接进去，他们实在气不过了才砸妓院的！

波多野 可我们的警察闻讯赶来，他们又将我们的一名警员刺成了重伤！

李鸿章 水兵嫖娼，理所应当。屁大点儿事，你们为什么要逮捕我们那五名水兵？

波多野 我们本来很快就要放人的，谁知贵国的水师官兵得到消息，群情激奋，一下子赶来四百多人，逼我们警署赶快放人；贵国铁甲舰上的所有巨炮，也一起调转炮口，瞄准了长崎市区！这还让我们活不活啦？

李鸿章 你少在这儿装可怜！本来人放了事了了也就行了，怎么第二天我们舰队放假，你们的市民又蛮不讲理地找起事来？

波多野 李中堂，本来双方起点争执也没什么了不起的。可我们的一名警员在维持秩序时，竟被贵国水兵给活活打死了！这能不引起民愤吗？

李鸿章 这么说，你们打死打伤我们那么多的水兵，还有理啦？

波多野 我没这么想。我只是……

李鸿章 数百名警察将我水兵分割包围，并配合街边市民展开了石块攻击。你们这么做，完全是有防备有预谋的！

波多野 不不不李中堂，事情发生后我们在息事宁人，而贵国水师却嫌事没闹大。四艘铁甲舰迅速进入临战状态，总教习琅威理甚至喊着立即开战，要置我们日本海军于不振之地！哎呦呦，我们那么小个弹丸之国，吓都被吓死了！

李鸿章 你少在这儿强词夺理！琅威理的做法无可挑剔！我告诉你：这

事无论如何，得有个说法！

波多野　（疑惑地）什么说法？

李鸿章　你们日本，必须立即就此事给我们大清道歉、赔偿！

波多野　（一惊）啊？！

李鸿章　（语带威胁地）如若不然，开启战端也并非难事。我兵船泊于长崎，舰体、枪炮坚不可摧，随时可投入战斗！

波多野　（又是一惊）啊？！

李鸿章　还有，告诉你们的主子：我驻日公使徐承祖已经致电，要我大清与你们日本断交，并即刻撤侨撤使！

波多野　（差点吓瘫）我的妈呀！（慌忙回话）请李中堂暂息雷霆之怒，小的回去一定如实禀报，尽快给予回复。小的这就告退。

　　[波多野擦着冷汗，垂头丧气地下。

李鸿章　（冷笑）

　　　　（唱）小日本真是不自量力，

　　　　　　　　到现在还想恃强斗狠。

　　　　　　　　我此番若不狠狠敲打，

　　　　　　　　他哪知炮舰是铜是铁！

第三场　太后作梗

时间　多日后。

地点　阎敬铭办公处所。

　　[阎敬铭站在地图前，拿着放大镜在看。

　　[内喊　驻日本参赞马良马大人到——

　　[马良上，阎敬铭放下放大镜，转身相迎。

马　良　（施礼）马良参见阎大人。

阎敬铭　免礼。马大人可是为长崎事件专门回国？

马　良　正是。

阎敬铭　不知近况如何？我大清的组合拳，可是都打出去了。

马　良　太好了，阎大人！

　　　　（唱）日本人见事态就要扩大，

　　　　　　　再不服他也得低头服输。

　　　　　　　已答应无条件签订协议，

　　　　　　　对各自死伤者互给抚恤。

　　　　　　　还一再提出要多加赔偿，

　　　　　　　长崎的医疗费也全承担！

阎敬铭　马大人，这是不是可以理解为日本向我们道歉了，赔偿了，我们大清胜利了？

马　良　应该说是这样。不过……

阎敬铭　不过什么？

马　良　不过要我看，长崎事件的发生，倒像是我大清帮了日本一个大忙。

阎敬铭　是是是，马大人，老夫也是这么认为的。

　　　　（唱）听说日本见我们船坚炮猛，

　　　　　　　从上到下先羡慕来后嫉妒；

　　　　　　　感觉到受威胁已牙关紧咬，

　　　　　　　发毒誓要打败我北洋水师！

马　良　阎大人所言极是。现在，"大清威胁论"已经成了日本的主流民意；"大力发展海军""打败北洋水师"也已经成了他们的共识；明治天皇也颁发敕令特拨内帑，要购买比我们威力更大的铁甲舰报仇雪耻！

阎敬铭　看看，看看人家日本，面对国家危亡，全国上下，都是怎么做的！

马　良　（忧虑地）阎大人！

　　　　（唱）日本人为雪耻上下一心，

　　　　　　　而我朝却到处灯红酒绿。

　　　　　　　似这般麻痹大意不振作，

　　　　　　　战事起醉生梦死怎御敌？

阎敬铭　（唱）马大人一席话切中时弊，

　　　　　　　老夫我为此事也在着急。

　　　　　　　御外敌靠的是万众一心，

　　　　　　　强水军还得靠真金白银。

　　　　　将士的人头费我会到位，

　　　　　舰船的维护费也要紧跟；

　　　　　实战演练处处得做好保障，

　　　　　弹药储备更不能拖泥带水。

　　　　　只要我朝上下齐心协力，

　　　　　倭寇的黄粱梦就难成真！

马　良　太好了，阎大人！

　　　　（唱）早闻说阎大人有识有胆，

　　　　　　此番见果真是名不虚传。

　　　　　　我大清有大人管家理财，

　　　　　　较劲处定能够掂清重轻。

　　　　　　国富足民安康兵强马壮，

　　　　　　试看他谁还敢犯我疆域！

阎敬铭　马大人，分内之事，何足挂齿。

马　良　阎大人过谦了。阎大人请忙，下官告退。

阎敬铭　马大人慢走。

　[马良下。阎敬铭回到桌前，又拿起放大镜看起了地图。

　[李莲英乐滋滋地上。

李莲英　（唱）风和日丽心情好，

　　　　　　　户部来了李莲英；

　　　　　　　太后过寿要花钱，

　　　　　　　先把财路来疏通。

　　　　（进门施礼）李莲英参见阎大人。

阎敬铭　（回身）哟，什么风把李大总管给吹来了，请坐。

李莲英　在阎大人这里，哪还有我李莲英坐的地方。

阎敬铭　既然你不坐，那咱就站着。李大总管亲来户部，定有大事相告。

李莲英　长崎事件大获全胜，圣母皇太后无比喜悦，说这全仗北洋水师实力雄厚，船坚炮猛。

阎敬铭　太后言之凿凿，是我大清水军威武。

李莲英　圣母皇太后还说了，我大清水军的实力，靠的是雄厚的财力，

244

这次事件之所以能镇住日本，丹翁在军费上的大力支持，功不可没！

阎敬铭　　不不不。长崎事件能圆满解决，托的是老佛爷、皇上的洪福，老夫只不过是略尽绵薄而已。

李莲英　　阎大人过谦了。醇亲王在圣母皇太后面前提起阎大人来，也是赞不绝口。说北洋水师发展如此快速，与户部的资金保障息息相关。

阎敬铭　　不不不，这都是皇上老佛爷醇亲王鼎力支持的结果。哎莲英呀，老夫怎么觉着你说了半天，还是没切入正题？

李莲英　　阎大人——

　　　　　　（唱）阎大人眼亮堂儿清，

　　　　　　　　　且听我把话说分明。

　　　　　　　　　醇亲王已递交了旧制折，

　　　　　　　　　要修缮清漪园操习水兵。

　　　　　　　　　皇上太后也好前去巡视，

　　　　　　　　　以随时慰劳兵勇壮军威。

阎敬铭　　（为难地）唉，我的李大总管，醇亲王的主意听起来倒是不错，可清漪园都破败成那个样子了，它能修好吗？

李莲英　　（一笑）能。只要有银子，它就能修好！

阎敬铭　　修园子得花不少银子，那这银子从何而来呀？

李莲英　　修湖用于操习水军，自然得从海军经费里出了。

阎敬铭　　呀，这么做，怕是不行吧？

李莲英　　怎么不行？拿出海军经费的一少半儿，就足够了！

阎敬铭　　（气愤地）莲英！

　　　　　　（唱）这样做无异于釜底抽薪，

　　　　　　　　　缺军费还怎么强军御敌？

李莲英　　阎大人。

　　　　　　（唱）阎大人且息雷霆怒，

　　　　　　　　　我也只是个传话的。

　　　　　　　　　此奏折皇太后已经恩准，

　　　　　　　　　该咋办阎大人自拿主意。

阎敬铭　　莲英呀，持家理财，家国一理，一旦决策失误，便会铸成大错。

李莲英　阎大人，没那么严重。事由人办，钱由人花，阎大人足智多谋，随便倒腾倒腾，修园子的银子不就有了吗？告辞。

阎敬铭　（不悦地）恕不远送。

李莲英　（愤愤地嘟囔）这倔老头子，怎么这么难伺候呀！

〔李莲英下。

〔阎敬铭苦着脸搓着双手来回踱步。

〔（伴唱）事情出来了，

　　　　　　问题难办了，

　　　　　　一代理财家，

　　　　　　顿时愁煞了。

〔阎敬铭愤愤地右拳击左掌，把头转向了一侧。

第四场　心心相印

时间　两日后。

地点　阎府堂屋。

〔"铭志轩"横匾高悬。穿便装的阎敬铭圪蹴在椅子上生闷气。

〔阎夫人端着放有老碗菜碟的木盘上。

阎夫人　老爷，吃饭吧？

阎敬铭　（冷冷地）不吃！

阎夫人　那喝茶？

阎敬铭　（仍没动）不喝！

阎夫人　（将木盘置于桌上）老爷，事情再大，饭也得吃。

阎敬铭　（扭身吼道）我气都气饱了！

阎夫人　哎呀，老爷，现在太后过寿是大事，这时候你不知深浅地上疏朝廷，想让把修园子的工程停了，别说老佛爷，我这一关，你都通不过！

阎敬铭　岂有此理！（气咻咻地下了椅子）大敌当前，如果任由太后背道妄行，酿成大错，你让她怎么过寿、怎么游园、怎么接受朝贺？

阎夫人　老爷，你的想法没错。可我们的皇上，好不容易有了归政的盼头，

246

你这么一搅和，要是把他归政的事给搅黄了，他能高兴吗？

　　阎敬铭　皇上归政，是很重要，可要是老佛爷交给他的是个国破家亡、生灵涂炭的烂摊子，他还高兴得起来吗？

　　阎夫人　这……

　　［内喊　直隶总督李大人到——

　　阎敬铭　李鸿章李大人来了。他来得正好。有请！

　　［阎夫人端木盘下。

　　［李鸿章上。

　　李鸿章　（打躬）丹初兄？

　　阎敬铭　（还礼）子黻老弟来了，快快请坐？

　　李鸿章　阎兄请。

　　［二人坐了。

　　阎敬铭　子黻老弟，今天是什么风把你给吹来了？

　　李鸿章　小弟路过此地，就想来感谢一下阎兄。

　　阎敬铭　为兄倒有什么可值得贤弟感谢的呀？

　　李鸿章　阎兄！

　　　　　　（唱）这几年小弟我四处奔忙，

　　　　　　　　　　多亏了阎兄你鼎力相帮。

　　　　　　　　　　北洋水师已成亚洲独大，

　　　　　　　　　　电报分局也在多处设立；

　　　　　　　　　　上海已有了机器织布局，

　　　　　　　　　　开平还修筑着铁路一条。

　　　　　　　　　　这一切都须用银两维系，

　　　　　　　　　　因此上得谢兄筹措之功！

　　阎敬铭　贤弟！

　　　　　　（唱）叫贤弟切莫要这般夸奖，

　　　　　　　　　　兄做的全都是分内事情。

　　李鸿章　不不不！

　　　　　　（唱）多年来见惯了刁恶嘴脸，

　　　　　　　　　　实难遇兄这般清正无私。

247

阎敬铭　（唱）贤弟你圆的是强国之梦，

　　　　　　　　兄理当多调剂助弟成功。

李鸿章　（唱）可当下修园子要用军费，

　　　　　　　　弟就怕这么做大功难成！

阎敬铭　唉，全是那醇亲王，为使儿子归政，惹出的事情！

李鸿章　还美其名曰修园子，是为了让太后支持水军！

阎敬铭　没想到这么做，水军反而会被拖入低谷！

李鸿章　依据这么个局势，不知阎兄有何想法？

阎敬铭　愚兄觉得，日本人在厉兵秣马，准备犯我大清；我们却要挪用水军经费修园子，实在不妥！

李鸿章　阎兄所言极是。事关重大，作为臣子，我们必须做点什么，否则……

　　［阎夫人用木盘端着茶壶、茶杯上。

阎夫人　吆——（和颜悦色地）李大人来了？

李鸿章　（起身）嫂夫人好。

阎夫人　好，好。混吃等死，闲心不操，比什么都好。坐。

李鸿章　叨扰嫂夫人了。

　　［阎夫人倒好水，递于李鸿章。

阎夫人　谈不上叨扰，既然李大人来了，就替我好好劝劝我们家老爷，省得他脑子一热，干出出格的事来！

李鸿章　（将水杯至于桌上）嫂夫人尽可放心。阎兄处事无党无偏，缜密公允，无论理财，还是治腐，赫赫成就，无人不夸！

阎敬铭　贤弟，这个不提了。

李鸿章　阎兄，这个必须提。嫂夫人，丹初兄可是我朝不可多得的理财家，比起汉朝的桑弘羊、唐朝的刘晏、宋朝的王安石，那都是绰绰有余！

阎敬铭　（起身）贤弟过奖了。自古常言：兴家犹如针挑土，败家好似浪淘沙。为兄现在千不怕万不怕，就怕……

阎夫人　（嗔怪地）老爷，你又想说让你揪心的那件事情了！

李鸿章　嫂夫人。

　　（唱）我大清现已到关键档口，

　　　　　　　丹初兄这是在为国担忧。

　　　　　　　愚弟愿与兄长同舟共济，

　　　　　　　就算是被罢黜也不足惜！

　　阎夫人　（着急地）哎呀李大人，我让你劝劝我家老爷，你怎么不但不劝，还和他一起犯起傻来了？

　　阎敬铭　是呀贤弟，你大可不必与愚兄一起犯傻。

　　　　　　（唱）贤弟的报国心为兄知晓，

　　　　　　　眼前事还须得通盘考量。

　　　　　　　这件事让愚兄来打头阵，

　　　　　　　贤弟你依情势再做主张。

　　李鸿章　（唱）阎兄的情和义令人敬佩，

　　　　　　　愚弟我岂能做缩头乌龟？

　　　　　　　我大清已然是老屋废厦，

　　　　　　　做臣子就应该合力支撑！

　　阎敬铭　（唱）太后的好恶你我知晓，

　　　　　　　闻谏奏难免怒形于色。

　　　　　　　该放的大炮愚兄去放，

　　　　　　　该收的摊子贤弟去收。

　　李鸿章　阎兄！你这说来说去，不还是……想叫小弟我，做那讨人嫌遭人怨的裱糊匠吗？

　　阎敬铭　贤弟，裱糊匠也不是谁想做就能做、谁愿做就做得好的！

　　阎夫人　对对对，这样做，就把李大人保住了！

　　李鸿章　阎兄，做裱糊匠再难受憋屈，也没有危险可言……而阎兄你……

　　阎敬铭　贤弟，事到如今，愚兄早就将生死置之度外了。唯一丢心不下的是，愚兄来户部的三大愿恐难实现，会造成终生缺憾！

　　李鸿章　哪三大愿？

　　阎敬铭　内库积银千万，京师尽换制钱，天下钱粮征足！

　　李鸿章　（佩服地）哎呀呀，阎兄这三大愿若能实现，实乃我大清福祉天降也。阎兄，你真不愧是我朝不可多得的理财家，是我大清求之不得的理财家！

阎敬铭 不不不，贤弟千万不要这么讲说！世事难料，如今也只能走一步看一步了！

李鸿章 唉！阎兄，大清离不开您这个理财家。依我看，为了大清子民的福祉，为了施展阎兄的才学，阎兄还是……

阎敬铭 贤弟呀，一个民族，到了最危难的时候，紧要的不是因循苟且，而是同仇敌忾！如果国家都不是国家了，还怎么施展才学？

李鸿章 这……

门　官 （喊着急上）老爷——老爷，外边来人了！

阎敬铭 那就快请进来嘛。

门　官 此人架子大，不但不进来，还要您出去！

三　人 （不禁一惊）啊！

第五场　知难而上

时间　接前场。

地点　阎府堂屋。

〔阎敬铭郁郁寡欢地上。

阎敬铭 （唱）皇上他端的是用心良苦，

　　　　　　　　为保臣竟留中臣的奏折。

　　　　　　　　这件事跑一圈又回原点，

　　　　　　　　为安邦我还需再做打算。

〔阎敬铭进屋。

阎夫人 （忧心忡忡地上）老爷回来了？

阎敬铭 回来了。

阎夫人 是谁找你，这么神秘？

阎敬铭 是皇上。

阎夫人 啊？（扶阎敬铭坐了）皇上找你，有何急事？

阎敬铭 为我上疏朝廷，想让停工一事。

阎夫人 我猜就是老爷你贸然行动，惹出事来了！

阎敬铭　非也非也。皇上见我的奏折言辞犀利，怕太后迁怒于我，不但留中了我的奏折。还要我体谅他和醇亲王的一片苦心，体谅太后归政的那份贪心！

阎夫人　（高兴地）太好了老爷，既然皇上都把话说到这分儿上了，那这件事，咱们就可以了结了。

阎敬铭　（气愤地）上疏目的未达，我岂能善罢甘休！

阎夫人　（急了）我说老爷，事已至此，只能见坡就下；如果非要逆流而上，你让皇上情何以堪？

阎敬铭　（一惊）嗷？

阎夫人　老爷——

（唱）休怪为妻不支持你，

　　　　实在是你情商太低。

　　　　做事老是横冲直撞，

　　　　这样下去如何了得！

阎敬铭　（唱）我身为尚书官高位显，

　　　　岂能和庶民混同一般？

阎夫人　（唱）你不能食王禄不报王恩，

　　　　你怎能不知朝堂水浅深？

阎敬铭　（唱）可这事关系着国家危亡，

　　　　不谏奏我将会抱憾终生！

阎夫人　（唱）太后的事你竟敢瞎搅和，

　　　　纯粹是狂妄无知寻死哩！

阎敬铭　唉！夫人呀！

（唱）为夫我这一生自认愚钝，

　　　　没想到竟有了入仕机会。

　　　　我信奉心静如水品自高，

　　　　我推崇克己奉公不犯律条。

　　　　月牙烧饼酱辣子走哪带哪，

　　　　褡裢衣一穿就是几个春秋。

　　　　我曾协助营务为胡林翼筹粮募兵，

251

我曾四处游说出钱出人资助湘军；

我曾辅佐严树森御匪脱险，

我曾逼总督官文牺牲"童变"。

我也曾带将士挖沟打桩击退河汛，

筑工事安炮台御捻军歼灭黑旗军；

我也曾肃吏治写惩辞杀鸡儆猴，

查饥情写奏折免税赋为民消灾。

将自身荣辱得失抛至在九霄云外，

被查处我仍然初衷不改坚持始终。

人说我才胜纪晓岚怪比郑板桥能胜刘罗锅耿过唐魏征，

说我是"救时宰相""布衣廉相"衰朝能臣浊世廉吏，

还说我是走一处火一处办一事成一事无所不能。

可谁知我只是草包一个，

遇大事就知道明哲保身！

（白）夫人呀，夫人！

（唱）咱夫妻结发来相亲相敬，

琴瑟合凤凰鸣情意融融。

到如今大清遇到紧火事，

你怎能要为夫束之高阁？

是忠臣就应该知难而上，

死也要对得起天地良心！

阎夫人 好！

（唱）听罢言不由我振聋发聩，

老爷他这么做倒是为谁？

他如此深明大义敢担当，

我就该无怨无悔紧跟随！

（白）老爷呀！为妻知道，老爷的所作所为，都是在为江山社稷着想，可有些推心置腹的话，为妻还是想给老爷说清。

阎敬铭 夫人但讲无妨。

阎夫人 老爷是犟猪倔驴，我劝不住你；太后是蠢牛木马，你也撬不动她!

阎敬铭　也许夫人说得没错,但我还是不想后撤。所以困难再多风险再大,我也要尽到臣子本分!

阎夫人　这就好!

（唱）为妻刚才也只是提醒于你,

想让你把各种后果都掂清。

武将死于血战,

文官死于忠谏。

既然你不怕自取祸尤,

既然你不肯量力而行,

现如今只有直谏行得通。

作为你的结发妻,

我也把话说分明

哪怕人骂你不识时务,

哪怕你此去少吉多凶;

你就是赴汤火粉身碎骨,

为妻也紧跟随决不退缩!

阎敬铭　（抱拳）谢谢夫人!

（唱）听夫人一席话备受鼓舞,

这样的贤德妻何处寻觅?

阎夫人　（唱）有悖行臣不言是臣负君,

阎敬铭　（唱）臣有忠言君不听是君负臣。

阎夫人　（唱）咱夫妻生活了大半辈子,

阎敬铭　（唱）从相识到相爱再到相知,

阎夫人　（唱）经风雨历苦难痴心不改,

二　人　（合唱）关键时刻更应该戮力同心!

阎敬铭　夫人呀,有道是天威难测,我现在唯一要说的就是:为夫万一上本谏奏回不来了,这个家就全交给你了。

阎夫人　老爷请放宽心,为妻跟你这廉吏过日子,知道宦海处处有暗礁,翻云覆雨俱是刀,所以早就做好了各种准备,甚至最坏打算!

阎敬铭　什么最坏打算?

阎夫人　丢官跟你种西瓜,坐牢给你送牢饭,砍头为你去收尸!

阎敬铭　好好好,这就好!

　　　　(唱)夫人真是贤内助,

　　　　　　　丹初顿觉胆气生。

　　　　　　　夫人快快去磨墨,

　　　　　　　老夫这就写奏折!

〔阎夫人滴水磨墨,阎敬铭吮毫搦管。

第六场　朝堂遗恨

时间　两天后。

地点　长春宫。

〔"长春宫"牌匾高悬。慈禧上坐,李莲英在旁服侍,两边站着宫女太监和侍官傅亿贵。

〔光绪与奕谡下坐两侧。

慈　禧　(唱)阎敬铭这老儿不识时务,

　　　　　　　为阻挠修园子不遗余力。

　　　　　　　又游说又泄愤又上折子,

　　　　　　　不听劝不安分实在闹心。

　　　　　　　传他来哀家先好言相劝,

　　　　　　　若不听就叫他滚回原籍!

　　　　　　　老七呀?

奕　谡　(起身施礼)圣母皇太后。

慈　禧　修个园子,有人赞同支持,有人反对阻挠,而你却在追加项目,你究竟是怎么想的?

奕　谡　臣想的是园子修好了,太后和皇上必然要来观看水军操练,臣见沿湖一带殿宇亭台半就颓圮,若不稍加修葺,诚恐恭备阅操时难昭敬谨,所以上奏,建议将万寿山及广润灵雨祠旧有殿宇台榭并沿湖各桥座、牌楼也酌加保护修补，以供临幸。

慈　禧　（高兴地）好。这才叫有粉擦到了脸上。老七，辛苦你了。

奕　譞　为圣母皇太后做事，理当尽心尽力，谈不上辛苦。

慈　禧　皇上。

光　绪　（起身施礼）亲爸爸，儿皇在。

慈　禧　你是不是私下里见过户部尚书阎敬铭了？

光　绪　（惶恐地）回禀亲爸爸，儿皇是密召过阎敬铭。因为儿皇留中了他的一个奏折。儿皇深知他的脾性，召见他，只是劝告他在建园子的问题上，多插花，少栽刺。

慈　禧　可他并没有把你的劝阻当回事儿，不知好歹地又上了道折子！

光　绪　这……

李莲英　老佛爷，阎敬铭的倔脾气是出了名儿的。他认起死理儿来，八匹马都拉不回来；他较起真真来，阎王爷拿他都没办法！

慈　禧　认死理、爱较真儿，本没什么错。但得分时间、地点，得看是对什么人、什么事！

光　绪　今天的事，还请亲爸爸听阎敬铭把话说完。

慈　禧　那是自然的。可若是他实在不听劝，哀家可就不客气了。传阎敬铭！

　　〔慈禧、光绪、奕譞坐。

李莲英　（喊）阎敬铭上殿！

阎敬铭　（内）领旨！

　　　　（唱）逆流而上何所惧，

　　　　　　　披肝沥胆表忠心；

　　　　　　　太后掂清利与弊，

　　　　　　　倭寇图谋准落空！

阎敬铭　微臣阎敬铭叩见老佛爷。

慈　禧　罢了。

阎敬铭　谢老佛爷。

慈　禧　丹翁？

阎敬铭　微臣在。

255

慈　禧　你来户部这些年，哀家对你如何？

阎敬铭　太后对微臣关爱有加，官职都封得多到了微臣自罢军机大臣的程度。

慈　禧　你那是嫌事情难办，规矩难立，故意自罢官职给哀家看的。

阎敬铭　不不不，微臣的确是德薄能鲜，不想备位充数，才那么做的。

慈　禧　既然如此，你就该尽忠尽职，克己奉公，为什么这些天，竟越来越把持不住自己了，既不听李安子的招呼，也不听皇上的劝阻，依然固执己见持续谏奏；朝廷已经决定要修园子了，你还想让工程停下来？

阎敬铭　回老佛爷，如今库银缺少，列强环伺，特别是邻国日本，见我海军力量强大，觉得对他们是个威胁，已扩充军费，全民皆兵，甚至还制定了个《征讨清国策》，我大清在这种时候，实在是应该把钱花在正地方！

奕　譞　呀，不好！

　　　　（背唱）这老儿今天想坏我大事！

光　绪　（背唱）阎爱卿怎这般不听规劝！

慈　禧　（背唱）这倔驴看起来要尥蹶子！

阎敬铭　（背唱）他三人每个都藏有私心！

奕　譞　（背唱）我还需察言观色多留神。

光　绪　（背唱）我还需审时度势护忠臣。

慈　禧　（背唱）我还需耐下心说服于他。

阎敬铭　（背唱）我还需掰开揉碎表心迹。

慈　禧　丹翁！

　　　　（唱）我大清海军力量亚洲独大，

　　　　　　　这已是尽人皆知铁般事实。

　　　　　　　日本人已见过咱的强硬，

　　　　　　　道了歉赔了款乖了许多。

　　　　　　　说他们受了辱野心顿起，

　　　　　　　依我看不过是羡慕嫉妒。

　　　　　　　就是给小日本十个胆子，

　　　　　　　也不敢轻举妄动撼大清。

奕　譞　就是嘛。前年，法兰西入侵越南，我朝出兵援助，不也挫败了法国的进攻，并且导致法国内阁倒台，定了和约又罢兵了吗？

光　绪　对呀对呀，小日本这次之所以能这么痛快地答应我们的条件，还不是惧怕我们的军事实力吗？

阎敬铭　太后、皇上、七王爷——

　　　　　　（唱）长崎事件虽已和平了结，

　　　　　　　　　但日本内阁却并不服气。

　　　　　　　　　在他们的鼓噪挑拨煽动下，

　　　　　　　　　反清排清情绪正日益强烈，

　　　　　　　　　日本海军也放出狠话

　　　　　　　　　一定要打败我北洋水师。

　　　　　　　　　连娃们家都在玩打舰游戏，

　　　　　　　　　把我们的铁甲舰当作靶子！

慈　禧　（不屑地起身）切！日本人那么少、国那么穷、资源那么短缺，他们的海军再发展还能把我们怎么样？我大清一人一口唾沫，都能把他淹死！

阎敬铭　老佛爷，话是这么说，可历史上以少胜多以弱胜强的战例比比皆是。我们切不可粗心大意，贻误战机，造成千古遗恨！

慈　禧　丹翁，你就不要在这里危言耸听了！你说说，操习水兵，是不是应该有个地方？

阎敬铭　应该。

慈　禧　皇上亲政后，就近去参观一下水兵训练，给他们打打气鼓鼓劲儿，应不应该？

阎敬铭　应该。

慈　禧　哀家退下来后，有个修身养性，颐养天年的地方，过分吗？

阎敬铭　不过分。

慈　禧　那你还反对什么？

阎敬铭　我觉得与日本相比，我们这样做有点不合时宜，违经背古！

　[慈禧想反驳，却被呛住了。

　[光绪急得像什么似的，可又插不上嘴。

阎敬铭　太后，微臣绝对没有反对修园子的意思，微臣只是希望老佛爷能以国为重，暂缓工程，把钱用在刀刃上！

慈　禧　（气愤地）阎敬铭，你真是气死哀家了！

　　　　　（唱）好一大胆阎敬铭，

　　　　　　　　出言不逊太猖狂。

　　　　　　　　编瞎话，动君心，

　　　　　　　　长人志气为怎的？

阎敬铭　（唱）太后莫要怒气生，

　　　　　　　听臣把话说分明。

　　　　　　　倭寇扬言灭大清，

　　　　　　　咱们也得长记性。

光　绪　（唱）你怎么这么固执这么倔？

阎敬铭　（唱）臣想为皇上太后解后忧。

奕　譞　（唱）食王禄，报王恩，

　　　　　　　你不该狂妄犯皇威！

阎敬铭　（唱）知而不言是不忠君，

　　　　　　　直言敢谏是臣忠贞！

慈　禧　（唱）君是君来臣是臣，

　　　　　　　臣子岂敢藐视君！

阎敬铭　（唱）自古忠言不顺听，

　　　　　　　君纳臣谏国运兴！

慈　禧　（唱）这件事情你少管！

阎敬铭　（唱）不管后患大无边！

慈　禧　（气急败坏地）说来说去，你还不是想让修园子的工程停下来吗？

阎敬铭　（斩钉截铁地）不是微臣要停，而是大局要停，形势要停，银子要停！

光　绪　阎爱卿，你是糊涂了，还是疯了？

奕　譞　就是！哪有你这样跟太后说话的？

慈　禧　你个朝廷重臣，怎么能这么不体仰朝廷裕国便民之意，饰词延宕？

阎敬铭　家国兴亡，往往取决于寸缕举措之间。太后，微臣是爱我大清的，为了我大清的长治久安，微臣再次恳请太后，审时度势，三思而行！若要等到丧权辱国山河破碎的时候，就来不及了！

慈　禧　（恶狠狠地）阎敬铭，你，你，你如此三番五次地挑战哀家的耐性，也太不知天高地厚了！傅亿贵！

傅亿贵　（施礼）臣在。

慈　禧　拟诏：革去阎敬铭户部尚书之职！

傅亿贵　喳！

光　绪　（急了）哎呀，亲爸爸，阎爱卿是我朝不可多得的理财家，大清不能没有他呀！

奕　譞　（施礼）圣母皇太后，阎敬铭是我朝股肱之臣，他纵有千错万错，也不至于罢官撤职呀！

阎敬铭　（坦然地）老佛爷，您就打发老朽回老家朝邑吧。

慈　禧　（盯住阎敬铭）你想得美！革去你阎敬铭户部尚书之职，你还是东阁大学士，你还得留任其他职务，你还得为朝廷继续效力！

阎敬铭　（施礼）老佛爷，您还是赐死老臣吧！

慈　禧　那样太便宜你了！哀家之所以这么做，就是要让世人知道　谁要是让哀家这个生日过得不舒坦，哀家就要他一辈子不得舒坦！

〔阎敬铭一个趔趄，跌坐在了地上。

〔聚光灯照射在了阎敬铭身上，慈禧等一杆人等及背景隐去。

阎敬铭　（慢慢爬起，悲痛万分）

（唱）霎时间只觉得痛彻心扉，

好似那五雷轰顶裂吾身。

阎敬铭这些年精心理财，

治贪腐立规则日扒夜抠；

全靠着得罪人开源节流，

才换来岁入七八千万银。

谁成想皇太后专断蛮横，

不顾军国子民恣意妄行。

我个人被革职微不足道，

怕的是海军经费难为继，

怕的是倭寇图谋变成真！

［阎敬铭目视前方，满腔遗恨。

阎敬铭 （乞求地）苍天呀苍天，你就开开恩，保佑一下我大清的江山社稷、苍生子民吧！

第七场　夙愿难偿

时间　光绪十四年（1888）。

地点　阎府堂屋。

［71 岁的阎敬铭着便服在伏案挥毫。他明显衰老了，此时也写累了，便直起腰来捶背。

［阎夫人迈着小脚走来。

阎夫人　老爷，别写了。你这《不气歌》写得再好，该生的气你不还是生个没完吗？

阎敬铭　（放下毛笔）唉，事到如今，我还有什么气可生？称病退休回乡，皇上太后不准；甩开膀子大干，有人说短道长；我赋闲在家，没想到写了首《不气歌》，竟成了人人想要的香饽饽了！

阎夫人　可见，在受气这件事情上，与你有同感的人还不少呢。

［内喊　直隶总督李鸿章李大人到——

阎敬铭　（对夫人说）来朋友了，去接一下。

李鸿章　（身穿便服上）不用接，小弟怎么能烦劳阎兄嫂夫人呢？

阎敬铭　哎，贤弟是朝廷重臣，现在又是修园子的总管，我们怎么能不迎接呢？

李鸿章　唉，别提了。阎兄虽被革职留用了，却得了个爱国尽忠的好名声；小弟我这个裱糊匠，坊间流传的可全是助纣为虐的责骂声！

阎夫人　怎么会呢。李大人为大清鞠躬尽瘁，哪个不知，谁人不晓呀！

阎敬铭　是是是，贤弟就不要生那些闲气了！

李鸿章　阎兄，我不是在为我生气，而是在为您抱屈呀！

　　（唱）这些年阎兄你不辞辛劳，

才使得我大清国库渐丰。

为安邦兄更是鞠躬尽瘁，

太后她实不该亏待阎兄！

阎敬铭　不不不！

　　　　（唱）愚兄已在朝堂尽到本分，

　　　　　　　蹬腿时就应该无愧于心。

　　　　　　　按理说兄也有一大遗憾，

　　　　　　　三大愿没推行死难瞑目！

李鸿章　（痛心疾首地）嗷——

　　　　（唱）听罢言不由人悲痛欲绝，

　　　　　　　阎兄的强国策就要落空。

　　　　　　　难道说我大清真难医救，

　　　　　　　非得起用庸人慢待贤臣？

阎敬铭　（唱）贤弟切莫这样讲，

　　　　　　　大清自有贤良人。

　　　　　　　弟是水军总头领，

　　　　　　　还望接着多费心！

李鸿章　阎兄啊！

　　　　（唱）阎兄你不提此事不要紧，

　　　　　　　提此事直叫人痛彻心扉！

阎敬铭　怎么啦？

阎夫人　嗨！这还用李大人说吗？钱都花到修园子上了，哪还有钱顾及
水军呀！

阎敬铭　那日本那边，现在又是个什么境况呀？

李鸿章　日本内阁先是提出了5860万日元的海军支出方案，后又公布了
建造10万吨铁甲舰的宏伟蓝图，日本天皇也坚持每年从自己的私房钱中拨出
30万元，与官民一起捐钱造舰！

阎敬铭　（生气地）天哪！照这样下去，日本海军用不了几年，就可与
我北洋水师相抗衡了！

阎夫人　可不是嘛！（关切地）那李大人，我们水师的备战情况，怎么

样呀？

李鸿章　唉，自从阎兄被革职后，北洋水师的境况就大不如前了。朝中文恬武嬉，内耗众生，户部迭次以经费支绌为借口，停止添船购炮。我们的海军建设已处于困顿之中。给的那点海军经费，仅能勉强维持官兵的基本生活，更新火炮、改造动力就更谈不上了！

阎夫人　（焦急地）哎呀呀！这样发展下去，还得了吗？

　　〔李鸿章重重地叹了口气。

阎敬铭　自古常言：利令智昏，灾祸随身。（痛心疾首地）看来我大清……真的是……难逃一劫了！

　　〔李鸿章、阎夫人不禁一震。

阎夫人　（看着二位）事到如今，难道就一点阻止事态发展的办法都没有了吗？

阎敬铭　（苦笑）有。人不是都说"天塌下来有大个子顶着"吗？

李鸿章　（无奈地）可看到阎兄的下场，满朝文武、皇室宗亲，都一个一个的……缩成小个子了！

阎夫人　悲哀呀悲哀！

阎敬铭　（释然地）贤弟，夫人，我看我们也没必要这么悲观沮丧，世上的任何事情都有其两面性，就是灾祸降临，日本人通过长崎事件能知耻而后勇，难道我华夏子民就不能在遭受劫难后吃一堑长一智吗！

李鸿章、阎夫人　是这么个道理！

阎敬铭　（唱）自古道经一蹶者长一智，
　　　　　　　　前人之失必为后人之得。
　　　　　　　　苦和难定会促国人觉醒，
　　　　　　　　我华夏必有那腾飞之时！

李鸿章、阎夫人　对！

　　　　　　（三人合唱）自古道经一蹶者长一智，
　　　　　　　　　　　　前人之失必为后人之得。
　　　　　　　　　　　　苦和难定会促国人觉醒，
　　　　　　　　　　　　我华夏必有那腾飞之时！

第八场　摘还顶戴

时间　光绪二十年（1894）。

地点　长春宫。

伴唱　甲午年，是马年，

　　　　喜事祸事紧相连。

　　　　喜是太后花甲寿，

　　　　祸是四处起烽烟！

[幕启。慈禧上坐，李莲英服侍在旁，两边站着宫女太监和侍官傅亿贵。

[光绪及三个重臣下坐两侧。

[有报子喊着"报——"匆匆而上。

报　子　（下跪）启奏陛下老佛爷，朝鲜东学党农民起义军进攻汉城！

慈　禧　知道了。

[报子下。

慈　禧　朝鲜东学党的农民起义军，怎么也这么厉害呀！

重臣甲　（起奏）回老佛爷，李鸿章已命叶志超、聂士成率淮军助朝镇压去了！

[报子喊着"报——"匆匆而上。

报　子　（下跪）启奏陛下老佛爷，日本政府趁朝鲜内乱发动战争，大批陆军已从仁川登陆了！

慈　禧　知道了。

[报子下。

慈　禧　这日本人也真会找时机！

光　绪　（起奏）亲爸爸，李鸿章已命卫汝贵等进军朝鲜，攻打倭寇去了！

慈　禧　好！希望我们一战能把日寇打趴下！

[报子喊着"报——"匆匆而上。

报　子　（下跪）启奏陛下老佛爷，我大清水军黄海战败！

慈　禧　（沮丧地）知道了！

[报子下。

慈　禧　怎么搞的吗？我堂堂大清水军，号称亚洲独大，怎么能让日本给打败了呢？

重臣丙　一定是哪里出了问题！

光　绪　我们得重整旗鼓，以备再战！

〔报子喊着"报——"匆匆而上。

报　子　（下跪）启奏陛下老佛爷，日军进攻我大连湾炮台，丁汝昌请率海军支援，李鸿章不允。旅顺被占！

慈　禧　（恼怒地）知道了！

〔报子下。

慈　禧　（气急败坏地站了起来）这还了得吗？仅短短数月时间，我们就败得这么惨！难道我们的大清水军，都是吃干饭的吗？

〔大家面面相觑，无言以对。

重臣甲　（起奏）回老佛爷，翰林院联名列举罪状，奏劾李鸿章，最大的罪名，就是他见倭寇的舰船过来，过不了几招，就"保船避战"了。这么做，我们的水军能不战败吗？

慈　禧　（一惊）啊？！有这等事！

重臣乙　（起奏）老佛爷，外间传闻，李鸿章有银数百万两，寄存在日本茶山煤矿公司。为了保住这些银子，他能真心实意地与日本交战吗？

慈　禧　（大怒）岂有此理！传李鸿章！

李莲英　（喊）李鸿章上殿！

李鸿章　（殿外应到）领旨！

（唱）阎兄料事真如神，

　　　他的推断已成真。

　　　日本强势来雪耻，

　　　我朝水军难御敌。

　　　倭寇进犯日日紧，

　　　谁能助我解困危？

李鸿章　（施礼）臣李鸿章叩见老佛爷。

慈　禧　罢了。

李鸿章　谢老佛爷。

慈　禧　渐甫。

李鸿章　微臣在。

慈　禧　哀家六十大寿的时候，赏你戴三眼花翎，你可记得？

李鸿章　微臣感恩戴德！

慈　禧　那你就该好好报效国家嘛，为什么与日本交战，老吃败仗？

李鸿章　回禀太后，由于我水军船舰破旧，缺少炮弹，敌不过日本军舰。但我们仍然在屡败屡战！

慈　禧　你少来这一套！哀家问你，黄海海战，你的舰船为什么见了倭寇舰船，打不了几下就撤退逃跑？

李鸿章　哎呀太后，日本海军的炮火实在厉害，为了保存实力，微臣不得不"保船避战"！

慈　禧　日军进攻我大连湾炮台，丁汝昌请率海军支援，你为什么不允许他出战，非要让旅顺沦陷？

李鸿章　太后，臣是爱我大清的，之所以这样，还是为了保存实力，以防日本再犯！如果太后皇上和诸位大人觉得微臣这么做是错的，就请把各位的御敌之策献出来，我水军也好尽快展现神威，陷敌于灭顶之灾！

　　〔慈禧、光绪及三重臣面面相觑，张口结舌。

慈　禧　（镇定下来）好一张利嘴！（拿出杀手锏）哀家问你，你是不是有银数百万两，寄存在日本茶山煤矿公司，这才故意避战以保私藏的？

李鸿章　（急了）哎呀，太后！这是诬告，这不是事实，这分明是有人想陷害微臣！

慈　禧　（咬牙切齿地）李鸿章！

　　　　（唱）好一大胆李鸿章，
　　　　　　　背着牛头不认赃！

李鸿章　（唱）臣走得正行得端，
　　　　　　　一片忠心可对天！

慈　禧　（唱）我水军亚洲第一大，
　　　　　　　海战怎输得这么惨？

李鸿章　（唱）缺动力，少炮弹，
　　　　　　　我水军怎么去应战？

慈　禧　（唱）全是你这统领太懈怠，

　　　　　　　　训练和补给没紧跟！

李鸿章　（唱）轻敌误事的是太后，

　　　　　　　　不能怪罪我李鸿章。

　　　　　　　　您要是纳谏阎敬铭，

　　　　　　　　日本就不敢撼大清！

慈　禧　（唱）你的责任你承担，

　　　　　　　　胡拉乱扯为那般！

李鸿章　（唱）天下事实胜雄辩，

　　　　　　　　大清危亡在眼前！

慈　禧　李鸿章，你这是危言耸听，你这是在咒我大清！如果说阎敬铭是头犟牛，你李鸿章就是只倔驴！你们俩完全是一丘之貉！既然这样，哀家就让你步他后尘，革职留任！

光　绪　（施礼）哎呀亲爸爸，现在正是用人之际，就让李鸿章戴罪立功吧？

三重臣　（施礼）老佛爷，就让李鸿章戴罪立功吧？

李鸿章　（施礼）太后，微臣老了，不中用了，您就发发慈悲，让微臣告老还乡吧！

慈　禧　（冷笑）告老还乡？休想！留任留任，就是先留着你，等到时候了，再任用你！

李鸿章　老佛爷，您还是赐死微臣吧！

慈　禧　你这是在要挟哀家！来人！

两个太监　（上前施礼）在！

慈　禧　拔去李鸿章三眼花翎，摘去黄马褂！

两个太监　喳——

　〔两个太监上前拔去李鸿章的三眼花翎，摘去了黄马褂。

　〔李鸿章转身上前。

　〔后边灯灭，慈禧等人及背景隐去。

李鸿章　（慢慢往前走着，居然扑哧一声笑了，进而笑得很苦、很惨）阎兄呀阎兄，小弟如今，也和您当初一样，被革职留任了，成闲人一个了！你

266

我为大清操劳了一辈子，都落得如此下场……真真是令人寒心呀！阎兄，您写的《不气歌》被到处传抄。可小弟知道，您是生生地被气死的呀！……小弟我现在，也快要被气死了！……呜呜呜呜，死了好，死了好，死了死了，死了一切就了了！阎兄，小弟我这就随您来了——呜呜呜呜……

　　〔李鸿章哭着，蹒跚着下。

　　〔后边灯亮，慈禧等人及背景复现。

　　〔报子喊着"报——"匆匆而上。

　　报子下跪　启奏陛下老佛爷，日军占领了我威海卫、刘公岛，我北洋水师全军覆没！

　　〔大家不禁一震。

　　〔报子下。

　　慈　禧　（垂头丧气地）唉！事到如今，哀家是既对不起阎敬铭，也对不起李鸿章。但世上没有后悔药。两军交战，败了就得说败了的话。既然阎敬铭已经过世，那就再起用李鸿章吧。传：朝廷赏还李鸿章的翎顶、黄马褂，开复革留处分，授予他全权大臣之职，前往日本议和！

　　大　家　（施礼）老佛爷圣明！

第九场　大国之殇

时间　光绪二十一年二月（1895）。

地点　去往马关的路上。

李鸿章　（内唱）李鸿章在马上肝肠寸断，

　　〔四下手两随从策马引李鸿章上。

李鸿章　（接唱）想起了前后事好不心酸。

　　　　　　　　　我自幼读诗书立志报国，

　　　　　　　　　中举后又幸遇恩师伯涵。

　　　　　　　　　率团练守东关战功初建，

　　　　　　　　　又配合副都统克复含山；

　　　　　　　　　募淮勇助训练成立淮军，

设炮局造枪炮攻克姑苏。

原想着太平军烟消云散，

大清会迎来个国泰民安。

没想到捻军又揭竿而起，

湖北安徽河南都被攻陷。

太后她命鸿章戴罪立功，

又收买又追杀平了东捻。

张宗禹率西捻直逼畿辅，

鸿章被拔去了花翎双眼。

领盛军在安平打了胜仗，

筑长墙切退路荡平西捻。

总想着强军强国保民安，

谁成想蹭蹬一生梦难圆。

被革职就应该赋闲在家，

没成想战败了又赐大权。

丹初兄的确有卓识远见，

我这个裱糊匠还得接单！

〔李鸿章摇头叹息。

〔阎敬铭出现在了高台上。

阎敬铭　子黻老弟——

李鸿章　（下马，寻声望去）丹初兄——

〔二人呼叫着走到了一处，热烈拥抱。

阎敬铭　子黻老弟，近来可好？

李鸿章　唉，别提了阎兄。黄海战败，太后认为是我保船避战的过失。我和您当初一样，被革职留任了！

阎敬铭　（气愤地）真是的！水军经费短缺，训练滞后，上了战场不是舰船少动力，就是炮弹跟不上，战败，那还不是迟早的事情？！

李鸿章　更糟心的是，威海之战，日本的鱼雷艇屡屡偷袭成功，我号称亚洲第一、世界第九、花费数百万两白银打造的北洋水师，仅此甲午海战一役，就全军覆没了！

阎敬铭　（不禁一震）噢！

李鸿章　阎兄，您当初的预言，全都应验了！

阎敬铭　唉，明知迟早会有今日，可这一天真要到了，还真是令人痛心疾首！不过贤弟，无论怎么说　我们是爱大清的；为了大清的长治久安，我们已经尽力了。

李鸿章　是呀，阎兄。我们是爱大清的；为了大清的长治久安，我们已经尽力了！

阎敬铭　那么贤弟，你现在，是要去往哪里？

李鸿章　朝廷赏还了小弟的翎顶，命我作为战败国全权代表，去往日本马关议和。说是前去议和，实际上是去接受屈辱！阎兄，您说得没错，小弟这个裱糊匠，又派上用场了！

阎敬铭　没什么，这是贤弟的强项。《中日台事条约》《中英烟台条约》《中法会订越南条约》都是贤弟代表大清去签的，那就再去签它个《马关条约》吧！

李鸿章　（苦笑）阎兄，签署丧权辱国条约，是会遭世人唾骂的！

阎敬铭　唉，烂摊子总要有人收拾。谁让我大清这么不争气呢。（猛然想起）啊，贤弟，你有没有想过，万一谈判不成，该怎么办？

李鸿章　（哭了）多谢阎兄提醒。小弟想了，万一谈判不成，就只有迁都陕西，和日本长期作战了。到那时，日本必不能征服中国；中国可以抵抗日本到无尽期！日本最后必败给我大清，日本必向我大清认罪求和！

阎敬铭　（举起拇指）好！贤弟不愧为"再造玄黄之人"，有贤弟在，撑持着这个华夏古国，也是我大清万民之幸！

李鸿章　（抱拳）阎兄，羞煞小弟了！

阎敬铭　（挥手）贤弟保重！

　　〔阎敬铭隐去。李鸿章喊着阎兄，四处追寻着。

李鸿章　（不见了阎敬铭，叹了口气）

　　　　　（唱）旅途中阎兄他真身显现，

　　　　　　　　既关切又鼓励暖我心田。

　　　　　　　　战败国去求和少皮没脸，

　　　　　　　　我还得硬撑着有来有还。

　　　　　　　　梦想起丹初兄肺腑之言，

既醍醐灌顶又底气陡增。

他言说经一蹶者长一智，

前人之失必为后人之得。

苦和难定会促国人觉醒，

我华夏必有那腾飞之时！

幕后伴唱　自古道经一蹶者长一智，

前人之失必为后人之得。

苦和难定会促国人觉醒，

我华夏必有那腾飞之时！

〔李鸿章神情坚定，策马扬鞭，带领团队做奋勇前进状。

〔幕落。

剧终

后记

感恩一路帮过我的贵人

去年 7 月的一天中午，古都西安天低云暗，细雨如丝。独自在家修改剧本的我懒得做饭，就决计去大唐西市美食广场打一下牙祭。不想刚进西市城楼道，不知怎么脚下一滑，"咚"的一声便跌倒在了地上。

拍片显示：右尺骨鹰嘴骨折。手术得全麻，麻醉时需要深呼吸。我只记得我呼吸到第三次的时候，就什么都不知道了。当我什么都知道了的时候，已是六个小时以后了。在这六个小时里，医生是怎么划开我的肘臂、装上钢板、铆上钢钉、用针缝的，我一概不知。

我突然想到：我这是手术之后醒来了；我要是没醒来，这辈子不就交代了？

虽说"大难不死，必有后福"，可我躺在病床上，还是鬼使神差地打开手机，搜起了"耄耋"二字。

耄，指的是八九十岁的人。耋，指的是七十岁以上的人。耄耋，则指的是年纪很大的人。

耋，拆字分为老和至，意思是人已经到了七十古来稀的阶段了。老人跌倒就是这个耋字。民间甚至还有"七十岁以上的人，跌一跤少活十年，跌一跤容易丧命"这样的说法。

这话虽然令人不寒而栗，但却不无道理。人生在世，谁都有他的使命，谁都想活成自己喜欢的样子。然而，草木本无意，荣枯自有时。人也一样，没有永远，只有无常。一次病毒的入侵，一次微小的走神，一次毫无征兆的意外，都会让脆弱的生命画上句号。

人老了，就得接受世事无常，接受孤独挫败，接受焦虑遗憾，接受一切的不完美；就得宠辱不惊、学会放下、顺其自然。所以，不管是阳光灿烂，还是聚散无常，我们都要好好珍惜身边的人，都要认真过好每一天，都要照顾好自己的身体。因为我们只有今生，没有来世。

　　回想自己七十年来走过的路，由于心实嘴硬情商低，只知道低头拉车，错过了好多机会，混得也不尽如人意。但总体上，还算没有虚度，无愧家国。

　　阳光一点想，竟发现在自己人生的每个节点，都会遇到帮扶我的贵人。

　　上小学时，我遇到了写作上的启蒙老师——班主任罗新民。他讲课绘声绘色，朗读声情并茂，特别是他根据村史编写的眉户戏《恩仇记》，上演后看得众乡亲热泪盈眶齐声叫好，不但激励了我的作文写作，还催生了我将来也要写戏的野心。

　　17岁时，我不够当兵年龄，身体也不是很好，但我却遇到了一个赏识我的人——接兵干部梁富仁。他见我在球场打篮球，家里除了笛子板胡，还有报纸书籍，就硬是一步步关照，把我带进了队伍。

　　在队伍上，我遇到了我的伯乐——连指导员刘玉印。是他见我能文能武，入伍半年就派去三支两军，回来又介绍我入党，在同伴解甲归田时，他安排我去师教导队学习，回来我就做了军官。

　　该成婚时，我遇到了我心仪的人——晋商后代畅雪湘，虽然当时我们的结合有点"阶级阵线不清"，但我选择了坚持，如今大半辈子下来，还算琴瑟和鸣，家庭美满，平安顺遂。

　　该提高境界时，我遇到了让我转运的人——西安军队院校协作中心主任李成山。是他觉得我发展受限，便全力举荐，使我调入了武警技术学院，与知识和将军近距离接触，并成了《人民武警报》的记者。

　　转业到地方时，我又遇到了雪中送炭的人——省军转办主任雷志升。我们因写报告文学熟识，他把我安排在了民航，做起了《中国民航报》的记者和《西北航空》《东方商旅》杂志的编辑部主任。

　　想提笔写戏时，我更是遇到了一个接一个肯于帮扶我的人：

　　西安话剧院的赵克明、张克瑶、李桂清、杨林，他们的组合，使我创作的喜剧小品《在候机室里》登上了西安艺俗大剧院的舞台。

西影厂的导演弓弦、编剧竹子,有他们的鼎力相助,使我创作的 20 多部《都市碎戏》和《狼人虎剧》,得以在陕西电视台播放。

作家、编剧、导演莫伸,更是亲传身授,使我通过努力,成了"夏衍杯""北京影协杯""重庆影协杯"等奖项的得主。

戏剧人郑凯,人美戏好声甜,善谋划会组织,是她将我的小品《PK》提溜出来,让我参加了陕西戏剧创作研修班,见识了专家对作品的点评。创作的话剧剧本《白鹿原之白灵》作为 A 类剧本入选甘肃省戏剧大省建设剧本库,话剧剧本《雪莲花开》获得"曹禺杯"全国舞台类优秀剧本奖。

参加中国剧协编剧培训班、参加第四届(中国)潜江曹禺文化周,更使我有了现场聆听一众戏剧大师讲课、咨询平日关心问题、解决剧本投递和听取意见途径的好机会。

作家、评论家、茅盾文学奖评委李星老师,德高望重,博识洽闻,参加过我话剧剧本《白鹿原》的研讨会,与我又同住一个街区,平日耳提面命对我的创作帮助不少。当我想出版剧本集请他作序的时候,他欣然应允,使我感激万分。

他们都是我的贵人,都值得我感恩铭记一辈子。还有陕西省剧协党组书记李生茂、《东方商旅》杂志总编范登科、本书责任编辑张鑫老师,以及未来趋势文化传媒(北京)股份公司,对我这本书的出版都给予了热心帮助与支持,在此一并感谢。

我很喜欢网上流传的一首《七十感怀》的诗:

痴度七十有自乐,路艰方见风景多。

得失无心成自在,耕耘有恒享收获。

日近西山天尚早,牛未歇犁马在坡。

混迹后生寻稚趣,忘却年华又若何?

我觉得这首诗精准地描述了我们这些古稀之人的心声。人活一世,梦想不一定实现,但不能空留遗憾。现在如今眼目下,我们这些人就该这样生活:用心甘情愿的态度,过随遇而安的日子。正所谓"不恋过往,不畏将来,以梦为马,不负韶华"。

码字写戏是不受年龄限制的。愿我们年已古稀的人,都能继续精神饱满地在希望的季节中播种、在秋日的喜悦里收获。

2023 年 2 月 22 日于大唐西市礼泉坊